**오늘도 돌아갑니다,
풍진동 LP가게**

오늘도 돌아갑니다,
풍전동 LP가게

임진평·고희은 장편소설

다섬
책방

목차

미래

🎧

시아

🎧

다림

🎧

원장

🎧

원석

정원

미래

예분

정원

🎧

에필로그 Still, Vinyl Saves Us

프롤로그

Vinyl Saves Us

그대 떠나는 날 비가 오는가?

희한한 일이었다. 정원이 지난 1년 동안 만난 사람들은 하나같이 **외롭거나 지쳤거나 아니면** 둘 다였다. 사실 희한한 일도 아니었다.

그러니까 그 일이 있고 1년이 흘렀다. 죽기로 한 결심을 잠시 뒤로 미룬 채 두 달 치의 임대료를 선불로 내고 깔세*로 들어간 정원의 중고 레코드숍인 '이상한 LP가게'가 어느새 업력 2년 차에 접어들었다는 얘기다. 물론 1년 전의 그때처럼 가게가 이른바 '순례자'로 종일 북적

♪　임대할 때, 임대 기간만큼의 금액을 한꺼번에 지불하는 월세를 속되게 이르는 말.

이지는 않지만 그럼에도 여전히 적지 않은 이들이 매일 풍진동의 이상한 LP가게를 찾는다. 순례자란 당시 정원의 LP가게를 세상에 본격적으로 알린 이들이 자신들을 지칭해 부르던 말이었다.

가게를 방문하는 수많은 순례자 중에서도 유독 특별한 사연을 가진 이들이 있다. 그중, 생김새는 한국인인데 한국말에는 서툰 이가 있었다. 그나마 그 서툰 우리말도 서른 살 넘어 꽂힌 케이팝 덕분에 익혔다고 했다. 아주 어릴 적에 미국으로 입양됐다는 그녀는 정원에게 핸드폰의 번역 어플을 켜고 물었다.

"혹시 1986년에 출시된 한국 음반 중 추천할 만한 앨범이 있나요?"

정원은 왜 꼭 1986년이어야 하는지 알려줄 수 있냐고 번역 어플을 통해 되물었다. 그녀는 그해에 대한민국에서 태어났다고, 그래서 기념으로 그때 나온 앨범을 한 장 사 들고 돌아가려 한다고 했다.

정원은 1980년대 앨범이 꽂혀 있는 한국 음반 진열대로 향했다. 그리고 큰 고민 없이 한 장의 앨범을 뽑아 들었다. 1986년에 발매된 산울림의 11집 앨범이었다. 산울림이라는 타이틀을 달고는 나왔지만 사실상 11집은 김창완의 솔로 앨범이나 다름없다. 정원은 그녀에게 청음 코너를 가리키며 가서 들어보라고 했다.

한 시간쯤 지나자 그녀는 어쩐지 촉촉해진 눈망울로 돌아와 좋은 앨범을 추천해 줘서 고맙다고 했다. 정원은 어떤 곡이 마음에 들었냐고 물었다. 그녀는 다 좋았지만 타이틀곡이자 A면의 세 번째 곡인 「그대 떠나는 날 비가 오는가?」가 가장 마음에 들었다고 했다.

한 달쯤 지나 그녀가 다시 가게를 찾았다. 몇 시간 후면 미국으로 돌아가는 비행기에 오를 거라고 했다. 정원은 한국에서 보낸 한 달은 즐거웠냐고 물었고, 그녀는 기다렸다는 듯 생모를 만난 이야기를 들려주었다.

생모는 무려 40년 만에 만난 딸과 차마 눈을 마주치지 못한 채 그저 미안하다는 말만 오래도록 되풀이했다고 한다. 그녀는 입양아 출신이라는 꼬리표를 달고 피부색이 다른 나라에서 그 나라 사람으로 살아오면서 궁금했던 것, 그러니까 자신이 낳은 자식을 버려야만 했던, 그럴 수밖에 없었던 이유를 묻고 싶었다. 그러나 그 답은 눈물 홍수에 섞여 이미 저 멀리 흘러가 버리고 만 것 같아 제풀에 시들해졌다고 했다.

"이유를 듣기는 했어요. 그때 왜 그랬는지, 왜 그럴 수밖에 없었는지를. 하지만 다 듣고 나서도 그게 이유가 될 수 있는지는 잘 모르겠더라고요. 차라리 갑자기 전쟁이 나서 급하게 피난을 가는 바람에 잡았던 손을 놓쳐버렸다고 했으면 수긍이 되었을까요?"

그녀는 쓸쓸한 미소를 띤 채 잠시 말을 끊었다. 정원은 방금 한 말에 대한 대답을 구하는 건가 싶어 머뭇댔다. 하지만 그건 아니었던 듯 여자는 이어서 말했다.

"우린 살면서 수많은 선택을 해요. 그리고 모든 선택에는 다 이유가 있다고 생각하잖아요. 하지만 정말 그럴까요? 엄마가 날 버린 건 선택이 아니었는지도 몰라요. 엄마는 어쩌다 그런 상황에 내던져졌는데 마침 운도 없게 거기에 나라는 존재가 포함되어 있었던 건 아니었을지. 말 그대로 운이 없어서요. 그런데 말이에요, 정말 신기한 일이 있었어요. 사실은 사장님한테 그 얘기를 해주려고 다시 들렀어요."

그녀는 조금 전까지 짓고 있던 조금은 애매해 보이는

표정을 거두고는 반짝이는 눈빛으로 말했다. 이야기인
즉 정원의 추천으로 사 간 산울림의 11집 앨범을 생모
의 집에서 발견했다는 이야기였다. 알고 보니 그녀의 생
모가 음반 마니아이기라도 했던 거냐고? 아니. 생모의
집에는 LP판을 재생할 수 있는 턴테이블도 없었고, 애
초에 생모는 딱히 음악을 즐겨 듣는 사람도 아니었다고
한다. 그렇다면 왜 생모의 집에 그 앨범이 있었던 걸까?
그것도 집 안에서 가장 잘 보이는 자리에 떡하니.

1986년, 생모가 이런저런 이유로 아동복지시설에 태
어난 지 갓 백일이 지난 아이를 맡기고 돌아선 날은 비
가 내렸다. 그런데 그때 그녀의 귓가에 담담하게 읊조리
듯 부르는 노랫소리가 들려왔다.

그대 떠나는 날에
비가 오는가
하늘도 이별을 우는데
눈물이 흐르지 않네
슬픔은 오늘 이야기 아니요

두고두고 긴 눈물이 내리리니

잡은 손이 젖어가면

헤어지나

길거리 레코드숍에서 들려오는 소리였다. 생모는 내리는 비에도 아랑곳없이 그 자리에 철퍼덕 주저앉아 누가 보거나 말거나 말리거나 말거나 엉엉 소리 내어 울었다. 그렇게 한참을 다 울고 나서야 일어선 생모는 빗물이 뚝뚝 떨어지는 채로 레코드숍에 들어가 조금 전 흘러나온 곡이 수록된 음반을 달라고 했다. 그리고 40여 년이라는 세월이 지나는 동안 숱한 이사를 거치면서도 그날 산 그 음반만큼은 항상 끌어안고 다녔다.

생모는 음반을 볼 때마다 자신이 버린 아이가 떠올라 마음이 찢어질 것처럼 아팠지만 오히려 그렇게 아파야 마땅하고, 결코 행복해져서도 안 된다고 생각했다. 생모에게 그 음반은 행복을 느끼거나 즐거운 기분이 들려고 할 때 그걸 막아주는 기능을 했다. 그래서 항상 집 안에서도 잘 보이는 곳에 두었던 것이다.

사실 생모는 그런 생각도 했다. 설명할 순 없지만, 그 음반을 바라보고 있으면 어쩐지 자신이 버린 아이가 가까이에 살아 있는 것처럼도 느껴졌다고. 그런데도 턴테이블을 사서 그날 들었던 그 곡을 들을 생각은 한 번도 하지 않았다고 한다. 아마도 노래를 듣는 순간 무너져내려 다시는 일어설 수 없을 것 같아서였을 거다.

이야기를 다 들은 그녀는 말없이 생모를 안아주었다. 생모는 작은 어깨를 들썩이며 딸의 품에 안겨 또 울었다. 그녀는 생모가 참 눈물이 많은 사람이라고 생각했다. 그러고는 생모가 눈물을 그칠 때를 기다려 여행 가방을 열고 정원의 이상한 LP가게에서 산 음반을 보여주었다. 생모가 그녀를 버린 대신 간직해 온 음반과 똑같은 그 음반을.

비 오는 날 처음 이 땅을 떠나야만 했던 그녀가 다시 떠난 날은 더없이 화창했다.

사람들은 인생을 흔히 마라톤에 비유한다. 100미터 달리기처럼 눈 깜빡할 새에 끝나지 않는다는 점, 출발점과 도착점이 다르다는 점, 42.195킬로미터를 뛰다 보면 그사이에 반드시 포기하고 싶어지는 순간이 있다는 점,

그리고 그 고통을 이겨내야만 승리할 수 있다는 점이 우리네 삶을 연상시켰을 거다. 하지만 정원은 조금 다르게 생각했다. 턴테이블 위에서 빙글빙글 돌아가는 음반을 바라볼 때마다, 정원에게 인생이란 어딘가에서 출발해 또 다른 어딘가에 도착하는 게 아니라 빙글빙글 돌아 결국 제자리로 돌아오는 건 아닐까 싶었다. 매일매일 달이 지구를 돌고 지구가 또 태양을 중심으로 도는 것처럼 턴테이블 위에서는 레코드판이 돌았다. 정원은 그게 좋았다. 빙글빙글 회전하는 세계에서는 누가 먼저 앞서간다고 해서 앞서는 것도 아니요, 뒤처진다고 해서 급해질 필요도 없으니까. 그리고 무엇보다 매일 똑같은 태양이 뜨고 똑같은 아침이 와도 어제의 태양과 오늘의 아침은 다르니까.

그녀는 비행기 시간이 됐다며 서둘러 떠났다. 그리고 정원은 LP가게의 한쪽 벽을 가득 메운 순례자들의 포스트잇 메모 속에서 그녀가 방금 남기고 간 글귀를 찾아냈다.

This strange record store only sells used vinyl. But I realized there was much more to it after I bought one. What I bought wasn't just a record, but a piece of nostalgia.

"'이상한 LP가게는 중고 LP만 팝니다. 하지만 LP를 산 뒤 한 가지를 깨달았지요. 내가 산 건 단지 음반 한 장이 아니라 추억 한 조각이었다는 걸'……."

한때 매일매일 죽고 싶었던 정원이 그 마음을 지워낼 수 있었던 건 온전히 '이상한 LP가게'와 그곳을 찾아온 순례자들 덕분이었다.

정원

🎧

아르페지오네 소나타 D.821

그러니까 정원이 죽어야겠다고 마음을 먹고 실제 행동으로 옮기는 마지막 단계에서 잠시 멈췄던 것은 한 장의 LP 음반 때문이었다. 수천 장의 LP 중 하필 그 순간 정원의 시선에 들어온 게리 카의 『아르페지오네 소나타Arpeggione Sonata』. 아버지가 좋아하던, 아버지의 음반. 그랬다. 정원은 그 LP를 딱 한 번만 더 듣고 죽으려고 했다.

"정원아, 콘트라베이스 소리를 잘 들어봐. 오케스트라 맨 뒷줄에서 없어도 그만일 것 같은 제일 낮은 음역대를 맡고 있지만, 콘트라베이스가 없다면 오케스트라는 절대 완벽해질 수 없어. 더 재미있는 건 뭔 줄 아니? 오케스트라의 빈틈을 채워주는 역할만 하는 줄 알았던 그 악기로 누군가는 바흐나 슈베르트를 완벽히 연주했다는 거야. 이거야말로 정말 멋진 한 방이 아니니?"

"우와, 그러게요! 정말 엄청난 한 방이네요, 아빠! 아빠가 말한 그 누군가가 바로 이 게리 카라는 얘기죠?"라고 정원이 살갑게 맞장구쳐 주었다면 얼마나 좋았을까. 그랬다면 아마도 아빠는 그 말을 얼른 받아 언제 끝날지 모를 음악 이야기를 신나서 더 들려주었을 거다. 물론 그 전에 엄마가 말리러 왔겠지만.

하지만 그때 정원은 아버지가 기대했을 법한 어떤 반응도 보여주지 않았다. 아버지의 이야기가 재미없어서는 아니었다. 오히려 정반대였지만 아무 반응도 하지 않았다. 그게 평범한 어린 날의 정원에게는 일상이었다. 막상 삶과 이별하려는 순간 오래전 그날의 사소한 기억과 함께 아버지의 얼굴이 떠올랐다. 웃고 우는 데 인색함이 없는 또래 아이들과는 달리 딱히 표정이랄 게 없는 아들을 둔 아버지의 얼굴에는 그래서 더 많은 감정이 담기곤 했다. 그때 아버지에게 좀 더 신나게 반응해 주었더라면, 좀 더 일찍 자신이 평범한 사람들과 어딘가가 다르다는 걸 깨닫고 좀 더 일찍 무표정한 얼굴에 적절한 표정을 담는 훈련을 했다면, 그랬다면 달라졌을까? 물론 의미 없는 상상이다. 모든 후회가 다 그렇다. 그날 정원의 아버지는 박수갈채를 받는 화려한 독주자의 삶이든 그림자처럼 묵묵히 다른 악기를 떠받치는 콘트라베이스 연주자의 삶이든, 모두 그 자체로 가치가 있다는 걸 표정 없는 어린 아들에게 전해주고 싶었을 것이다. 하지만 시간이 흘러 어느 정도 표정을 찾게 된 정원은 깨달았다. 아버지가 자신에게 들려주었던 교훈적인 이야기의 대부분은 당신 스스로에게 하고 싶은 말에 더 가까웠다는 것을. 그러니까 일찍감치 실패로 판명 난 당신 인생에 대한 일종의 자기합리화라는 것을.

그래서 훗날 정원은 아버지의 영정 앞에서 이렇게 중얼거렸는지도 모른다.

"아버지, 인생이 어디 늘 그렇던가요? 거대한 콘트라베이스를 부둥켜안고 온몸을 던져 연주해 본들, 이제 아무도 그 악기를 위한 음악을 만들지 않는다고요. 참, 게리 카는 또 모르겠지만 찰스 밍거스의 엉망진창 재즈 베이스를 견디는 일은 너무나 힘들었어요. 이제 와서 할 수 있는 말이지만요."

일본의 킹 레코드에서 발매된 게리 카의 음반을 턴테이블에 올려놓은 뒤 정원은 슈베르트의 소나타 1악장과 3악장 사이, 그러니까 슈어♪에서 만든 바늘이 긁고 지나간 그 짧은 거리 위에서 삶과 죽음의 경계를 넘나들었다. LP 음반의 뒷면엔 라흐마니노프와 생상스의 곡도 실려 있었지만 굳이 거기까지 갈 필요는 없었다. 라흐마니노프라면 이런 상황에 더 어울릴 「죽음의 섬」이라는 교향시가 따로 있고, 생상스의 리듬이야 어떻게 연주해도 분주하게 느껴질 테니.

정원에게 지난 1년은 무엇 하나 예상대로 된 일이 없는 한 해였다. 따지고 보면 지난 1년이 아니라 늘 그랬다. 그래서 굳이 새삼스러운 일은 아니었지만 이번에는

♪　미국의 음향기기 제조사. 2018년도까지 턴테이블에 쓰이는 카트리지와 바늘을 제조했다.

결이 좀 달랐다. 아니, 아예 차원이 달랐다고 해야겠다. 정원은 1년이라는 시간을 살아남아 이제는 모르는 사람들 앞에서 강연도 하는, 요즘 말로 소위 '인플루언서'가 됐다. 도대체 어떻게 이런 일이 가능했던 걸까. 정원으로서는 여전히 알다가도 모를 일이었다. 그러거나 말거나 오늘의 강연 제목은 '이상한 LP가게의 창업 성공기'다. 심지어 정원이 지은 제목도 아니다. 강연을 요청한 경기북부소상공인연합회 노진주 대리에게서 받은 홍보 자료에 이미 그렇게 적혀 있었다. 행사를 기획한 노 대리는 그저 편하게 주위 친구들에게 자랑하듯 창업 성공담을 들려주면 된다고 했지만, 막상 강연 타이틀에 들어가 있는 '성공'이라는 두 글자(그것도 볼드체에 폰트와 컬러까지 다르게 강조된)는 여전히 낯설었다. 서른 해 넘게 살면서 정원은 단 한 번도 세상 사람들이 입버릇처럼 말하는 그 성공이란 걸, 꿈꿔본 적도 언급해 본 적도 없었다. 성공은 정원의 삶에 없었다. 아, 아니다. 하나 있기는 했다. 동생 정안. 정안이 대학원을 졸업한 뒤 원하던 연구소에 연구원으로 합격했다고 전화를 걸어온 날, 돌이켜 보면 그 순간에는 문득 성공했다는 기분이 들었던

것 같기는 하다. 물론 엄밀히 말하면 전적으로 동생이
이루어낸 성취이기는 했지만.

다시 말하지만 1년 전 어느 날, 정원은 세상과 이별하
고자 했다. 그때 정원은 충분히 진지했고 구체적인 실행
의 막바지 단계까지 냉정하게 가늠을 수 있었다. 일부러
그리 튼튼하지 않은 의자 위에 올라가 천장에 더없이
튼튼하게 묶어놓은 굵은 노끈을 넥타이처럼 목에 맸고,
의자만 발로 툭 차면 중력에 의해 아마도 목뼈가 툭 하
고 부러지면서 원하는 대로 세상에 이별을 고할 수 있
을 터였다. 그런데 결국…… 정원은 하지 않았다. 죽음
을 앞에 두고 막상 두려워졌거나 삶에 대한 미련이 남
아서는 아니었다. 그건 오로지 LP 음반 한 장, 아니 정
확히는 6312장의 음반 때문이었다.

정원은 언젠가 유품정리인이 고독사에 대해 쓴 책을
읽었다. 정확한 기억은 아니지만 대충 이런 내용이 있었
다. 유품정리인이 정리해야 하는 유품이란 단순한 물건
이 아니라 누군가가 살아온 증거이자 인생 그 자체라고.

특별할 것 없는 평범한 문장이었다.

정원은 죽음에 가까이 다가간 순간 문득, 그 글귀를 떠올렸다. 그리고 자신의 LP판들이 단순한 물건 이상의 의미를 지닌다는 걸 새삼 깨달았다. 수많은 LP판은 정원이 살아온 흔적이자 한때 정원에게 아버지가 있었다는 증거이기도 했다. 그래서 언젠가 동생 정안은 LP판을 보물 다루듯 하는 정원에게 이렇게 말한 적이 있다.

"형은 나랑 LP판이 물에 빠지면 LP판부터 건져낼 사람이야."

그때 정원은 당연하지 않겠냐고 대꾸했다. 물론 당연히 농담이었다. 어떤 LP판도 정안보다 더 소중할 수는 없다. 하지만 이미 정안이 가고 없는 세상에서 LP판보다 더 소중한 물건은 또 없었다.

정안은 정원보다 네 살 어린 동생이었다. 착한 아이였다. 정안이 연구소에 취직한 뒤, 첫 월급을 받았다며 비싼 패밀리 레스토랑에 형을 데려간 적이 있다. 그곳은 로봇이 서빙을 하는 식당이었는데, 어떤 손님이 술에 취해 서빙 로봇을 발로 차서 넘어뜨리는 사고가 벌어졌다. 정안은 그때 넘어진 로봇에게 달려가 일으키려고 애를 썼다.

"뭘 그렇게까지 해? 로봇이잖아."

나중에 정원이 말했을 때 정안은 이렇게 대답했다.

"로봇에게는 마음이 없을지도 모르지만, 사람한테는 있잖아."

정안은 그런 마음을 가진 아이였다.

예스터데이 원스 모어

정원이 갖고 있던 6000장의 LP 대부분은 아버지가
생전에 모아둔 유품이었고, 그중 10분의 1 정도는 정원
이 틈틈이 사 모은 것이었다. 어린 시절 정안은 아버지
와 형의 거침없는 음반 수집벽을 지켜보다가 이렇게 물
었다.

"좋아하는 가수의 새 음반을 사는 건 이해해. 그런데
아빠나 형은 아예 처음 보는 가수나 음악가의 앨범도
사 모으거든? 어떤 곡이 들었는지도 모르면서 말이야.
말이 돼?"

물론 말이 된다. 정안은 이해할 수 없겠지만. 그때 아
버지와 정원은 아마도 어린 정안을 사이에 두고 둘만

아는 시선을 주고받았다. 살짝 웃음기가 섞인 시선 말이다. 그리고 아버지는 정안에게 미리 들어보지 않고도 좋은 음반을 고르는 수많은 방법 중 한 가지를 즉석에서 전수해 주었다. 이를테면 앨범 재킷에 자동차 사진이나 그림이 실려 있는 앨범은 웬만하면 배신하지 않는다는 식이었다. 물론, 타고난 이과 성향의 정안으로서는 하늘이 두 쪽이 난다 해도 절대 받아들일 수 없는 이야기였지만.

정안이 어른이 되고, 연구원이 되어 학회 세미나가 열리는 브라질에 출장을 갔다. 정안은 리우데자네이루의 한 레코드숍에 들러 정원에게 줄 선물을 샀다. 당연히 LP 음반이었다. 그때 정안이 고른 앨범 재킷에는 자동차가 활활 불타고 있었다. 브라질까지 가서, 남미 메탈의 전설인 세풀투라도 아니요, 보사노바의 창시자인 카를로스 조빔도 아닌, 그저 재킷에 자동차 사진이 들어갔다는 단 하나의 이유로 레니니의『나 프레상Na Pressão』을 골라온 것이다. 정작 그가 브라질을 대표하는 싱어송라이터이자 기타의 귀재로 불린다는 사실도 모른 채 말이다. 물론 그럼에도 정안은 자신이 고른 음반이 매우 높은 확률로 좋은 앨범일 거라는 확신이 있었다. 어린 시절 아버지가 가르쳐준 좋은 음반 고르는 방법은 좀처럼 틀리는 법이 없었으니까.

출장에서 돌아온 정안에게서 레니니의 음반을 선물 받은 정원은 불타는 자동차 사진이 들어간 앨범 재킷을 보고 피식 웃었다. 아버지가 있었다면 또 둘만 아는 시선을 주고받았을 텐데 그럴 수 없다는 사실이 문득 서운했다. 레코드판은 턴테이블 위에서 분당 33과 3분의 1의 속도로 회전한다. 빙글빙글 돌아가는 바이닐에 새겨진 홈에는 추억도 새겨진다.

그날, 자신의 목을 조이던 노끈을 스스로 풀고 의자에서 내려온 정원은 밤새 음악을 들었다. 정안이 사온 레니니의 음반이 다 돌고 난 후 정원은 카펜터스의 1973년 앨범 『나우 앤드 덴Now & Then』을 찾았다. 앨범 재킷에는 역시나 빨간색 자동차에 타고 있는 카펜터스 남매의 모습이 담겨 있다. 그렇게 기억은 기억을 부른다. 레코드판이 돌자 "에브리 샬랄랄라, 에브리 위어어

어" 하는 익숙하고 편안한 멜로디가 방 안을 꽉 채웠다. 영어를 잘하지는 못해도 「예스터데이 원스 모어Yesterday Once More」의 가사는 워낙 단순하고 발음도 비교적 명료해 내용이 귀에 쏙쏙 들어왔다.

어릴 적 기억이 떠올랐다. 아버지는 라디오를 좋아했다. 지금은 듣고 싶은 음악을 골라 듣지만 그 시절에는 라디오를 켜놓고 좋아하는 곡이 언젠가 나오기를 기다려야만 했다. 그러다 드디어 원했던 곡이 흘러나오면 아버지의 입가에는 미소가 돋았다. 그때는 몰랐지만 지나고 보니 그 순간만큼은 행복했던 것 같다. 그리 오래된 추억도 아니었다.

정원은 음악을 듣기 전 레코드판을 턴테이블에 올리는 일련의 행위를 좋아했다. 아니, 사랑했다. 종이 재킷에서 조심스레 바이닐을 툭툭 쳐 분리한 후 경건한 의식을 치르듯 지문이 묻지 않게 양 손바닥을 쫙 펴서 고정하고, 그다음에는 마치 로봇처럼 허리를 회전시켜 턴테이블 위로 바이닐의 위치를 먼저 잡는다. 그리고 하강. 엄지와 검지로 바늘을 가져다 바이닐 표면 위에 조심스레 올리는 마지막 단계를 거치면 마침내…… 레코드판이 빙그르르 회전하며 스피커를 통해 나오는 음악이 공간을 채울 때, 그제야 참았던 숨을 조용히 내쉴 수 있다. 정원은 그 일련의 과정을 사랑했다.

음악에는 어떤 힘이 있어서, 듣다 보면 그 안에 추억이 담기고 이야기가 생겨났다. 피아졸라의 탱고 음악을 들으면 알 파치노를 좋아하던 옛 친구가 떠오르고, 메뉴인이 초연한 멘델스존의 협주곡이나 아르투로 미켈란젤리의 피아노 소리를 들으면 지금은 곁에 없는 아버지를 비교적 생생하게 느낄 수 있는 것처럼.

"정원아, 미켈란젤리가 연주하는 쇼팽의 「스케르초」를 들어봤니? 미켈란젤리는 베토벤 전문가로 알려져 있지만, 사실 숨은 보석은 쇼팽의 곡들이란다. 왼손의 3박 음들을 그만큼 잘 연결한 연주자도 드물거든. 루빈스타인이나 짐머만도 훌륭하지만 말이야."

음악 얘기만 나오면 그토록 섬세했던 아버지는 왜 그토록 투박하게 세상을 뜬 걸까? 쇼팽의 「스케르초」 선율을 누비는 미켈란젤리의 왼손 아르페지오를 들으며 정원은 마치 어린 시절로 돌아가 아버지와 이야기를 나누는 기분이 들었다. 하지만 그 시절의 아버지는 끝내 정원이 원하는 답을 들려주지 않았다. 왜 그렇게 떠나갔는지. 정말 그것 말고는 다른 선택은 없었는지……. 결코 답을 들을 수 없는, 부질없는 질문임을 알면서도 정원은 여전히 궁금했다.

정원은 빙글빙글 돌아가는 레코드판을 바라보고 들으며 밤을 꼬박 지새웠다. 그리고 어느덧 창밖에 희뿌연 아침 기운이 비쳐들자 비로소 깨달았다. 어쩌면 다시는 누리지 못할 시간을 누렸던 거라고. 그렇다고 이 세상에서 사라지기로 한 결심을 아주 접은 것은 아니었다.

그저.

잠시.

보류.

희미한 새벽빛이 비쳐드는 방 안. 정원은 한쪽 벽면을 가득 채운 LP들을 바라보며, 그들은 그들 나름의 방식으로 살아 있다고 믿었다. 아버지, 엄마, 동생은 이제 세상에 없지만 저마다의 레코드판 안에 추억이라는 이름으로 여전히 남아 있는 것이다. 그런데 이 마당에 자신마저 떠난다면. 그렇게 되면 남겨진 LP판들은 어떻게 되는 걸까? 재킷은 종이 재질이니 그나마 폐지로 분류되어 재활용되겠지만 PVC로 만들어진 LP는 그마저도 안 된다. 구석마다 서려 있는 추억을 세상 쓸모없는 쓰레기가 되도록 놓아둘 수는 없었다.

언젠가 정안이 그랬다. 로봇에게는 마음이 없어도 인간에게는 마음이 있으니 고장 난 로봇을 향해 얼마든지 슬퍼하고 연민해도 된다고. 그게 인간이라고. 정원은 정안의 말을 마음에 또 새겼다.

이 풍진세상을 만났으니

정원이 죽기로 한 결심을 잠시 뒤로 미루고 찾은 곳
이 풍진동이었던 건 그냥 우연이었을까? 풍진風塵은 바
람에 날리는 티끌이란 뜻이다. 사전을 더 찾아보면, 편
안하지 못하고 어지러운 세상이라는 뜻을 담은 '풍진세
상'이라는 단어도 찾아볼 수 있다. 그러고 보니 아주 오
래전 언젠가, 기분 좋게 술에 취한 아버지가 흥얼대던
노랫가락이 희미하게 떠올랐다.

　이 풍진세상을 만났으니

　너의 희망이 무엇이냐

　부귀와 영화를 누렸으면

희망이 족할까

정원에게도 이 세상은 풍진세상이었다. 그래서 풍진
동이라는 마을 이름에 오히려 마음이 편안해졌는지도
모른다.

풍진동은 서울이지만 서울 같지 않은 산자락 아래 자
리한 마을이다. 동네 사진만 보면 누구도 이 마을이 지
리적으로 서울이라는 걸 알아차리지 못하는 그런 곳. 서
울이라는 대도시 안에서도 가장 낙후된 곳. 덕분에 주말
이면 카메라에 커다란 망원렌즈를 대포처럼 장착한 사
진 블로거나 유튜버들이 제각기 풍진동을 찾았다. 그리
고 그들의 카메라에 담긴 오래된 마을 풍경은 SNS에서
감성 사진으로 소비됐다. 아무리 이런 곳이라도 행정구
역상으로는 엄연히 서울인지라 얼마 전까지만 해도 당
연한 듯 재개발 광풍이 불었다. 하지만 산과 붙어 있는
지리적 특성으로 개발이 제한된 곳도 있었고, 무엇보다
땅을 소유한 이들의 욕망은 그야말로 복잡다단하면서
도 또 집요해서 모두를 만족시키는 개발 협상안이 나온
다는 것 자체가 애초에 불가능해 보였다. 결국 참여하기

로 했던 메인 건설사는 그사이 부도가 났고 덕분에 지금 풍진동은 잠시 휴전 상태다. 지난한 과정을 겪으며 떠날 사람들은 이미 다 떠났기에 마을 초입에 있는 상가 건물은 대부분 텅 비어 있었다. 덕분에 정원은 빈 가게를 수월하게 골라 보증금도 없이 두 달간 빌릴 수 있었다. 상가 주인을 대신해 부동산 사장이 나서서 깔세 형태로 두 달 치 월세 200만 원을 불렀다. 정원이 말이 없자 부동산 사장은 그 자리에서 바로 50만 원을 깎아서 150만 원을 입금하라고 했다. 부동산 사장은 정원에게 오가는 사람도 별로 없는 동네에서 뭘 할 생각이냐고 물었다. 정원은 짧게 LP판을 팔 거라고 대답했다. 사장은 그게 장사가 되냐며 고개를 갸웃했고, 정원은 잘 모르겠다고 했다. 귀찮아서가 아니라 정말 몰라서 그렇게 대답할 수밖에 없었다.

정원은 죽겠다고 다짐한 두 달이 다 지난 후에도 여전히 살아 있었다. LP판을 다 못 팔아서? 천만에. 그 반대였다. 도무지 믿기 어려운 얘기지만 정원의 중고 LP 장사는 소위 말하는 '대박'이 났다. 보고도 믿기지 않는 일이었다. 상식적으로 중고 LP를 파는 가게가 대박 날 일이 대체 뭐가 있겠는가. 아날로그 감성을 좇는 젊은 LP 마니아들이 꾸준히 늘고 있다고는 하지만 동시에 그 말은 LP가 대중적인 아이템은 아니라는 뜻이다. 그런 상황에서도 어쨌든 정원의 음반 가게는 날로 성황이었다. 급기야 정원은 스스로 약속한 두 달하고도 열 달을 더 살아남아 경기북부소상공인연합회 초청으로 자영업자들을 상대로 한 대중 강연에까지 나서게 되었다. 단 한 번도 의도해 본 적조차 없는 이 사회의 '성공한 자영업자' 자격으로 말이다.

1년 전 죽으려 했던 사람에게 이런 미래가 기다리고 있을 거라고 그 누가 예상했겠는가. 예상은커녕 상상도 못 한 일이었다. 그런데 결국 정원은 죽을 새가 없어 살아남았다. 더 중요한 건 자신만 살아남은 게 아니라는 사실이었다.

누구나 세상을 바꾸려 하지만 정작 자기 자신은 바꾸려 하지 않는다. 톨스토이가 한 말이라고 한다. 정원은 훗날 자영업자 소상공인들이 모인 강연 자리에서 중고

LP가게를 열고 그곳에서 만난 조금은 별난 손님들 덕분에 자신이 바뀌었다고 고백했다. 그리고 비록 처음부터 의도하지는 않았지만, 자신이 바뀜으로써 세상의 일부도 바뀌었다고 자신 있게 말했다.

툭, 툭, 툭 소리에 정원이 고개를 들었다. 빗방울이 창문을 때리고 있었다. 정원은 비가 오는 날이면 아버지가 즐겨 듣던 앨범을 종종 꺼내 들었다. 앨범 재킷에는 파란 하늘을 배경으로 새장처럼 생긴 철제 망루가 실려 있고, 그 안에 한 가수가 갇혀 있다. 1973년에 발매된 일명 '망루' 앨범이라 불리는 이연실의 명반이었다.

언젠가 이 가수의 근황이 궁금하여 검색해 본 적이 있다. 그러나 1970년대 포크의 전설로 불리던 가수치고는 이후의 활동을 거의 찾아볼 수 없었다. 누군가는 그녀의 삶이 순탄치 않았으리라고 결론지어 말했지만, 정원은 알려진 근황이 없으니 예단할 수는 없다고 생각했다. 그러다 문득 궁금했다. 그녀는 알고 있을까? 무려 반세기 전 바이닐에 새겨놓은 자신의 목소리로 위로받는 이들이 지금도 어딘가에 있다는 사실을 말이다. 정원이 조심스레 음반 위에 바늘을 올리자 곧 청아한 그녀의 목소리가 가게 안을 채웠다.

어디에 있었니 내 아들아
어디에 있었니 내 딸들아

나는 안개 낀 산속에서 방황했었다오
시골의 황토길을 걸어다녔다오
어두운 숲 가운데 서 있었다오
시퍼런 바다 위를 떠다녔었다오

소낙비 소낙비 소낙비 소낙비
끝없이 비가 내리네

노래를 처음 들었을 때 어린 정원의 귓가에도 그녀의 목소리는 뭐라 설명할 수 없는 감정, 굳이 설명하자면 기쁨이나 행복과는 다른 편에 서 있는 감정들이 느껴졌다. 정원은 몰랐지만, 아버지는 어린 정원이 「소낙비」를 듣는 동안 그 표정을 세심하게 살피며 기다리고 또 기다렸다. 아버지는 평소에 무표정한 정원이 음악을 들을 때만은 표정이 달라진다는 것을 알고 있었다. 아버지이기에 알아차릴 수 있는 아주 미세한 변화에 불과했지만 말이다.

곡이 끝나자 정원의 아버지는 곧바로 또 다른 음반을 턴테이블에 올려놓았다.

"정원아, 이것도 한번 들어보렴."

바늘이 새로 올려놓은 음반을 긁자 이번에는 익숙한 남자 가수의 목소리가 흘러나왔다. 순간 어린 정원의 눈썹이 꿈틀했다. 아버지가 기다리고 있던 반응이었다.

"같은 노래네요?"

이번에 아버지가 튼 노래는 밥 딜런의 「어 하드 레인스 어 고나 폴A Hard Rain's A-Gonna Fall」이었는데 먼저 들은 이연실의 「소낙비」와 같은 멜로디를 공유하고 있었다. 그러니까 「소낙비」의 원곡이었던 것이다. 정원은 영어 가사의 내용을 알아들을 수 없었지만 어쩐지 슬펐다. 멜로디는 오히려 경쾌한 쪽에 가까운데 그래서 더 슬프게 느껴진다니 신기했다.

어린 시절 정원은 자연스럽게 드러나는 표정으로 감

정을 표현하는 일에 서툴렀다. 하지만 아버지가 들려준 음악을 통해 인간에게는 밤하늘의 별만큼이나 많은 감정이 존재한다는 사실을 알고 느끼며 이해할 수 있었다. 그날 정원의 아버지는 인간이 만들어낸 것 중 음악보다 위대한 건 없다면서 어린 정원의 머리를 가만히 쓰다듬었다.

음악은 저마다 생명을 갖고 있어서 그렇게 살아 움직인다. 어떤 곡은 곧 잊히기도 하지만 또 어떤 곡은 여러 모양으로 변형되면서도 끝내 살아남아 누군가의 추억이 된다. 턴테이블 앞에 가만히 앉아 돌아가는 레코드판을 바라보며 정원은 정안을 생각했다. 정안은 언젠가 물었다.

"형, 추억은 힘이 될까? 짐이 될까?"

그때 정원은 선뜻 답하지 못했다. 하지만 지금 다시 묻는다면 주저 없이 말했을 거다. 당연히 추억은 힘이 된다고.

토카타와 푸가 D단조 BWV 565

정원은 자신과 동생이 수익자로 계약된 생명보험이 세 개나 있다는 사실을 보험회사 직원이 찾아온 후에야 알게 됐다. 교통사고로 인한 부모님의 사망으로 받게 될 보험금은 열아홉 살 정원이 상상하기 힘들 만큼 거액이었지만, 문제는 아버지가 남기고 간 채무였다. 생전에 아버지의 친구였다며 찾아온 변호사는 정원에게 먼저 채무를 포함해 모든 상속을 포기한 뒤 보험금을 온전히 수령하는 방안을 조언했다. 하지만 정원은 기어코 보험금을 먼저 받아서 아버지가 남긴 빚을 변제하겠다고 고집을 부렸다. 마침 민법상 성인이 되었기에 법적으로 가능한 일이었다. 보험금은 이래저래 맞춰보니 충분하지는 않아도 빚을 모두 갚기에 모자라지도 않았다. 정원은 아버지의 채무를 청산할 수 있게 되어 다행이라고 생각했지만, 어린 시절부터 아버지의 친구였다는 변호사의 생각은 다른 것 같았다. 정원이 끝내 고집을 꺾지 않자 변호사는 자신이 더 이상 해줄 일은 없겠다며 잘 지내라는 말을 남기고 떠났다. 아, 그 전에 정원에게 이런 말을 덧붙였다.

"자네는 채무 변제가 세상을 떠난 아버지의 명예를 지키는 일이라고 생각했겠지. 하지만 돌아가신 아버지가 마지막으로 바란 게 과연 자신의 명예였을까? 난 아니라고 보네."

정원은 아버지가 바란 게 뭐든 상관없었다. 어린 시절 사랑한 아버지는 결국 배신자였고 곁에서 끝내 말리지 못한 엄마도 마찬가지였다. 아버지는 그렇다 쳐도 엄마는 도대체 무슨 생각이었을까? 장담할 순 없지만 아마도 아버지는 처음엔 혼자 가려고 했을 것이다. 하지만 엄마에게 그 계획을 들켰겠지. 아버지는 엄마 앞에선 제아무리 사소한 거짓말도 남김없이 들키고야 마는 사람이었으니까. 그리고 결국 마지막 순간에 엄마는 우리 대신 아버지와 동행하기로 결심했겠지. 남겨질 우리보다 떠나갈 아버지가 더 불쌍했을 테니까. 아니면 아버지 없는 세상에서 살아갈 엄두가 나지 않았거나……. 그래도 그 이유가 무엇이든, 둘 다 그 선택을 해서는 안 됐다. 아무리 힘들어도 먼저 가족을 버리는 건 용납될 수 없는 일이다.

물론 정원은 알고 있다. 모두 다 돈 때문에 벌어진 일이라는 것을. 그래서 정원은 더더욱 돈에 휘둘리고 싶지 않았다. 아버지의 친구였던 변호사는 정원이 아버지의 명예를 지켜주기 위해 그랬다고 멋대로 생각했지만 사실은 아니었다. 정원은 아버지를 인생에서 패배로 이끈 바로 그 '돈'에 자신만큼은 지고 싶지 않았을 뿐이었다.

$$\oint$$

정원은 사춘기 시절부터 종종 자살 충동에 시달렸다. 부모가 사고로 동시에 세상을 떠나기 전부터 그랬다는 얘기다. 학창 시절, 정원은 실제로 자살을 시도한 적도 있었지만 결국 성공에 이르지는 못했다. 어쩌면 정말로 죽고 싶지는 않았을지도 모른다. 죽고 싶지 않지만 죽고 싶은 생각을 멈출 수 없는 그런 이상한 상태는 꽤 오랫동안 지속됐다. 처음에는 어린 시절의 자폐 성향이 다소간의 사회성 부족 수준으로 회복되는 과정에서(그 과정을 정원의 부모는 '기적'이라 여겼다) 생겨난 부작용이 아닐까도 생각했다.

그런데 아이러니하게도 부모가 허무하게 세상을 떠나자 정원은 어쩐지 당분간은 자살을 떠올리지 않게 되었다. 엄청난 채무나 느닷없이 주어진 보험금이 유산의 전부가 아니었기 때문이었다. 정원의 곁에는 그가 지켜야 할, 세상에 하나뿐인 동생 정안이 있었다.

사춘기 시절 정원은 헤밍웨이가 그랬던 것처럼 혹시 자신이 자살 유전자를 물려받은 것은 아닐까 의심했었다. 그렇게 놓고 보면 사고를 가장한 부모의 자살도 설명할 수 있을 것 같았다. 결국엔 그 모든 것이 다 유전자의 문제였다고 하면 되니까. 하지만 막상 동생을 책임져야 하는 상황에 놓이자 자살 사고에서 벗어날 수 있었고, 그러다 보니 선천적인 문제일 가능성은 제외해도 좋겠다는 생각이 들었다.

정원에게 부모가 없는 삶이란 죽음 따위를 떠올릴 수 있을 만큼 낭만적이지 않았다. 물려받은 빚을 갚는 데 보험금을 다 쓴 정원은 이제 살기 위해 온갖 일을 해야 했다. 공부에서 큰 희망을 찾은 경험이 없던 것이 오히려 다행이었다. 남들 공부할 시간에 일하는 게 조금은 덜 억울했으니까. 반면에 동생 정안은 공부에 소질이 있었다. 정원은 과외 아르바이트라도 하겠다는 정안을 극구 말리며 동생 뒷바라지를 자청했다. 그렇게 정안을 대학원까지 보낸 정원이었다.

보험사조차 별다른 이의를 제기하지 않은 부모의 교통사고를 정원이 사고를 가장한 자살이라고 확신하게 된 결정적인 계기는, 아버지가 차를 몰고 나가기 직전에 바흐의 「토카타와 푸가 D단조」를 들었던 것을 발견했기 때문이다. 작품 번호 BWV 565, 세상에서 가장 유명한 오르간 곡. 헬무트 발햐가 연주한 버전이었다. 재킷에 LP판을 집어넣을 새도 미처 없었는지 턴테이블 위에 그대로 얹혀 있는 그 음반을, 정원은 부모의 장례를 다

치르고 나서야 발견했다. 영화 「페드라」에서 주인공이 차를 몰고 해안도로를 질주하다 절벽으로 추락할 때 울려 퍼지던 음악. 앤서니 퍼킨스의 광기 어린 절규와 한 덩어리로 산화하던 그 음악.

그러니까 이건, 아버지가 오로지 경건함으로 가득 찬 헨델의 「오라토리오」나 바흐의 「미사 B단조」 같은 곡을 듣고 있었던 것과는 전혀 다른 상황이란 뜻이다. 더군다나 헬무트 발햐가 연주한 음반이었다. 그가 누군가. 열여섯의 나이에 실명한 뒤 혼신의 힘으로 인간 승리를 이뤄낸 위대한 연주자가 아닌가. 그럼 당연히 아버지는 그의 삶 앞에서 희망을 보았어야 했다. 그랬어야만 했다. 하지만…… 정작 당신이 마주한 건 끝내 다다를 수 없는 것에 대한 절망이었던 걸까. 물론 알 수 없는 일이다. 정원은 그래서 궁금했고 그래서 여전히 의심했다.

정원의 아버지는 고민거리가 있거나 무언가를 결정해야 할 때 로잘린 투렉이 연주하는 바흐의 「골드베르크 변주곡」을 듣곤 했다. 그러면 늘 결정을 유예한 채 잠들 수 있었기 때문이다. 일종의 수면제 처방이었다.

종종 가까운 사람들 중 정원의 아버지로부터 같은 처방을 받은 이들이 있었다. 그들 중 몇몇은 불면증이 사라졌다며 지루한 곡을 추천해 줘서 고맙다고 했다. 자주 있는 일이었다. 의도와는 다른 결과.

　누군가에게는 지루하게만 들렸던 투렉의 연주에서 정원의 아버지가 발견한 건 지루함 사이에 숨어 있는 삶의 어떤 여백이자 틈이었다. 그리고 그 틈은 종종 작은 위로가 되어주었다. 자연스레 앞으로 해야 할 일이 떠오르곤 했으니까. 그날도 「토카타와 푸가」가 아니라 투렉의 연주를 다시금 들었다면 얼마나 좋았을까. 그랬다면 그 밤을 고이 보내고 또 다른 아침을 맞이할 수도 있었을 텐데. 아니, 하다못해 끝없이 반복되는 「샤콘」의 대위법 속에라도 빠져들었다면……

　정원의 부모는 「페드라」에서처럼 금지된 사랑의 관계도 아니었고(당연히), 아버지의 외모 역시 앤서니 퍼킨스처럼 훤칠하진 않았지만(이건 이견이 있을 수 있다) 그가 바흐의 선율을 들으며 무언가 깊은 번민에 빠져 있었다는 사실을 정원은 마치 눈으로 본 것처럼 느낄 수 있었다. 게다가 오디오 옆에는 듣기 전인지 후인지 모를 닉

드레이크의 LP 음반이 놓여 있었다. 닉 드레이크라니. 스물여섯 살에 요절한, 청바지가 잘 어울리는 비운의 싱어가 창밖을 내다보고 있는 음반 재킷을 보며 정원은 다시 한번 짐작할 수밖에 없었다. 사이키델릭 록의 시대에 너무 일찍 도착해 파괴되어 버린 포크 가수의 영혼처럼 아버지도 그렇게 회복 불능의 상태로 병들어 가고 있었던 건 아닐까 하고.

결과적으로 아버지는 '실패와 채무'만 남은 세상을 '자식의 미래와 보험금'이 남은 세상으로 바꾸고 싶었는지도 모른다. 하지만 정원은 끝내 그것을 받아들이지 않았다. 그게 아버지의 의도와 계획이었다면 절대 성공해서는 안 됐다. 아버지는 죽어서도 자신의 결정이 해서는 안 되는 결정이었음을 깨달아야만 하고, 자식을 버리고 먼저 떠난 걸 후회해야만 했다. 그게 정원이 거액의 보험금을 받아들이지 않은 이유였다.

𝄞

한편, 정원은 제법 잘생긴 외모 덕에 일터를 옮길 때

마다 또래 이성으로부터 호감 섞인 표현을 받았지만 그때마다 매번 거절했다. 언제 죽을지도 모르는데 연애는 무슨, 싫은 마음이기도 했지만 사실은 가족을 제외한 타인과 관계를 맺는 게 그냥 힘들었다. 이유를 물어도 정원으로서는 할 말이 없었다. 태어나는 순간부터 인간은 이미 '왜'라는 질문에 답할 수 없는 존재이기 때문이었다. 그런 정원에게 음악은 거의 유일한 위로가 되어주었다. 그러고 보니 아버지의 유산은 하나 더 있었다. 타고난 절대음감. 정원은 평균율♪과 순정율♪♪ 모두에 맞춰진 놀라운 절대음감을 갖고 있었다. 그렇다고 한들, 지나가는 자동차가 울리는 경적의 음을 맞추는 능력으로 딱히 할 수 있는 일은 없었다. 그저 몇천 원짜리 기타 조율기를 대신할 수 있는 정도의 효용이었을 뿐(그나마 요즘에는 무료로 다운로드할 수 있는 어플이 널렸으니 그만한 가치도 없었다). 그리고 바로 문제의 6000장이 넘는 LP 음반들. 점

♪   음악에서 옥타브를 균등하게 나누어 그 단위를 음정 구성의 기초로 삼는 음률 체계.

♪♪   한 음마다 주파수의 비가 정수비가 되도록 규정한 순정 음정에 의해 음률을 구성하는 방법.

점 작아지는 집으로 이사할 때도 버리지 않고 끌고 다녔던 그 LP판들은 정원에게 있어 동생을 제외하면 유일한 애착 대상이었다.

정안은 정원과 달리 타인과 잘 어울렸고, 무엇보다 공부를 좋아했으며 또 아주 잘했다. 그래서 대학원을 졸업하고서 판교에서도 내로라하는, 이름만 대면 누구나 부러워할 대기업에 책임 연구원으로 스카우트됐다. 정원에게 그 소식을 전하던 날, 정안은 어깨에 잔뜩 힘을 준 채 이제 자신이 형을 돌보겠다고 했다. 정원은 한껏 가소롭다는 표정을 지어 보이며 웃음으로 대꾸했지만 그날 밤 10여 년 만에 다시 죽음을 생각했다. 이제 정안은 자신이 없어도 잘 살 수 있을 테니까.

정안은 회사에서 제공하는 아파트로 이사를 했다. 형과 떨어져 살자니 마음이 편하지 않았지만 대중교통으로 출퇴근하기에는 너무 먼 거리였고 당장 회사 근처에서 함께 살 집을 찾는 것도 경제적으로 어려웠다. 정원은 이제 좀 편하게 혼자 살게 됐다고 너스레를 떨었다.

물론 마음에도 없는 소리였다.

그렇게 석 달쯤 지났을 무렵, 여느 날처럼 정안은 새로 런칭할 플랫폼에 들어가는 인공지능 프로그램을 테스트하느라 꼬박 밤샘 작업을 한 뒤 퇴근하던 참이었다. 새벽의 거리는 한산했고 사람은 없었다. 숙소까지는 걸어서 15분이면 도착할 수 있었다. 평소에는 자전거를 타고 다녔지만 그날따라 새벽 공기를 들이켜며 천천히 걷기로 했다. 정안은 문득 몸은 피곤해도 정신적으로는 그 어느 때보다 안정되어 있다고 생각했다. 부모님의 죽음을 접했을 때만 해도 자신에게 과연 미래가 존재할까 의문을 가졌던 그였다. 하지만 지금은 그냥 미래가 아니라 행복한 미래를 꿈꾸게 됐다. 모두 다 하나밖에 없는 형 정원 덕분이었다. 형이 없었다면 부모님이 그러했듯 정안도 스스로 삶을 포기했을지 모른다.

정안은 천천히 걷다 진동이 와서 핸드폰을 꺼내 들었다. 월급이 입금되었다는 알림이었다. 정안은 언젠가 있었던 회사 대표와 팀장급 연구원들 간의 간담회에서 대표가 했던 말을 떠올렸다. 대표는 젊은 날 회사를 창업했을 때부터 어떤 일이 있어도, 목에 칼이 들어와도 두

가지는 반드시 지켜왔다고 했다. 월급날을 절대 거르지 않는 것. 그리고 새벽에 월급을 입금하는 것. 직원들이 아침에 일어나자마자 통장에 입금된 월급을 확인하며 하루를 시작하길 바랐기 때문이라고 했다. 정안은 자신의 정신 건강을 챙겨준 일등 공신이 월급이라는 사실을 인정하며 혼자 피식 웃었다.

바로 그때였다. 마치 순간 이동이라도 하듯 정안 앞에 고급 외제 차가 엄청난 속도로 다가왔다. 그러고는 마치 고속도로를 질주하듯 인도로 올라서며 그대로 정안을 들이받았다. 미처 피할 사이도 없이 정안은 공중으로 붕 떴고, 급작스레 핸들을 튼 차는 다시 도로로 진입해 100여 미터를 더 간 후에야 가까스로 멈춰 섰다. 하지만 운전자는 내리지 않았고 차는 이내 사라졌다.

가해 차량은 사고 현장으로부터 3.5킬로미터쯤 떨어진 곳에서 발견됐다. 가로수를 들이받은 뒤 차량을 두고 현장에서 이탈한 운전자는 사고 발생 네 시간 만에 자수했다. 경찰은 조사 결과 가해자에게서 음주나 마약 혐의는 발견되지 않았다고 밝혔으며, 일부 인터넷 언론을 통해 가해자가 수도권 소재 대학의 학생이라는 사실만 알려졌다. 가해자는 사고 당시 급발진을 주장했고 뺑소니와 관련해서는 무언가와 충돌했다고 느꼈지만 그게 사람이 아닐 수도 있다고 생각했다고 진술했다. 피해자에 대한 언급은 없었다.

$$\oint$$

정안은 차에 들이받히고 최소 30여 분가량 그 자리에 방치됐다. 이후 환경미화원에게 발견되어 인근 병원으로 이송되었는데, 유일한 가족인 정원에게 연락이 간 건 사고가 발생한 뒤 한 시간이나 지나서였다. 정원은 그 시각에 새벽 택배 배송 업무를 하고 있었다. 택배 트럭을 그대로 몰고 병원에 도착했을 때 정안은 수술실에 있었다.

그날 하루에 수술은 세 차례나 이어졌다. 수술실 밖에서 정원이 할 수 있는 일이라고는 기도밖에 없었다. 종교도 없으면서. 오후가 되자 배송과 관련된 문자만 수

백 통이 왔고 전화도 잇따랐다. 회사에서는 당장 업무에 복귀하지 않으면 해고 조치를 내리겠다고 문자를 보냈다. 정원은 핸드폰을 껐다.

의사는 환자의 의식이 잠시 돌아왔다며 정원에게 면회를 허락했다. 정안은 정원을 보자마자 지금 상황이 코미디 같다며 웃었다. 찢어지고 부서지고 시퍼렇게 퉁퉁 부어서 알아볼 수도 없는 얼굴을 하고. 그러고는 뜬금없이 드디어 엄마 아빠를 만나서 꼭 그 방법밖에 없었는지 물어볼 수 있게 됐다며, 상처투성이에 일그러진 얼굴로 웃어 보였다. 정원은 그제야 동생도 부모의 죽음을 사고가 아니라 자살이라 믿고 있었다는 사실을 알게 됐다. 하긴 정안은 똑똑한 아이니까. 그 비밀을 정원만 알고 있는 게 어쩌면 더 이상한 일일 수도 있었다.

"미안해, 형."

어떤 이들은 사랑한다고 말해야 할 때 미안하다고 말한다. 정안은 그렇게 떠났다. 마지막으로 미안하다는 한마디를 남기고서.

의사는 최선을 다했지만 어쩔 수 없었다고 했다. 그 와중에 잠시나마 환자의 의식이 돌아온 것은 그 자체만으로 기적이라고도 했다. 이제 이 세계에는 정원만 남았다. 마치 거짓말처럼. 하지만 거짓말도 꿈도 아닌 현실이었다.

오후 5시, 정각 오후 5시였다.
남은 것은 오로지 죽음, 죽음뿐이다.

정원이 스페인의 시인 페데리코 가르시아 로르카의 시를 되뇌게 된 건, 정안이 정확히 오후 5시에 세상을 떠났기 때문이다. 언젠가 길을 걷다 마주친 영화제 포스터에서 「오후 5시」라는 제목의 이란 영화를 발견하고, 정원은 홀린 듯 극장 안으로 들어갔었다. 그리고 영화의 첫머리에 흘러나오는 이 시를 들었다.

그날 오후 5시. 둘의 마지막 시간을 위해 간호사가 커튼을 쳐준 중환자실 한구석에서, 정원은 영원과도 같은 오후 5시를 맞았다.

남은 것은 오로지 죽음, 죽음뿐이다.

그렇게 정원은 시인 로르카를 알게 되었고, 그의 시에 곡을 붙인 파코 이바네즈의 노래를 듣게 되었으며, 심연의 낙엽을 길어 올리는 가을바람 같은 그 목소리를 좋아하게 되었다. 정원은 곧 살바도르 달리가 디자인한 파코 이바네즈의 음반도 샀다. 이바네즈가 부른 조르주 브라상의 원곡도 찾아서 들었다. 스페인어 가사까지 그대로 외워 흥얼거리는 정원의 모습을 보았다면, 아마도 정안은 소리 내어 웃으며 과장되게 고개를 가로저었을 것이다.

한편 사고를 낸 운전자는 직접 찾아오는 대신 변호사를 통해 합의를 요구했다. 정원은 당연히 응하지 않았지만 변호사는 염두에 둔 합의금을 말하라며, 자신의 의뢰인이 거기에 0을 하나 더 붙여줄 의향이 있다고 넌지시 전했다. 정원은 어처구니가 없어 무슨 말을 해야 할지 몰라 잠시 말문이 막혔다. 그랬더니 변호사는 주겠다고 할 때 받으라고 했다. 어차피 이길 수 없을 바에야 이보다 더 좋은 조건은 없다고. 그 순간 정원은 허구한 날 스스로 죽으려고만 했지 단 한 번도 누군가를 죽이고 싶다고 생각해 본 적이 없다는 사실을 떠올렸다. 그리고 처음으로 권총을 들고 자기 관자놀이가 아니라 눈앞에 있는 변호사의 이마에 구멍을 내는 상상을 했다. 변호사는 하수인에 불과하지만 그렇다고 용서받거나 책임을 회피할 수는 없다. 세상의 악은 절대 하수인 없이는 돌아가지 않으니까. 하수인들이 한마음으로 파업만 해도 세상의 악은 그 즉시 사라질 수도 있다. 그래서 그들의 역할이 더욱 중요한 것이다. 정의의 심판을 받을 때 고작 하수인에 불과했다는 게 책임의 경감 사유가 되어서는 안 된다고 정원은 생각했다. 하지만 그렇게 생각만 했을 뿐 악의 하수인인 변호사의 이마에 총알 구멍이 나는 일 따위는 일어나지 않았다. 그게 현실이었다. 정원은 정안에게 너무나 미안했다.

재판에서 판사는 가해자가 전과가 없는 전도유망한 대학생이라는 점, 피해자 가족을 위해 거액의 위자료를 공탁한 점 등을 들어 충분히 반성하는 모습을 보이고 있다고 말했다. 무엇보다 급발진에 의한 사고로 판명된 것은 아니지만 그 가능성을 완벽하게 배제할 수 없다는, 도대체 무슨 말인지 알 수 없는 논리를 들며 가해자에게 교통사고처리특례법상 가장 낮은 형량과 함께 집행유예를 선고했다.

정원은 재판 과정에서 대한민국의 사법제도가 때에 따라 가해자의 인권을 얼마나 충실히 보호하는지 새삼 깨달았다. 당연히 판결을 받아들일 수 없다며 항고하겠다고 했지만 어쩐 일인지 정원의 변호인은 자신은 그만 빠지겠노라고 했다. 정원은 수임료 때문이라면 어떻게든 마련할 테니 걱정하지 말라고 했는데도 변호인은 불편한 얼굴로 그러지 말라며 말리는 것이었다. 어차피 안될 거라고. 가해자의 변호사가 은밀하게 정원에게 했던 말과 똑같은 말이었다. 정원이 대체 그게 무슨 뜻이냐고 물어도 묵묵부답이던 변호인은 마지막으로 이렇게 말했다.

"그냥 돈이라도 받아요. 산 사람은 살아야죠."

산 사람은 살아야 하지 않겠냐는 말. 변호인이 선심 쓰듯 던진 말에 정원은 어김없이 상처를 입었다.

그 말은 정원이 가장 듣기 싫어하는 말이었고 이미 여러 번 들었던 말이기도 했다. 부모님이 먼저 세상을 떠났을 때도 그랬다. 아버지의 채무가 혹 자신들에게 돌아오지 않을까 싶어 장례식장에 코빼기도 보이지 않던 친척들이 뒤늦게 정원을 찾아왔다. 정원이 보험금으로 채무를 다 변제했다는 사실을 알고 나서였다. 그리고 약속이나 한 듯이 말했다. 산 사람은 살아야 하니 열심히 살라고. 저마다 할 말이 없어 하는 소리, 그러니까 하나 마나 한 소리였다.

삶이란 정말 고작 그런 것에 불과한 걸까? 단지 살아 있다는 이유 하나로 꾸역꾸역 살아야 하는 삶이라면 정원은 차라리 거부하고 싶었다. 하지만 막상 변호사가 그 말을 앵무새처럼 읊고 돌아가자 정원은 죽고 싶은 마음이 싹 사라졌다. 동생의 죽음에 자신이 모르는 뭔가가 분명 있었다. 그게 뭔지 알기 전에는 죽어서는 안 됐다. 얼마 후, 아직 희미하긴 해도 마침내 정원은 그 '이상한 뭔가'에 대한 정황을 찾아냈다.

가해자는 새벽까지 공부하다 스트레스를 풀기 위해

친구의 차를 빌려 강남에서 판교까지 내달렸다고 재판에서 진술했다. 거리를 시간으로 나눠보니 엄청난 속도였다. 아무리 스트레스가 쌓였다고 해도 술도 안 마신 상태에서 평소 모범적이라던(그들의 주장에 따르면) 가해자의 행동으로 보기에는 미심쩍었다. 그래서 CCTV 화면을 경찰에 요청한 바 있었지만 공교롭게도 가해자의 차가 찍힌 CCTV 화면은 하나같이 고장이 나서 작동하지 않거나 메모리가 지워져 있었다. 그래도 정원은 포기하지 않았다. 발품을 팔고 또 팔아 마침내 사고 발생 시간에 반대편 차선에 세워져 있던 트럭을 찾아내 블랙박스를 입수할 수 있었다.

어렵게 구한 블랙박스 영상에는 가해자가 정안을 친 후 100여 미터 전방에 잠시 멈춰 서 있다 떠나는 장면이 찍혀 있었다. 일단 급발진으로 인한 사고는 아니라는 얘기였다. 정차 시간은 불과 10여 초. 하지만 마침 가로등 아래여서 희미하게나마 운전자의 모습을 알아볼 수 있었다. 운전대를 잡고 얼어붙은 듯 미동도 안 하던 가해자. 10초라는 짧은 시간이 어쩌면 그에게는 열 시간보다 길었을지도 모른다. 그는 고민하고 있었다. 사람을 친 걸 분명히 인지하고 있었다. 그리고 도망쳤다. 만약 차에서 내려 정안을 구호했다면 분명 정안은 살았을 것이다. 그런데 그는 그렇게 하지 않았다. 법정에서 가해자는 무엇과 충돌했다는 자각은 있었지만 그게 사람이었는지는 인지하지 못했다며 울음을 터뜨렸다. 명백한 거짓말이었다.

정원은 블랙박스 영상에서 가해자가 거짓말을 했다는 정황보다도 더 중요한 것을 발견했다. 바로 재판에 나온 가해자와 블랙박스에 찍힌 가해자가 다른 사람일 가능성이었다. 체형도 나이대도 비슷했지만, 정원의 눈에 그 둘은 분명 다른 사람이었다. 하지만 경찰의 말은 달랐다. 정원이 블랙박스 영상을 찾아낸 사실 자체를 달가워하지 않는 분위기였다. 게다가 화면이 흐릿해 정원의 주장처럼 가해자와 운전자가 다른 인물이라고 특정할 수 없다고 했다. 정원의 눈에는 확실하게 보이는 것들이 왜 그들에게는 보이지 않는지 도무지 이해할 수 없었지만, 경찰도 검찰도 그와 관련해 더 이상의 조사 의지를 보여주지 않았다. 그러고는 '조사의 실익이 없다'며 사건을 일단락시켰다. 실익이 있고 없고의 최종적인 판단을 누가 어떻게 내렸는지, 그 실익은 누구의 것인지에 대해서는 설명해 주지도 않은 채.

정원은 마치 언어가 다른 세계에 혼자만 뚝 떨어진 것만 같은 기분이 들었다. 모든 게 다 이해되지 않았고 받아들일 수 없는 것투성이였다. 하지만 그렇다고 해서 딱히 할 수 있는 일도 없었다. 동생의 죽음 앞에서 한없이 무기력하고 무능한 정원이 선택할 수 있는 것은 이제 하나뿐이었다. 결국 정원은 결심했다. 한동안 삶의 단 하나의 이유였던 동생을 따라가기로 말이다. 그래서 의자 위에 올라가서 목에 끈을 맸다. 의자를 발로 툭 차버리기만 하면 그만이었다. 그랬는데……. 이미 알고 있듯 정원은 제 발로 의자에서 도로 내려왔다. 그리고 다시 마음을 결정했다. 두 달이라는 기간동안 LP판의 새 주인들을 최대한 찾아주고 난 뒤, 부모님과 동생이 먼저 간 그 길을 따라가겠노라고. 물론 정원에게 세상일이란 애초에 마음먹은 대로 되지 않는 것이지만 말이다.

정원은 새로 계약한 빈 상가 건물을 청소하고 꼬박 사흘에 걸쳐 LP를 모두 옮겨놓았다. 그리고 간판 대신 스케치북 한 장마다 글자를 한 자씩 적어서 가게 앞에 붙였다.

중 | 고 | L | P | 판 | 매

손님은 없었다. 당연한 일이었다. 인적 드문 변두리 골목. 유동 인구 자체가 드물었거니와 설사 오가는 사람이 있다고 한들 중고 LP를 판매한다는 글귀를 보고 들어와 음반을 사 갈 손님이 도대체 하루에 몇 명이나 되겠는가. 애초부터 다 정신 나간 짓이었다. 그게 아니라면 그저 죽음을 유보하고 싶어 자신마저 속인 것이거나.

가게를 연 첫날, 정원은 가장 먼저 눈에 들어온 K. D. 랭의 음반을 턴테이블에 올려놓았다. 영화 「연어알」에서 흐르던 「베어풋Barefoot」의 선율이 울려 퍼지는 동안,

정원은 문방구에서 사 온 포스트잇을 떼어 일단 앨범 재킷에 붙였다. 영화 속 장면들과 그때 느꼈던 감정이 생생히 떠올랐다. 끝없이 펼쳐진 무채색의 설원. 그 위를 맨발로 걷는 여인.

"너와 아무 상관도 없는 일인데, 넌 왜 여기에 있지?"
"난 혼자였는데, 친구가 생겼지. 모든 걸 얘기할 수 있고, 모든 걸 물어볼 수 있는 친구 말이야. 그래서 여기에 너와 함께 있어."

영화 속 대사처럼 친구란, 모든 걸 얘기할 수 있고 모든 걸 물어볼 수 있는 친구란, 알래스카에서 독일까지가 아니라 세상의 끝까지도 동행할 수 있는 존재. 10년도 더 된 기억이 이렇게 생생할 수 있다니 이상하면서도 나쁘지 않은 기분이 들었다. 정원은 그 느낌을 최대한 문장에 실어 노란 포스트잇 한 장을 채웠다. 즐거웠다. 그러고 보니 즐겁다는 기분을 느껴본 게 얼마 만이던가. 덩달아 아버지와의 기억도 떠올랐다. 「연어알」은 아버지가 폐업하는 비디오 가게에서 쓸어 담아온 낡은 비디오테이프 중 하나였다. 그 안에는 차가운 알래스카를 배경으로 관계에 서툴고 세상으로부터 온통 상처만 입은 이들이 등장했다. 다행히 감독은 그들에게 연민 가득한 시선을 보냈다. 차갑지만…… 따뜻한 영화였다. 어린 시절 정원의 취향은 대부분 그런 것들로 채워졌다.

기억이 꼬리를 물었다. 어린 정원은 영화를 보며 왜 제목이 「연어알」이냐고 아빠에게 물었다. 처음에는 강물을 거꾸로 거슬러 오르는 연어의 회귀본능을 표현한 것일까 싶었지만, 알고 보니 「연어알」은 단순한 오역에서 비롯된 제목이었다. 영화 속 주인공 로즈위타는 먼저 세상을 먼저 떠난 남편을 그리워하는 마음을 달래며 산딸기 잼을 만드는데, 여기서 등장하는 산딸기가 바로 '새먼베리Salmonberries'인 것이다.

그 뒤로 정원에게 「연어알」은 세상에서 받은 상처가 종종 쓰라리면 여전히, 어김없이 떠오르는 영화 중 하나가 되었다. 아마 아버지도 그랬었겠지. 정원은 노란색 포스트잇을 한 장 더 떼어 「베어풋」의 노래 가사를 적었다. 당신이 마음의 문을 열어만 준다면 차가운 흰 눈 속이라도 기꺼이 맨발로 달려가겠다는 내용이었다.

그러다 정원은 펜을 잠시 멈추고 생각했다. 나에게도 그런 대상이 언젠가 나타나 줄까? 우정이든 사랑이든, 새하얀 눈밭의 추위도 잊을 정도로 마음을 열게 할 그런 대상이 자신에게도 나타나 줄까? 하지만 정원은 곧 스스로 약속한 두 달 후를 떠올리곤 고개를 저었다.

그렇게 정원은 50장 정도의 앨범 리뷰를 포스트잇에 써 내려갔다. 어느새 해가 저물었다. 내일은 100장을 채워야겠다고 다짐했다.

원석

🎧

댄싱 베어풋

정원이 가게를 연 지 이틀째 되는 날, 공식적인 첫 손님이 가게의 문턱을 넘었다. 50대 초반쯤으로 보이는 산행 복장의 남자였다. 비교적 큰 키에 그 나이대의 중년 남자들과는 달리 군살 없는 마른 몸매. 쓰고 있던 넓은 챙의 검은색 사파리 모자를 벗자 며칠은 못 잔 듯 퀭한 눈에 파리한 안색이 눈에 들어왔다.

중년의 남자가 뭔가를 찾는 것처럼 주위를 둘러봤다. 정원은 가게에 있던 의자를 얼른 집어 들고 남자에게 가 옆에 놓았다. 왠지 그러지 않으면 곧 쓰러질 사람처럼 보여서였는데 정작 남자는 정원을 빤히 쳐다보더니 휙 지나쳐갔다. 그러고는 말없이 가게 안에 펼쳐놓은

LP를 구경했다. 곧 음반과 함께 정원이 써 붙인 포스트 잇을 발견한 남자는 하나씩 하나씩 천천히 확인하기 시작했다. 정원이 쓴 리뷰의 첫 독자인 셈이었다. 정원은 남자가 한 장 한 장 메모지를 읽을 때마다 맥박이 빨라졌다. 별생각 없이 쓴 짧은 글이지만, 막상 그것도 누군가가 본다고 생각하니 긴장감이 몰려왔다.

바닥에 쌓여 있던 앨범부터 구경하기 시작한 그는 주로 여자 가수들의 음반을 들여다보고 있었다. 제일 먼저 선택된 건 패티 스미스 그룹의 1979년도 음반 『웨이브Wave』. 손등에 새를 얹은 가수의 묘한 눈빛에 끌린 것일까. 그는 실비 바르탕과 프랑수아즈 아르디의 음반을 나란히 세워둔 채 고민하는가 싶더니 결국 우산을 펼쳐 든 아르디의 손을 들어주었다. 예쁜 외모보다는 우수 어린 분위기와 눈빛을 중요시한다는 뜻이겠지.

"이거 좀 들어볼 수 있어?"

남자가 LP 음반 두 장을 손에 들고 정원에게 물었다. 대충 봐도 정원보다 훨씬 나이가 많아 보이기는 했다. 그게 처음 보는 사람한테 반말을 해도 괜찮은 사유는 아니지만.

"네. 저기……."

정원이 가리킨 곳에는 턴테이블 두 대가 놓여있었다. 말하자면 청음 코너다. 정원의 방에 있던 데논 턴테이블과 이번에 중고 장터에서 헐값에 사 온 테크닉스였다. 아버지가 쓰던 토렌스 턴테이블이 집에 남아 있지만, 그걸 가게에 가져다 놓고 싶지는 않았다. 누군가는 보급형 모델 정도로 뭘 그러냐고 할지 모르지만 기계든 사람이든 시간과 추억이 더해지면 무엇으로도 환산할 수 없는 가치가 생겨나는 법이다. 정원은 아버지의 오래된 토레스 턴테이블을 천만 원이 훌쩍 넘는 신형 모델과도 바꾸지 않을 것이다.

자신이 고른 LP판 두 장을 가지고 청음 코너로 향한 남자는 패티 스미스 그룹의 앨범부터 턴테이블에 올렸다. 헤드폰을 끼고 있어 음악 소리는 들리지 않았지만, 정원은 마치 남자와 함께 음악을 듣고 있는 것 같은 기분이 들었다.

얼마나 시간이 흘렀을까. 남자가 자리를 정리하고서 정원에게 다가왔다.

"확실해?"

이번에도 역시 반말이다.

"뭐…… 가요?"

"그러니까 「댄싱 베어풋Dancing Barefoot」을 U2가 제일 먼저 부른 게 아니라는 것이 확실하냐고."

패티 스미스의 앨범 재킷에 정원이 써서 붙여놓은 메모 리뷰를 보고서 하는 말이었다.

"아……. 네. 맞아요. 패티 스미스가 부른 게 원곡이에요. U2의 베스트 앨범에도 수록되어 있다 보니 많이들 헷갈려 하시더라고요."

남자는 무언가 생각하는 얼굴로 정원을 잠시 바라보더니 말을 이었다.

"그런데, 그게 지금 중요한가?"

"네? 음…… 글쎄요. 그렇게까지 중요한 일은…… 아니겠죠?"

심각해진 정원을 보며 남자는 품 하고 웃음을 터뜨렸다. 파리한 안색과는 어울리지 않는 웃음. 정원은 좀비가 웃으면 이런 모습일까 생각했다.

"뭘 그렇게 심각해지고 그래. 농담이야, 농담. 한때 그 가수들을 좋아했던 사람한텐 충분히 중요할 수 있는 거 아니겠어? 뭐, 다 지나가 버린 시절 얘기긴 한데, 그래서 더 그럴 수 있다는 거야."

"……."

"얼마야?"

남자가 패티 스미스 그룹의 앨범을 내밀며 묻자 정원은 아차 싶었다. 앨범의 새 주인을 찾아줄 생각만 했지 막상 얼마를 받고 팔지는 생각하지 않았던 것이다.

"어, 얼마에 사시겠어요?"

정원이 엉겁결에 앨범을 받아들며 그렇게 되물었다. 서로를 바라보는 두 사람 사이에 어색한 침묵이 흘렀다.

"죄송합니다. 사실은 가격을 생각해 본 적이 없어서요. 혹시 이 앨범이 마음에 드셨다면 그냥 드리겠습니다."

"그냥 준다고?"

"네."

남자가 얕은 한숨을 후, 내쉬고는 지갑에서 카드를 꺼냈다. 순간 정원은 또 아차 싶었다.

"카드가……."

"카드도 안 돼?"

한 번 더 한숨을 내쉬며 주위를 다시 둘러본 남자는

가게 안에 계산대라 할 만한 곳도, 카드 단말기 따위도 보이지 않는다는 걸 뒤늦게 깨달은 듯했다.

"죄송합니다."

고개 숙인 정원을 보며 남자는 이런 대책 없는 사람을 봤나 싶은 표정을 지었지만, 그래도 열었던 지갑을 다시 닫지는 않았다. 대신 남자는 지갑 안에서 5만 원권 지폐를 꺼내 정원에게 내밀었다.

"이거면 될까? 앨범값으로. 모자라면 말하고."

그러고는 만 원짜리 지폐 한 장을 더 건네며 말했다.

"그리고 이건 앨범마다 붙여놓은 리뷰 감상값."

남자는 LP를 들고 떠났고 정원의 손에는 6만 원이 쥐어졌다. 가게를 열고 첫 매출을 올린 셈이었다. 반말이 좀 걸리긴 했지만 뒤늦게 복기해 보니 맥락상 나쁜 의도가 섞인 반말은 아니었다.

정원은 손님이 떠나고 나자 일단 스케치북을 뜯어 "죄송합니다. 카드 결제는 안 됩니다"라고 가게 입구 벽에 써 붙였다. 그리고 밤늦게까지 중고 온라인 음반 판매 사이트에 들어가 대략적인 실거래가격을 검색했다. 쉽게 가격을 매길 수 없는 희귀 음반들도 꽤 지니고 있었지만 대충 가격대를 정해서 앨범 위치를 다시 조정했다. 어차피 돈이 중요하지는 않으니까. 정원은 오늘 떠나보낸 패티 스미스의 앨범이 어떤 공간에서 또 다른 누군가의 어떤 추억이 되고 이야기가 될지 궁금했다. 물론 그걸 알 수는 없겠지만.

어느새 밤이 깊었다. 온종일 바쁘게 몸을 움직인 탓인지 정원은 이상하게도 마음이 편해졌다. 이런 평온한 마음을 느껴본 게 얼마 만인지 기억조차 나지 않았다.

$\flat$

다음 날도 그리고 사흘째 되던 날도 첫 손님은 첫 매출을 일으켜 준 그 중년 남자 손님이었다. 남자는 가게 문을 열자마자 마치 근처에서 기다리고 있었기라도 한 듯 들어왔다. 그리고 오기 전에 미리 동선을 짜두었는지 일말의 망설임도 없이 신속하게 앨범을 골라 구석의 청음 코너로 가서 헤드폰을 썼다. 정원은 남자의 군더더기 없는 동작을 보며 마치 잘 훈련된 킬러 같다고 생각했다.

정원은 오전 내내 포스트잇에 리뷰 쓰는 일을 했다. 그사이 남자를 제외한 다른 손님은 없었고, 그렇게 정오가 지나자 남자가 정원에게 다가왔다.

"점심은 어떻게 해?"

역시나 반말.

정원은 머뭇대며 섣불리 대답하지 못했다. 남자는 그게 일종의 정원의 시그니처 동작이라고 생각했다. 하지만 정원이 바로 답하지 못한 건, 오늘 점심은 중국집에서 먹을까 아니면 쌀국수를 먹을까 따위의 생각 자체를 근래 해본 적이 없었기 때문이었다. 그 생각을 아는지 모르는지 정원이 그렇게 머뭇대는 사이 남자가 먼저 입을 열었다.

"도시락을 좀 싸서 가져왔는데 같이 먹을래?"

정원은 역시나 머뭇댈 수밖에 없었다. 이번엔 너무 의외의 질문이어서였다. 하지만 남자는 이미 가방에서 같이 먹을 도시락을 꺼내고 있었다.

비록 죽기로 마음먹었으나 당분간이나마 살기로 한 이상 밥은 먹어야 했다. 가게는 예전에 작은 식당을 하던 자리라 안쪽 가벽 너머로 주방의 흔적이 남아 있었다. 물론 그저 화석과도 같은 흔적일 뿐, 작동되는 건 수전 시설 정도였고 화기도 없었다. 남자는 안쪽을 스윽 훑어보고는 뭔가 할 말이 있는 표정을 지었지만 막상 하지는 않았다.

남자와 정원은 가벽 안쪽에 대충 자리를 만들어 함께 식사를 했다. 남자가 싸 온 도시락은 유부초밥이었다. 깨끗이 씻은 묵은지를 잘게 썰어 넣어 식감이 좋았고, 시큼하면서도 달달한 초 맛이 예상외로 훌륭해서 정원은 유부초밥이 이렇게까지 맛있어도 되나 흠칫 놀라기까지 했다. 정안이 떠난 후로 입맛이 있어본 적 없었던 정원으로서는 입안에 도는 군침이 새삼 낯설고 이물감이 느껴졌다. 문득 정원의 두 눈에 눈물이 차올랐다.

남자는 초밥을 든 채 정지화면처럼 멈춰 있는 정원을 슬쩍 바라봤다. 남자는 또 뭔가 할 말이 있는 표정을 지었지만 역시나 아무 말도 하지 않았다. 그 대신 정원이 일어섰다. 틀어져 있던 LP판이 마침 다 돌았기 때문이다. 2대 8 가르마의 빌 에번스가 제자리로 돌아가고, 팻 메시니 그룹의 앨범이 턴테이블 위로 불려 나왔다. 정원은 몰래 눈물을 훔치고 아무렇지 않게 다시 자리로 돌아왔다.

"식사할 때 듣기 좋은 음악이 있다던데, 혹시 들어보셨어요?"

"아니."

"류이치 사카모토 얘기예요. 단골 식당의 음악이 형편없어서 꽤 괴로웠나 봐요. 그래서…… 식사할 때 듣기 좋은 플레이 리스트를 직접 만들었다고 하네요. 식당 주인도 받아들여 주었고요. 지금 틀어놓은 게 그 리스트에 나오는 음악들이에요."

"흠, 그런 음악이 따로 있다기보다는 그냥 자기가 좋아하는 음악이 필요한 거 아닌가? 「미스터 트롯」 시청자한테 모차르트를 틀어주면서 밥 먹으라고 하면 소화가 되겠어? 그 반대 경우도 마찬가지고. 그렇잖아?"

"음……. 듣고 보니 그러네요."

"내가 그렇거든. 밥 먹을 땐 록이지. 클래식은 아무리 좋아도 아냐. 하핫."

나이 차가 꽤 나는 두 사람은 만난 지 얼마 되지 않았으나 마치 오래된 친구처럼 편안하게 식사했다. 누군가에게는 너무도 평범한 일상이겠지만, 그렇기에 정원에게는 더욱 낯설고 또 뭉클했다.

"덕분에 정말 맛있게 먹었습니다."

"뭘. 나도 오랜만에 밥 친구가 있어서 좋았어. 오랜만에 떠드니까 이것도 나쁘지 않네."

정원이 식사한 자리를 정리하고 가벽 밖으로 나왔을 때, 그제야 가게 안에 정원과 남자만 있었던 게 아니란 것을 알게 됐다. 언제 들어왔는지 다른 손님이 있었다. 도시락 남자에 이은 공식적인 두 번째 손님. 후드티를 입고 보스턴 레드삭스의 야구 모자를 푹 눌러쓴 청년이었다. 그는 가게 안의 음반은 물론 정원이 써서 붙인 포스트잇 리뷰를 꼼꼼히 들여다보고 있었다. 마침 청년과 눈이 마주치자 정원이 청음 코너를 가리켰다.

"음반을 들어보고 싶으시면 저기……."

식사를 끝낸 중년 남자가 어느새 다시 한 자리를 차지하고 있었다. 청년은 앨범 몇 장을 골라 남아 있는 턴테이블로 가서 음악을 듣기 시작했다.

한 시간쯤 지났을까. 중년 남자는 여전히 음악 감상 중이었고, 청년은 앨범을 잔뜩 들고 정원 앞에 섰다.

"이걸 다 사실 건가요?"

"네."

정원이 세어보니 전부 열여섯 장이나 됐다. 제프 버클리, 도어스, 지미 헨드릭스, 록시 뮤직, 닐 영……. 얼터너티브와 정통 록을 아우르는 음악적 취향이 그대로 읽혔다. 나이답지 않은 취향이지만, 사실 가게에 최신 음반들이 있는 것도 아니니까. 그보다 LP 음반 마니아라면 생물학적 나이에 취향을 맞추는 일이 오히려 드물 테니 말이다.

청년은 벽에 붙은 카드 불가 안내문을 보고는 현금이 모자라는데 계좌로 입금해도 될지를 조심스레 물었다. 열여섯 장이나 되다 보니 58만 원이라는 적지 않은 금액이 나왔다. 막상 그 돈을 다 받아도 될지 정원이 망설이는 사이 청년은 정원이 불러준 계좌로 58만 원 전액을 송금했다. 어찌 됐든 두 번째 매출이었다. 정원은 청년이 가고 난 후 카드 불가 안내문 아래쪽에 계좌번호가 들어간 안내 문구 한 줄을 더 써넣었다.

한편 남자는 오후 5시가 되자 자리에서 일어났다. 로르카가 말한 바로 그 오후 5시, 하지만 죽음과는 전혀 무관하게 그림자만 길게 드리워진 오후 5시다. 남자는 오늘도 고민 끝에 고른 앨범 두 장을 정원에게 내밀고 계산을 마쳤다. 어제와 같이 앨범 리뷰값 1만 원은 별도였다.

$\oint$

다음 날인 토요일, 굳이 주말의 의미를 찾을 수 없는 정원은 어제와 같은 시간에 가게 문을 열었고, 기다렸다는 듯 도시락 남자가 또 첫 손님으로 들어왔다. 그리고 잠시 후에는 전날 왔던 청년 역시 모습을 드러냈다. 두 사람은 그곳이 독서실 지정석이라도 되는 듯 두 대의 청음용 턴테이블 앞에 나란히 앉아 더없이 편안한 자세로 음악을 들었다.

남자는 점심으로 김밥을 만들어왔다며 내놓았다. 김밥 속에는 가는 국숫발 같은 계란지단이 꽉 차 있었고, 무슨 재료인지는 모르겠지만 중간중간 씹히는 것도 있었다. 그러니까 보드랍고 바삭하고 쫀득한 식감에 고소하면서도 짠맛과 단맛에 새콤함까지 어느 맛 하나도 포기하지 않은 욕심 가득한 김밥이었다. 정원은 김밥 하나에 자기도 모르게 감탄사를 내뱉었다. 이런 김밥을 사온 게 아니라 직접 만들어 왔다니. 전날 유부초밥의 감동은 벌써 잊힐 만큼 남자의 손맛은 야무졌다.

남자는 정원에게 하듯 청년에게도 다짜고짜 반말투였지만 다행히 그로 인해 불편한 상황이 생기거나 하지는 않았다. 한편 청년은 정원에게 자신도 앨범에 포스트잇 리뷰를 쓸 수 있냐고 물었고, 정원은 흔쾌히 고개를 끄덕였다. 청년은 그날 앨범 열 개에 열 개의 리뷰를 정성스레 써 붙였다. 그걸 보고 있던 중년 남자도 분홍색 포스트잇에 영화 「글루미 선데이」의 배경음악 음반 리뷰를 짧게 적어 넣었다.

아름다운 여인은, 완전히 잃는 것보다 차라리 반이라도 얻는 편이 낫다.

정원은 이 문장이 영화에 나온 대사인지, 어디서 주워들은 이야기인지, 아니면 남자의 경험에서 우러나온 교훈인지는 알 수 없었다.

다음 날도 역시 남자와 청년이 찾아왔다. 전날, 두 사람은 내일이 일요일인데 가게를 여는지 물었었다. 정원은 그들이 올 생각이라면 열겠다고 말했다. 어차피 일요일이라고 딱히 문을 닫겠다고 생각하지도 않았지만.

남자는 아예 3인분 이상이 되는 넉넉한 양의 도시락을 만들어 왔다. 청년은 여전히 낯을 가리고 말수도 적었지만, 남자의 반말에 잘 적응했고 무엇보다 남자의 음식 솜씨에 대해서만큼은 극찬을 아끼지 않았다.

정원을 비롯해 남자와 청년까지, 가게의 한쪽 코너는 어느새 세 사람의 앨범 리뷰로 채워져 갔다. 그렇게 일주일이 흘러갔다.

가게 안에 나른한 오후 빛이 스며들 즈음, 청년은 가방을 챙겨 일어서며 정원과 남자에게 진심으로 고마움을 전했다. 마치 어디론가 멀리 떠나는 사람 같은 인사였지만, 정원도 남자도 어디 가냐는 질문은 하지 않았다. 왠지 그게 일주일 남짓 같은 공간에서 각자의 음악을 들으며 때로 짧은 이야기와 맛있는 음식을 나눴던 사람에 대한 예의 같았다. 문득 정원이 시계를 보았다. 오후 5시였다. 그런데 어제까지 보던 오후 5시와는 미묘하게 뭔가가 달랐다. 빛의 길이가 달라졌을까? 당연히 달라졌겠지, 조금이라도. 하지만 그보다는 마음이 달라졌다고 해야 맞을 것이다. 어떻게 달라졌는지 설명하기는 어려웠지만 나쁘지 않다는 건 분명했다.

본격적으로 이상한 일이 벌어지기 시작한 건 그다음 날 아침부터였다. 정원이 가게를 열기 위해 골목길에 도착했을 때, 젊은이들 여럿이 가게 주위를 서성이고 있었다. 정원은 무슨 일이 벌어졌나 싶어 순간적으로 긴장하며 천천히 다가갔다. 모여 있는 사람들은 열 명쯤 됐는데 대부분이 젊은, 아니 교복 차림의 앳된 학생들이었다. 그들은 가게 닫힌 문 안쪽을 보려고 애쓰고 있었다. 그중 한 명이 정원을 발견하고 다가왔다.

"혹시 이 동네 사시나요?

"사는 건 아니지만……. 왜 그러시죠?"

"아, 여기 중고 LP를 파는 가게가 있다고 들어서요."

그때 교복을 입은 한 여학생이 가게 안쪽 유리에 써
붙인 종이 간판을 가리키며 외쳤다.

"맞다니까요! 여기 이렇게 붙여났잖아요."

아침부터 가게 앞에서 서성이는 젊은 사람들은 모두
정원의 LP가게를 방문하기 위해 온 사람들이었다. 정원
은 어리둥절했다.

"무슨 일이야?"

정원이 돌아보니 원석이 서 있었다. 아! 정원의 LP가
게의 첫 손님이었던, 반말이 몸에 밴 중년 남자. 그의 이
름이 원석이었다. 정원은 여전히 어리둥절한 표정으로
모르겠다고 했다.

"그 친구 때문인가?"

"그 친구요?"

원석이 말한 그 친구는 요 며칠 가게에서 함께 음악
과 시간을 공유했던 청년을 뜻했다. 청년의 정체와 더불

어 아침부터 왜 정원의 LP가게가 이렇게 사람들로 북적이게 됐는지, 그 사연을 알게 되는 데엔 그리 오랜 시간이 걸리지 않았다.

그렇게 후드티 청년 덕에 정원의 LP가게 안은 정오가 되기도 전에 이미 발 디딜 틈조차 없어졌다. 급기야 오후가 되자 가게에 들어가기 위해 사람들이 줄을 서야 하는 지경에 이르렀다. 손님들 대부분은 앨범을 고르고는 카드를 꺼냈고 그때마다 정원은 진땀을 흘리며 죄송하다고 고개를 숙였다. 정원에게 있어서 그렇게 이상하고 바쁜 날은 태어나서 처음이었다.

두만과 동만

🎧

나는 죽어가는 것이 두렵지 않아요

두만은 지금 자신이 서 있는 곳이 어딘지 알 수 없었다. 아는 게 있다면 한 번도 와본 적 없는 곳이라는 것. 두만은 핸드폰을 꺼내서 지도 어플을 열려고 했지만 이미 배터리가 방전된 후였다. 하지만 답답한 마음이 들지는 않았다. 차라리 잘됐다는 생각이 먼저 들었다. 밤사이 감쪽같이 사라진 자신을 찾기 위해 회사는 난리가 났을 것이다. 그렇게 생각하니 두만의 마음 한구석에 오히려 묘한 쾌감마저 일었다.

두만은 일단 걸었다. 무작정 앞만 보고. 건널목에 빨간불이 켜지면 멈췄고 파란불로 바뀌면 다시 걸음을 뗐다. 특별히 어떤 생각을 하며 걷지는 않았다. 그냥 걸었다. 건다 보니 점차 머릿속이 맑아지고 개운해지는 느낌이 들었다. 불편한 자세로 자서 뒷목이 뻐근하긴 했지만. 버스 안에서 무려 여섯 시간이나 잠들어 있었다니, 근래 들어 가장 오래 잔 기록이었다.

그렇게 하염없이 걷다 보니 어느새 눈앞에 산이 펼쳐졌다. 등산할 생각이 아니라면 이제 방향을 틀어야만 했다. 어려운 일은 아니었다. 애초에 목적지가 없으니 왼쪽이든 오른쪽이든 어디로 가도 좋았다. 하지만 그렇다고 해서 한없이 멀리 갈 수는 없었다. 모든 일에는 끝이 있다. 생각해 보니 전날부터 하루가 꼬박 지나도록 제대로 물 한 모금조차 마시지 않았다. 현기증을 느낀 두만이 그만 길바닥에 주저앉으려던 차였다.

그때 두만 앞에 열린 문이 보였다. 무슨 가게일까? 아니, 가게가 맞기는 할까? 일단 두만은 지친 다리를 끌고 그 안으로 들어갔다. 왠지 두만 앞에 열려 있는 문이 어서 들어오라고 손짓한 것만 같았다.

가게 안에 손님을 반기는 주인은 보이지 않았다. 대신 두만을 맞이한 건 정사각형의 물성을 지닌…… 그러니까 수많은 LP판이었다. 두만은 방금까지만 해도 당장 쓰러질 것처럼 힘들고 지쳤지만 눈앞에 펼쳐진 예상 밖의 풍경은 두만에게 생기를 불어넣어 주었다. 두만은 주인도 없는 이상한 LP가게에서 아무 앨범이나 손에 잡히는 대로 뽑아 들었다. 앨범 겉면에는 손 글씨가 적힌 노란색 포스트잇이 붙어 있었다.

그의 노래를 처음 들었던 때가 생생하다. 가사의 내용을 다 알아들을 순 없었지만 그럼에도 어둡고 짙은 죽음의 이미지를 떠올리는 게 그리 어려운 일은 아니었다.

제프 버클리의 노래 「그레이스Grace」의 가사와 함께 적힌 짧은 리뷰였다. 두만도 한때 제프 버클리에 빠져 지냈던 적이 있다. 떠나버린 누군가의 긴 한숨 같은, 그 쓸쓸한 목소리에 빠져 지냈던 시절이. 포스트잇에는 누군가가 쓴 두 줄의 글귀가 더 쓰여 있었다.

모래알 같은 소멸도, 한순간 불타오르는 것도,
남겨진 이들에겐 언제나 고통일 뿐

두만은 갑자기 그 아래에 한 줄을 덧붙이고 싶은 마음이 들었다.

그래도 우리,
마지막 인사는 하고 떠나기를

𝄞

플루토는 5인조 아이돌 그룹이었다. 기획사 대표는 플루토, 즉 명왕성이 태양계 아홉 번째 행성의 지위를 잃었다는 뉴스가 그룹 이름의 계기가 되었다고 어느 인터뷰에서 밝혔다. 그는 천문학자들의 연구나 그들이 정한 약속에는 별다른 관심이 없다고 했다. 자신에게 명왕성은 그저 여전히 태양으로부터 가장 먼 곳에서 태양을 바라보며 묵묵히 공전 중인 행성이며, 비록 지금은 그 자격을 박탈당했으나 자신이 만든 그룹 플루토를 보며 전 세계 사람들이 명왕성을 계속 기억해 주길 바란다고 했다. 플루토의 멤버가 다섯 명인 이유 역시 명왕성의 위성이 다섯이기 때문이라고 덧붙였다.

동만은 열네 살에 기획사 연습생으로 들어와 열아홉 살에 플루토의 멤버로 데뷔했다. 동만은 플루토에서 막내와 귀여움과 퍼포먼스를 맡았다. 물론 이름도 바꿨다. 안 바꿨으면 '똥만'으로 불렸을 게 뻔하고(실제 동만의 어린 시절 별명은 똥만이었다), 그건 아이돌의 정체성에 비추어 볼 때 절대 받아들여질 수 없는 종류의 이름이니까. 그래서 정한 예명은 닉스였다. 닉스는 명왕성의 위성 중 하나다.

원래 동만의 꿈은 서태지가 되는 것이었다. 동만이 서태지를 알게 된 건 엄마 덕분이었다. 엄마는 대학에 떨어지고 재수생 신분일 때 느닷없이 결혼하겠다며 남자 친구를 데려왔다고 한다. 그런데 놀랍게도 남자 친구는 엄마의 고등학교 시절 과외 선생이었고, 한술 더 떠 백수 생활 중이었다. 당연히 할머니와 할아버지는 결혼에 반대했다. 엄마는 부모와의 전쟁을 선포하고 가출을 감행했다.

동만의 엄마는 가출 당시 다른 건 다 두고 나왔어도 밥 웰치의 1978년도 음반과 1992년 반도 레코드에서 나온 서태지와 아이들의 1집 앨범만은 챙겨 나왔다고 했다. 밥 웰치의 음반에는 「에보니 아이즈Ebony Eyes」란 곡이 실려 있었는데, 나중에 엄마가 얘기하기로는 아빠가 그 곡을 들려주며 "너의 새까만 눈동자, 아니 에보니 아이즈가 날 눈멀게 했어. 내 영혼을 책임져"라고 했다나. 동만은 엄마에게 그 이야기를 들으며 그게 과외 받는 여고생에게 할 소리인지 잠깐 의문을 가졌다. 아무튼 엄마의 운명은 영어 공부를 빙자한 팝송 감상이나 하다가 그렇게 흘러간 것이었다.

자식 이기는 부모 없다고 엄마는 결국 아빠와 결혼했고 6개월 만에 동만을 낳았다. 그리고 동만이 아홉 살 되던 해에 이혼했다. 동만은 그때 너무 어려서 아빠와 엄마가 왜 따로 살기로 했는지까지는 알 수 없었다.

이혼 후 엄마는 말수가 줄었고, 집에서 종일 LP판만 틀어댔다. 밥 웰치는 어디로 갔는지 거의 서태지와 아이들의 1집 앨범만. A면의 모든 곡이 다 좋았지만, 엄마는 그중에서도 「너와 함께한 시간 속에서」가 흘러나오기만 하면 어김없이 눈가를 적셨다. 그러면 어린 동만은 B면의 「로큰롤 댄스Rock'n Roll Dance」를 틀어놓고 엉덩이를 씰룩거리며 춤을 췄다. 그러면 엄마도 더 이상 울지 않았다.

그렇게 동만은 서태지의 노래를 들으며 자랐고, 엄마로부터 서태지가 얼마나 위대했었는지 귀에 못이 박히도록 들었다. 그러다 동만은 마침내 '서태지'가 되겠다고 마음먹었다. 곡도 쓰고 노래도 하고 춤도 추는……. 그때부터 동만은 닥치는 대로 온갖 장르의 음악을 듣고 또 들었고, 랩을 연습하는 와중에 록의 계보를 외웠다. 언젠가는 서태지에 비견될 만한 뮤지션이 되리라는 희망을 품고. 또 그렇게만 된다면 엄마의 사라진 미소도 다시 돌아올 거라 믿으면서.

하지만 안타깝게도 플루토에서 동만은 서태지가 될 수 없었다. 일단 곡을 만드는 건 카론의 몫이었다. 카론은 플루토의 리더였다. 카론은 명왕성의 위성 중 가장 큰 천체이기도 했다. 카론은 동만이 열네 살에 연습생으로 들어왔을 때 그보다 네 살 많은 형이었다. 동만, 아니 닉스의 입장에서 카론은 하나부터 열까지 롤 모델로 삼을 만했다. 곡도 잘 썼고 노래도 잘했고 게다가 잘생겼다. 그래도 춤은…… 닉스가 좀 더 잘 췄지만.

곧 카론은 닉스의 우상이 됐다. 무엇보다 카리스마 넘치는 카론의 본명이 두만이란 사실을 알게 됐을 때(카론이 민법상 성인이 된 기념으로 편의점에 술을 사러 간 적이 있었는데, 그때 카론이 편의점 직원에게 자신 있게 내민 신분증에서 눈 밝은 닉스가 그의 본명을 낚아챘다. 배두만. 그게 카론의 본명이었다) 동만은 만 자 돌림의 잃어버린 형을 찾은 것처럼 반가웠다. 물론 카론은 닉스에게 자신의 본명을 들킨 게 영 못마땅해 보이기는 했다. 동만은 자신의 어릴 적 별명이 똥만이었던 것처럼, 카론의 어릴 적 별명도 왠지 알 수 있을 것 같았다. 십중팔구 만두였겠지. 동만은 그날, 언젠가 카론과 좀 더 친해지면 만두라고 한번 놀려 봐야겠다고 생각하며 혼자 웃었다.

플루토는 데뷔 2주 만에 공중파 음악방송 1위에 올랐다. 그때만 해도 기획사 대표도, 또 멤버들 스스로도 먼저 그 길을 간 선배 아이돌 그룹처럼 조만간 빌보드를 석권하고 또 그래미 시상식대에 오를 거라 믿어 의심치 않았다. 실제로 몇몇 멤버는 그때를 대비해 매일 잠들기 전 멋진 수상 소감을 준비하기도 했다.

하지만 1위는 그때가 처음이자 마지막이었다. 다음

주에는 군 입대로 휴지기를 가졌던 보이 밴드가 완전체로 돌아와 1위를 가볍게 탈환했고, 그다음 주에는 독보적인 가창력의 여자 아이돌 그룹이 그 자리를 이어받았다. 그리고 또 그다음 주에는…… 계속 이런 식이었다. 막상 뚜껑을 열어보니 플루토는 잘나가는 다른 아이돌 그룹과 비교해 어딘가 애매했고, 또 조금씩 모자랐다. 그러니 꿈도 야무졌던 거다. 몇몇 멤버가 미리 준비한 수상 소감은 각자의 일기장에 박제된 채 그대로 잊혔다.

결국, 기획사 대표는 반년을 채 못 버티고 플루토의 활동을 잠정 중단시켰다. 그러다 무슨 촉이 왔는지 카론만 솔로로 데뷔시켰는데 그게 대박이 났다. 대표는 동만을 포함한 남은 네 명의 멤버도 다른 이름으로 활동하게 될 거라고 말했지만 실제로 이루어지지는 않았다. 애초에 그럴 생각이 없었던 것이다.

동만은 어느새 데뷔만 바라고 참아왔던 연습생 시절로 다시 돌아갔다. 그래도 그 와중에 틈틈이 곡을 썼다. 카론에게 조언을 듣고 싶었지만 카론은 새로운 활동으로 바빠 얼굴 볼 틈도 없었다.

동만은 기획사 대표에게 직접 만든 곡을 보냈다. 대

표는 이런 철 지난 느낌의 노래를 누가 듣겠냐고 반문했다. 게다가 어찌 된 일인지 동만이 만든 노래들은 신나는 리듬 속에서도 묘하게 우울한 구석이 있었다. 대표는 카론을 보라며, 카론처럼 요즘 시대에 먹히는 곡을 만들어보라고 했지만 그건 조언이라고 볼 수 없었다. 동만에게는 애초에 불가능한 일이었기 때문이다. 카론은 천재였고 천재는 노력으로 될 수 없었다. 그걸 왜 이제야 깨달았을까. 아니, 이제야 인정하게 됐을까. 하지만 마음을 잘 들여다보면 그것도 아니었다. 동만은 이미 다 알고 있었지만 그저 자신을 속이고 있었을 뿐이었다.

동만은 죽기 전, 핸드폰 대리점에서 아르바이트를 했던 것으로 밝혀졌다. 손님 중에 동만을 알아본 학생들이 있었다고 했다. 비록 반년을 못 채우고 활동을 중단했지만 플루토에게도 팬은 있었다. 그중 몇 명이 우연히 핸드폰을 바꾸러 왔다가 동만, 아니 닉스를 알아본 것이다. 동만은 자칭 팬이라는 그들의 요청으로 사인도 해주고 함께 볼 하트를 만들며 셀카도 찍었다. 그리고 그들이 나가면서 주고받는 말을 들었다.

"나, 솔직히 쟤들 저렇게 될 줄 알았어."

닉스, 아니 동만은 그날 핸드폰 대리점이 있는 건물 옥상에서 뛰어내렸다.

§

동만의 소식이 들려왔을 때 카론, 그러니까 두만은 광고 촬영 중이었다. 소위 말하는 MZ세대를 겨냥한 패션 브랜드 광고였는데, 두만은 세 시간째 트램펄린 위에서 뛰고 있었다. 점프할 때마다 공중에서 멈춰서 각종 포즈를 취하고 표정도 달리해야 했다. 감독의 컷 사인과 함께 조감독이 달려와 두만에게 좀 더 밝은 표정을 지어달라고 요청했다. 그리고 촬영에 소리가 담기지는 않으니 표정 연기에 도움이 되도록 경쾌한 노래를 틀어주겠다며 원하는 곡이 있는지 물었다. 두만은 잠시 생각하다 그럼 도어스의 「라이더스 온 더 스톰Riders on the Storm」을 틀어달라고 했다. 조감독은 처음 들어보는지 노래 제목의 스펠링을 확인하곤 돌아갔다. 그리고 곧 촬영장 안에 몽환적인 사이키델릭 록의 정수가 울려 퍼졌다. 감독은 조감독을 향해 어이없는 표정을 지어 보였다. 이런 노래를 틀어놓고 방방 뛰겠다고?

「라이더스 온 더 스톰」은 스물일곱의 나이에 요절한 도어스의 보컬 짐 모리슨이 고속도로에서 히치하이킹을 하며 여섯 명을 살해한 연쇄살인마 빌리 쿡으로부터 영감을 받아 만든 곡이었다. 두만은 곡의 거친 배경과는 무관하게 중간중간 들려오는 노랫말에 괜히 힘을 얻었다. 당신이 의지하는 세상이라면 우리의 삶은 절대 끝나지 않는다니, 얼마나 희망찬가. 평소 도어스의 모든 곡을 다 사랑했지만 두만은 비가 오는 날이면 유독 「라이더스 온 더 스톰」을 들었다. 비록 촬영장에 비는 오지 않았지만, 트램펄린 위에서 방방 뛰는 두만의 머릿속에는 폭풍우가 치고 있었다. 감독은 "좋았어!"를 연발했다. 두만은 입꼬리가 찢어져라 밝게 웃으며 뛰고 또 뛰었고, 감독은 조감독에게 스피커 볼륨을 더욱 높이라고 지시했다.

그 와중에 구석에 서 있던 매니저가 두만의 눈에 들어왔다. 누군가와 통화를 하더니 곧 매니저의 표정이 순식간에 어두워졌다. 마침 조감독이 카메라 배터리를 갈고 다시 하자며 10분 휴식 콜을 외쳤다. 매니저가 카론에게 생수를 가져다주었다.

"형, 무슨 일 있어요?"

"일? 일은 무슨."

매니저는 아무 일 없다고 했지만 정작 표정은 그 반대의 이야기를 하고 있었다.

"대표님이 일단 찍는 건 마무리하랬어. 미안."

"슛 들어갑니다!"

조감독의 외침에 두만은 일단 다시 트램펄린 앞으로 향했다. 그리고 그로부터 꼬박 두 시간을 점프했다. 두만은 공중으로 뛰어올라 잠깐 멈춘 찰나의 순간에 한껏 웃었다. 감독은 "좋아요!" "조금 더!" "더 크게!" "하하하!"를 연신 외쳤다. 두만은 감독의 추임새에 맞춰 계속 뛰었다. 그리고 뛰면서 매니저를 바라봤다. 표정은 여전히 어두웠다. 조금 전 매니저가 미안하다고 했는데 뭐가 미안해서 그랬을까. 분명 뭔가 심각한 일이 벌어진 게 틀림없었다. 물론 그 와중에도 두만은 열심히 뛰어오르며 허공에서 웃었다.

"하하하하하하!"

마침내 촬영이 끝나고 두만은 매니저로부터 동만의 소식을 전해 들었다. 처음에는 이해가 되지 않아 몇 번을 다시 물었다.

"닉스가 어떻게 됐다고요?"

"죽어요? 누가요? 닉스요?"

"뛰어내려요? 어디서요? 왜요?

"네? 닉스요? 아니 동만이가 죽었다고요?"

"닉스가요? 동만이가요? 뛰어내렸다고요?"

"근데 형, 왜 바로 얘기 안 했어요?"

매니저는 앵무새처럼 미안하다고만 했다. 대표가 촬영 마칠 때까지 얘기하지 말라고 했는데, 그 말대로 해서 미안하다고.

동만의 장례식장에 가는 동안 두만은 핸드폰에 미처 답하지 못한 채 쌓여 있는 동만의 메시지들을 뒤늦게 확인했다. 직접 만든 곡을 보낸 동만의 메시지에는 바쁠 테니 시간 날 때 천천히 들어봐 달라는 소심한 멘트가 붙어 있었다.

바보 같은 녀석. 바빠도 시간 내서 꼭 들어달라고 했

어야지. 들어보고 꼭 연락해 달라고 똑 부러지게 말을
했어야지. 나 힘들다고, 나 좀 봐달라고 말을 했어야지.
하지만 두만은 알고 있었다. 그렇게 말했어도 못 들었
을 거라는 걸. 두만은 동만이 죽었다는 소식조차 곧바로
전달받지 못했다. 기획사 대표는 카론이 정해진 일정에
맞춰 광고 촬영을 진행하는 일이 동만의 부고를 알리는
일보다 더 중요하다고 판단한 것이다.

두만, 그러니까 카론이 일정을 멈춘 기간은 딱 사흘
이었다. 동만의 장례가 끝난 다음 날, 대표는 두만에게
빡빡한 일정을 다시 통보해 왔다. 두만은 취소해 달라고
요구했지만 대표는 산 사람은 살아야 한다고 말했다. 두
만이 가장 싫어하는 말이었다. 엄마가 이른 나이에 돌
아가셨을 때, 할머니가 아버지한테 똑같은 말을 했었다.
산 사람은 살아야 한다고. 아버지는 1년이 채 안 되어
어떤 아줌마와 재혼했다. 두만은 처음으로 아버지가 죽
어버렸으면 좋겠다고 생각했다.

두만은 동만의 장례식장에서 본 동만 엄마의 모습을

머릿속에서 지울 수가 없었다. 눈물조차 말라버린 채 넋나간 모습으로 앉아 있던 그녀는 젊은 시절 두만의 엄마와 어딘가 많이 닮아 있었다. 음악을 사랑했고, 사랑이 인생의 전부라 여겼던 시절이 있었지만 시간이 흐르며 어느새 다 부질없어진……. 그래서 두만은 이제 다시는 만날 수 없는 엄마의 그림자가 다시금 아프게 다가왔다. 눈물이 흘렀다. 카론이 닉스를 위해서가 아니라 두만이 동만을 위해서, 죽는 날까지 음악을 사랑했으나 결국 음악으로부터 사랑받지 못한 채 떠나고 만 영혼을 기억하며 흘린 눈물이었다.

"너구나."

동만의 엄마가 두만을 알아봤다.

"동만이한테 얘기 많이 들었어. 좋은 형을 만났다고."

동만의 엄마는 울고 있는 두만을 조용히 끌어당겨 안아주었다. 입술을 깨물며 소리 죽여 울던 두만은 더는 참을 수 없었다.

"아줌마, 죄송해요. 정말 죄송해요. 저 동만이 전화 안받았어요. 동만이가 보낸 톡도 다 씹었어요. 일부러 그러려고 한 건 아니에요. 저 사실 동만이가 힘든 줄은 알고는 있었는데, 근데 우린 그냥 원래 다 힘들고, 항상 힘들었고, 안 힘들었던 적도 없었고, 그래서…… 아, 아니, 그게, 제가 뭐라도 했어야 했는데……. 이번 스케줄만 마치면 진짜로 다음 주에는 동만이 만나려고 했거든요? 진짜로요. 진짜로 밀린 톡에 답도 다 하고요. 정말로 그러려고 했는데, 아니 근데, 근데 왜……."

두만은 마침내 짐승처럼 소리 내어 울었고 동만의 엄마는 그런 두만을 꼭 안아주었다. 그리고 네 탓이 아니라고 말했다. 네 탓이 아니라 내 탓이라고. 모두 엄마인 내 탓이라고. 그 말을 하는 동만 엄마의 눈에서는 눈물이 흐르지 않았다. 너무 슬프면 눈물 따위는 그냥 말라 버리는지도 몰랐다.

동만의 죽음은 자세한 설명은 배제된 채 짧고 건조한 사실로만 기사화되었다. 자살 사건의 보도지침이란다. 기사만 봐서는 동만이 누군지도 정확히 알 수 없었다. 기억하고 싶어도 누군지 몰라서 기억할 수 없는 죽음이었다.

카론은 동만이 죽고 나흘째 되는 날, 수도권의 어느 대학 축제의 초대 가수로 무대에 섰다. 공연을 진행하지 않으면 계약 위반이라 어쩔 수 없는 일이었다. 하지만 공연 중간에 카론은 무대 뒤로 뛰쳐나갔고 그길로 다시 돌아가지 않았다. 계약을 어긴 것이다.

두만은 그전에도 공황장애와 우울증에 시달렸다. 하지만 줄곧 잘 견뎌왔고, 그래서 때로는 뿌듯할 때도 있었다. 하지만 이제 와서 생각해 보니 왜 그렇게 견뎌야만 했는지, 그렇게 참아서 얻어낸 지금의 생활이 정말 그럴 만한 가치가 있었던 건지 의문이 들었다. 돈? 인기? 그런 것들이 온전히 행복을 보장할 수만 있다면, 커트 코베인도 이언 커티스도 지금껏 즐겁게 잘 살고 있었어야 했다. 하지만 마이클 잭슨을 밀어내고 빌보드 1위를 차지한들, 커트 코베인의 병든 영혼은 살아서 구원받지 못했다.

공연 중에 무단이탈한 두만은 이제 계약 위반이고 뭐고 다 될 대로 되라는 마음이었다. 무대 뒤를 벗어나면서 이미 카론이라는 이름도 마음속에서 지워버렸다. 그렇게 다시 두만으로 돌아온 카론은 숙소에서 최소한의 짐만 몰래 챙겨 나온 뒤 가장 먼저 눈에 띈 버스에 올라탔다. 긴장이 풀리자 갑자기 피곤이 몰려와 어느새 잠이 들었다.

한 시간쯤 흘렀을까? 아니면 두 시간? 무려 여섯 시간 뒤 두만은 잠에서 깨어났다. 버스 창가로 햇살이 비쳐들고 있었다. 두만이 탄 버스는 막차였고 종점에 도착한 버스 기사는 뒷자리에 고개를 떨어뜨리고 잠든 두만을 발견하지 못한 채 퇴근하고 만 것이었다. 두만은 허겁지겁 가방을 들고 버스에서 내리다가 마침 청소를 위해 밀대를 들고 타려던 청소부와 정면으로 마주했다. 두만은 놀라서 대뜸 90도로 꾸벅 인사하고는 도망치듯이, 아니 말 그대로 도망쳤다.

깜짝 놀란 청소부는 뒤돌아 헐레벌떡 멀어져 가는 아이를 바라봤다. 간혹 밤사이 버스에 몰래 올라타 밤을 보내고 새벽에 도망치는 가출 청소년들이 있었다. 청소부는 방금 마주친 아이가 어쩐지 남의 자식 같지 않아 자기도 모르게 얕은 한숨을 내쉬었다. 그런데 청소를 시작하려던 그는 문득 고개를 갸웃했다.

"가만, 어디서 봤지? 어디서 봤는데?"

방금 도망친 아이의 얼굴이 어딘가 낯익었다. 분명 어디서 본 얼굴인데 막상 어디서 봤는지는 도무지 생각이 나지 않아 청소하는 내내 마음 한구석이 갑갑하니 간질거렸다. 지금 청소하고 있는 버스 옆구리 광고판에 카론의 의류 광고 사진이 커다랗게 도배되어 있는 줄도 모르고.

버스 차고지에서 탈출한 두만은 그제야 가쁜 숨을 몰아쉬며 주위를 둘러봤다. 낯선 곳이다. 한 번도 와본 적 없는 곳이라는 사실만 알 수 있었다. 습관처럼 핸드폰을 꺼냈다. GPS는 자신이 있는 곳이 어디인지 알고 있을 테니까. 하지만 그건 배터리가 살아 있을 때나 그렇다. 전원이 꺼진 핸드폰은 그 무게만큼의 돌덩이나 다름없었다. 그런데도 오히려 동만은 마음이 차분해졌다. 심지어 잘됐다는 생각마저 들었다. 자신이 사라진 걸 알아차린 대표는 지금 어떤 마음일까? 아마도 분노로 제정신이 아니겠지? 그렇게 생각하며 두만은 일단 걸었다. 무작정 앞만 보고 걸었다. 문득 앞만 보고 걷는 게 정말 앞으로 나아가는 걸까, 의문이 들었다. 앞만 보고 걷다 보면 어느새 제자리로 다시 돌아와 있는 경험을 한두 번한 게 아니었기 때문이다. 그때마다 두만은 화가 치밀어올랐다. 그렇게 걷고 뛰었건만 또 제자리라니. 왜 난 이자리를 벗어나지 못하는 걸까? 그러다 기회가 왔다. 팬들이 자신을 보며 열광했고 회사의 주식이 연일 상한가를 치면서 자신도 조만간 큰돈을 손에 쥐게 될 거라고생각했다. 그렇게만 된다면 두만도, 또 두만만 바라보는가족과 주변 사람들도 모두 행복해질 수 있을 거라고생각했다. 그래서 참을 수 있었다. 그런데 그 결과가 이거였다니. 두만은 생각을 떨쳐버리려는 듯 세차게 머리를 흔들었다. 그리고 걸음을 뗐다.

바이 디스 리버

그저 지쳐서 주저앉고 싶은 순간, 무엇을 파는지도 모르고 눈앞에 열려 있었다는 이유 하나로 두만이 들어간 가게는 중고 LP를 파는 가게였다.

'굳이 이런 곳에?'

가게 안에서 두만이 손에 잡히는 대로 뽑아 든 제프 버클리의 앨범에는 포스트잇에 만년필로 정성껏 쓴 리뷰가 붙어 있었다. 간결하게 쓰인 글귀는 마치 두만에게 말을 건네고 있는 것 같았다.

모래알 같은 소멸도, 한순간 불타오르는 것도,

남겨진 이들에겐 언제나 고통일 뿐

두만은 그만 주체할 수 없이 눈가가 뜨거워져서 도망치듯 가게를 나왔다. 건물 뒤로 들어가 골목길에서 담배를 한 대 다 피우고 나서야 마음이 진정됐다. 그리고 다시 가게로 돌아갔다.

그사이 보이지 않던 가게 주인은 어떤 중년 아저씨와 가벽 안쪽에서 막 식사를 마치고 나오는 중이었는데, 두만을 보고는 어색한 인사를 했다. LP를 듣고 싶으면 한쪽 구석에 마련해 놓은 턴테이블을 이용하면 된다고 알려주었다. 안 그래도 오래 걸어서 다리가 뻐근하던 참이었다.

"혹시 도어스의 음반도 있나요?"

두만의 질문에 가게 주인은 마치 기다렸다는 듯 1971년에 발매된 도어스의 6집 앨범 『엘에이 우먼L. A. Woman』을 꺼내와서 건넸다. 특이하게도 사각형의 네 모퉁이가 둥글게 처리된 앨범이었다. 두만도 이미 잘 알고 있는 이 앨범의 마지막 곡이 바로 비 오는 날마다 즐겨 듣는 「라이더스 온 더 스톰」이었다. 가게 사장은 그 밖에도 1967년에 나온 1집과 2집도 있다며 앨범이 꽂힌 위치를 알려주었다.

두만은 가게 사장이 건넨 도어스의 6집 음반을 들고 알려준 대로 청음용 턴테이블 앞에 자리를 잡고 앉았다. 음반이 다 돌고 나자 두만은 또 다른 음반을 찾았다. 그런데 찾다 보니 짐 모리슨에서 시작해 계속 요절한 뮤지션들의 음반들만 고르게 됐다. 토미 볼린에서 두에인 올맨, 랜디 로즈의 트리뷰트 앨범까지. 순수한 마음으로 록 음악을 좋아하고 전설의 뮤지션을 동경하던, 지난 시절의 기억이 다시금 떠올랐다.

동만의 장례식이 있기 며칠 전 두만은 잡지 인터뷰를 진행했다. 기자는 인기를 실감하는지 물었고 두만은 너무 바빠서 인기를 실감할 틈도 없는 거 같다고 말했다. 기자는 웃으며 그럼 지금 행복하냐고 물었다. 두만은 역시나 너무 바빠서 행복감을 느낄 사이도 없다고 답했다. 틀에 박힌 대답 같았지만 실제로 그랬다.

두만은 연습생 시절 동만과 함께 숙소에서 좋아하는 음악을 듣던 때를 떠올렸다. 그때가 오히려 행복했다는 이야기는 아니었다. 그 시절을 지배하던 감정은 불안이었다. 다가올 미래는 불투명하고 손에 쥔 건 아무것도 없던 시절. 하지만 그땐 곁에 동만이 있었다. 더불어 불안을 이겨낼 희망도.

두만은 「여인의 향기」라는 옛날 영화를 좋아했다. 옛날 영화를 좋아하는 두만을 두고 동만은 종종 조선 시대 사람이냐고 놀리곤 했다. 사실 두만의 이 취향은 그의 엄마에게 고스란히 물려받은 것이었다. 유난히 우울증이 도졌던 어느 날, 두만은 그 영화에 나온 알 파치노의 대사를 동만에게 던져봤다.

"너, 내가 살아야 하는 이유를 하나만 대봐."

뜬금없는 두만의 말에 동만은 말간 얼굴로 이렇게 대답했다.

"형의 모든 것이 살아야 할 이유죠."

미소를 띤 동만의 얼굴에는 어떤 의심도 담겨 있지 않았다.

영화 속 대사는 극중 프랭크(알 파치노)가 권총을 들고 고통스런 삶을 끝내려는 찰나 이를 말리는 찰리(크리스 오도널)에게 던진 질문이었다. 사고로 시력을 잃고 괴팍해졌는지, 아니면 원래 괴팍했는데 시력까지 잃게 됐는지는 모르지만 프랭크는 성질머리 고약한 퇴역 장교다.

그는 죽기로 결심했다. 주말 아르바이트로 그의 길잡이가 되어주기 위해 온 햇병아리 고등학생 찰리는 그 괴팍하기 그지없는 퇴역 중령으로 인해 우여곡절을 겪지만 막상 삶을 포기하려는 그에게 그가 살아가야 할 이유를 한 가지가 아닌 두 가지나 대준다. "중령님은 누구보다 탱고를 잘 췄고, 페라리를 잘 몰았어요"라고. 그런데 동만은 그때 두만에게 한 가지도, 두 가지도 아닌 두만의 모든 것이 살아야 할 이유라고 조금도 망설이지 않고 말해주었다. 그랬던 녀석이. 그랬다면 나한테도 물었어야지. 그랬다면⋯⋯. 아니, 애초에 그런 질문은 성립해서는 안 되는 것이었다. 어떤 이유도 스스로 죽음을 선택할 근거가 될 수는 없다. 살아 있다는 사실이 곧 살아야 할 이유다. 그러니 그런 선택을 해서는 안 됐던 것이다.

두만은 돌이킬 수 없는 시간 앞에서 화가 치밀어 올랐고 억울했고 안타까워 어찌할 바를 몰랐다. 하지만 그나마 할 수 있는 일은 하나밖에 없었다. 동만이 좋아했던 뮤지션들의 음반을 찾아 들으며 그를 기억하고 추모하는 것. 그래서 목적지도 없이 걷기만 하던 그가 지친 다리를 쉬기 위해 들어간 곳이 마침 LP가게였어도 두만은 그런 우연이 이상하게 느껴지지 않았다. 어쩌면 동만이 그곳으로 자신을 이끈 건 아닐까 하는 생각마저 들었다.

가게 주인이 유독 요절한 뮤지션들의 앨범에 남긴 리뷰에는 어떤 공통점들이 있었다. 시공을 초월한 공감과 알 수 없는 그리움. 그래서 애련하기만 한 짧은 리뷰들. 이때 스티비 레이 본의 앨범을 뽑아 들고 서 있는 두만에게 누군가가 다가왔다.

"재밌네."

언제부터 있었는지, 가게 주인과 가벽 안쪽에서 같이 나온 중년 남자였다. 두만은 주위를 둘러봤다. 아무도 없었다. 그러니까 남자는 두만에게 말을 건네고 있었다. 아니면 혼잣말이거나.

"재밌다고."

혼잣말이 아닌가 보다.

"뭐가…… 요?"

"여기 봐봐. 이거 다 내가 오늘 고른 앨범이거든. 김현식, 유재하, 김광석, 장덕. 장덕 알아? 아, 이건 없을 줄 알았는데 배호도 여기 있더라고."

남자는 말투가 원래 그런지 대화를 마치 혼잣말하듯 했다. 그래서 두만은 좀처럼 반응하기가 어려웠다. 남자는 자신이 골라서 가져온 앨범들을 가리키며 말했다.

"아마 모를 거야. 자기가 태어나기도 전에 사라져 버린 사람들이니까. 아니다, 음악이 남았으니 아주 사라져 버린 건 아닌가? 어쨌든 다 일찍 세상을 뜬 사람들이거든. 특별한 이유가 있어서 그런 사람들만 고른 건 아니고 이것도 있나? 저것도 있나? 하면서 찾다 보니 이렇게 됐네. 그, 훔쳐본 건 아닌데 자기도 좀 비슷해 보이더라고? 물론 자기가 고른 건 하나같이 바다 건너 가수들이지만 말이야. 뭐, 그게 좀 공교로워서 한 얘기야."

남자가 내내 혼잣말하는 줄 알았던 게 반말 투 때문임을 두만은 뒤늦게 깨달았다. 남자는 두만에게 도저히 요절이라고 믿기지 않는 외모를 가진 배호의 앨범을 들어보라며 건넸다. 덕분에 두만은 스티비 레이 본의 텍사스 블루스에 이어 배호의 「돌아가는 삼각지」를 들어야 했다. 그다음에도 역시 요절이라고 믿기 힘든 오티스 레딩의 얼굴이 등장했다. 중년 남자는 앨범을 건네며 「트라이 어 리틀 텐더니스Try a Little Tenderness」를 꼭 들어보라고 했다.

두만은 그날 열 장 넘게 앨범을 사서 돌아갔다. 그리고 다음 날 해가 뜨자마자 또 그 이상한 LP가게를 찾았다. 그다음 날도 또.

두만이 보기에 가게 주인은 말 그대로 좀 이상했다. 두만이 머무는 동안 손님이라고는 자신에게 혼잣말하듯 말을 걸어온 중년 남자가 전부였는데 그 역시도 이상했다. 아버지뻘은 돼 보이는 나이에 아침부터 와서 종일 앨범을 골라 들었고, 이틀째 되던 날엔 도시락을 싸 왔다며 점심을 함께 먹자고 했다. 둘 다 아이돌 쪽에는 별 관심이 없어 보여 그나마 다행이었다. 처음에는 혹시라도 자신을 알아볼까 싶어 마스크를 쓰고 모자도 벗지 않았지만 곧 경계심은 풀어졌다. 두만은 가게 주인에게 자신이 사 간 앨범의 리뷰를 포스트잇에 써서 벽에 붙여도 될지 물었다. 중년 남자도 끼어들더니 좋은 생각이라고 했다. 어차피 가게 안의 벽들은 다 비어 있었다.

두만은 제프 버클리와 도어즈와 닐 영 등의 앨범을 들은 감상에 동만을 추모하는 마음을 더해 정성스럽게 글을 남겼다. 가게 사장은 두만이 붙여놓은 글들을 한동 안 바라보다 조용히 가게 밖으로 나갔다. 두만은 유리창 을 통해 가게 사장이 문밖에서 몰래 눈가를 훔치는 모 습을 지켜봤다. 지금 울고 있는 사람은 남몰래 우는 이 의 눈물도 알아보는 법인가? 무슨 사연인지는 알 수 없 지만, 그때 두만은 가게 사장과 자신이 지금 비슷한 감 정을 공유하고 있다는 건 알 수 있었다.

두만은 데이비드 보위의 『히어로즈Heroes』 음반을 들 고 다시 청음 코너로 갔다. 앞뒷면이 번갈아 다 돌아갈 무렵, 가게 사장이 두만에게 커피를 건넸다. 두만은 커 피를 별로 좋아하지 않았지만 거절하기도 뭐해서 받아 들었다.

"고맙습니다."

두만은 인사치레로 커피를 살짝 입술에 대기만 하려 고 했는데, 자기도 모르게 눈이 번쩍 떠졌다. 곧바로 한 모금 더 조심스레 입안에 담았다. 고소한 커피 향과는 다르게 적당한 산미가 혀끝을 애태웠다. 곧이어 단맛이 제거된 카카오의 풍미가 입안 가득 퍼지면서 30퍼센트 쯤 가동 중이던 뇌가 100퍼센트 완벽하게 활성화되는 느낌이 들었다.

"너무…… 맛있네요."

가게 주인은 보일 듯 말 듯한 미소를 지었다. 두만은 가게 주인이 평소 말이 거의 없는 유형의 사람임이 분명하다고 생각했다. 하지만 커피 덕분에 단단했던 무언가가 살짝 풀어진 두만은 정원에게 혹시 데이비드 보위를 좋아하냐고 물었고, 「히어로스」는 좋은 곡이지만 뭔가 좀 어수선하게 들리지 않느냐고 되묻기도 했다. 좋아하는 외국 여배우가 출연한 영화에서 제일 중요한 장면에 그 노래가 나왔다고 덧붙이며.

정원은 보위를 특별히 좋아하는 건 아니지만 그처럼 다양한 음악적 시도를 하는 뮤지션은 흔치 않은 것 같다고 답했고, 거기에 더해 킹 크림슨의 멤버이자 실험적 사운드 구현에 거침없었던 로버트 프립이 리드기타를 맡았으니 현장의 소음까지 넣은 「히어로스」가 어수선하게 들리는 건 당연하지 않겠냐고 조심스레 말했다. 그리고 동시에 머릿속으로는 두만이 좋아하는 여배우가 아마도 영화 「월플라워」의 엠마 왓슨일 거라고 추측했다.

정원은 두만에게 브라이언 이노의 1977년도 앨범을

가져다주었다. 데이비드 보위를 좋아한다면 그의 음반 프로듀서로 활약했던 브라이언 이노도 알고 있지 않을까 하는 생각으로. 그러고 보니 두만이 첫날 사 간 음반 중에 브라이언 이노가 멤버였던 록시 뮤직의 데뷔 앨범이 있었던 기억도 났다.

"후반부에 「바이 디스 리버By This River」라는 곡이 있어요. 어쩌면 그 곡이 필요하지 않을까 싶어서……. 나한테도 그랬거든요."

정원의 말에 두만은 앨범에 담긴 곡들을 차례로 듣기 시작했다.

'나한테도 그랬거든요'라는 말의 의미를 이해하는 데엔 오랜 시간이 걸리지 않았다. 「스루 홀로 랜즈Through Hollow Lands」의 단아한 피아노 소리도 마음에 들었지만, 정원의 말대로 「바이 디스 리버」가 제일 좋았다. 미니멀한 연주와 조곤조곤 이야기하듯 부르는 노래가 묘한 위로를 안겨줬다. 음반을 다 듣고 난 두만에게 정원이 말했다.

"옛날에 「아들의 방」이라는 이탈리아 영화가 있었어요. 갑작스러운 상실을 다룬 영화기도 하고, 그 속에서 무너져 내리고 또다시 일어나는 사람들에 관한 영화기도 했는데. 그 영화에 흐르던 노래가 「바이 디스 리버」였어요.”

정원의 말에 두만은 숨기고 있던 속내를 들키기라도 한 것처럼 당황했다. 갑작스러운 상실을 다룬 영화라고? 무너졌지만 또다시 일어서는 사람들에 관한 이야기라고?

“그리고 보니 브라이언 이노가 「클린」이라는 영화에서도 음악을 맡았는데, 그 영화도 모든 걸 다 잃어버린 인물이 등장하는 얘기였네요. 청춘의 전부였던 사랑도 음악도 다 잃고……. 장만옥이 그런 상황의 뮤지션으로 나와요. 물론 그래도 인생은 계속되지요. 스스로 끝장내 버리지만 않는다면요.”

정원이 희미하게 웃었다. 어느새 두만은 정원의 이야기에 빠져들고 있었다.

“장만옥이 뮤지션으로 나오는 영화가 있었어요?”

“네, 80년대 록 스타로 나와요. 나름 배역에 어울리긴 하던데 추천은 못 하겠어요. 영화가 조금, 아니 많이 지루하거든요.”

정원이 잠깐 말을 끊었다. 뭔가 떠올리는 듯. 그리고 한 마디를 덧붙였다. 역시 두만의 마음을 꿰뚫어 보기라도 한 것처럼.

"아까 얘기한 「아들의 방」이란 영화 포스터에 그런 구절이 있었어요. '그래, 너는 어쩌다 마법의 동굴에서 잠깐 길을 잃은 거야. 인생을 결정하는 건 우리가 아니니까'라는. 그런데 솔직히 전 잘 모르겠더라고요. 인생을 결정하는 게 우리가 아닌 건 알겠는데…… 그래서 그게 어떤 위로가 되는 건지요."

그날 두만은 종일 음악을 듣고, 모두 열세 장의 리뷰 포스트잇을 붙이고 돌아갔다. 어쩌면 죽은 동만이 마법의 동굴에서 길을 잃어 호기심 가득한 얼굴로 헤매는 모습을 잠시 상상한 것 같기도 하다. 그리고 그날 밤 두만은 오랜만에 카론의 팬카페에 글을 올렸다. 동만에 대한 기억을. 그 자신도 죽으려고 했다가 살기로 마음을 바꾼 일을. 그리고 기획사 대표가 자행한 그간의 불합리한 횡포를 폭로했고 싸워야 할 일이 있으면 싸우겠다는 다짐도 남겼다. 무엇보다 두만은 우연히 찾은 풍진동의

한 이상한 중고 LP가게에서 위로받은 일에 관해 썼다. 동만은 떠났으나 그와 나눈 기억들은 음악을 통해 남았다. 그리고 그걸 상기시켜 준 다정한 LP가게 사장에게 고마움을 전했다. 그러자 카론의 팬들은 카론과 닉스를 대신해 LP가게 주인에게 감사의 글을 올렸고, 사람들은 곧 가게의 위치를 추적하기 시작했다. 팬들의 이상한 LP가게 순례가 시작된 것이다.

그러니까 정원이 출근도 하기 전 이른 아침부터 LP가게를 찾아온 이들은 모두 카론의 팬들이었던 것이다. 일주일 동안 매일 출근하듯 LP가게를 찾았던 손님이 유명한 아이돌 가수였다는 사실을 뒤늦게 안 정원은 어리둥절했다. 이를 지켜본 중년 남자, 원석이 말했다.

"살다 보니 이런 일을 다 보는군."

정원은 신기했다. 이 모든 일이 자신이 그날 죽었다면 벌어지지 않았을 일이었다. 자신이 죽지 않았기에 새로운 우주가 만들어졌다. 사라질 뻔한 우주. 하지만 정안의 우주는 영영 사라졌고, 만나본 적은 없으나 '닉스'로 불렸던 동만의 우주도 사라졌다. 정원도, 두만도, 사

라져 버린 우주를 그리워하는 사람들이라는 공통점이
있었다. 하지만 따지고 보면 사라져 버린 누군가와 또
그와 함께했던 우주를 그리워하는 것이야말로 인간의
속성이자 본능이라고 생각했다. 비록 그때는 몰랐지만,
원석 역시 이미 사라져 버린 우주로 인해 괴로워하는
중이었다. 거기에 하나 더. 원석은 자신의 우주도 사라
지는 중이란 걸 알고 있었다.

"세상에는 좋은 사람들이 참 많네요."

가게 안에 동만을 위한 추모의 글을 붙이고 가는 사
람들을 보며 정원이 중얼대듯 말했을 때, 원석의 대답은
이랬다.

"응. 하지만 그 좋은 사람들은 항상 나쁜 사람들의 먹
잇감이 되지."

뜬금없는 대꾸라고 생각했지만 원석의 말은 곧 증명
됐다. 누군가 정원의 가게를 국세청에 신고한 것이다.

&

"신고가 들어왔는데 전화번호도 없고, 그래서 직접

나왔습니다."

정원과 또래로 보이는 남자는 자신을 국세청 직원이라고 소개했다. 양복 차림에 넥타이 위로 명찰 목걸이가 살짝 겹쳐 보였다. 직원은 가게 안을 매의 눈으로 둘러봤다.

"카드단말기 없으시죠? 당연히 현금영수증도 발행하지 않으셨을 테고요."

직원 눈에 정원의 LP가게는 현금만 받는 탈세의 현장이 분명했다.

"죄송합니다."

정원은 그 말 외에 딱히 할 말이 없었다. 국세청 직원은 정원을 딱한 눈길로 바라봤다. 그는 노량진 학원가를 전전하며 수도승처럼 3년간의 공시 준비를 한 끝에 마침내 세무공무원이 됐다. 그 후 수많은 탈세범죄자와 악덕 체납자들을 만나야 했고, 때론 그들로부터 험한 꼴도 당하며 마침내 나름의 직업적 선구안을 갖게 됐다. 그 선구안에 따르면 정원은 그동안 만나왔던 범주에 속하지 않았다. 탈세를 목적으로 고의로 불법영업을 할 사람으로는 보이지 않았다는 말이다.

"중고 LP판을 계속 팔고 싶으신 거죠?

직원이 물었고, 정원은 고개를 끄덕였다.

"네. 여기 있는 것만이요."

"여기 있는 게……."

"6000장 정도 됩니다."

"그럼 그거만 팔고 가게는 더 안 하시는 건가요?"

정원은 고개를 끄덕였다. 물론 그거만 팔고 죽을 거라는 얘기는 하지 않았다.

직원은 다소 난감한 표정을 지었지만 이내 직업적 표정을 되찾고는 건조한 어투로 말했다.

"그러시더라도 파는 동안은 지키셔야 할 것들이 있습니다. 일단 사업자등록부터 내시고요, 카드단말기도 들여놓으세요. 그동안 판 내역에 대해서는 소명 과정을 거치셔야 할 겁니다. 물론 소명되더라도 과태료 부과는 피하실 수 없을 거고요."

정원은 노트를 들고 와서 꼼꼼하게 직원의 말을 받아 메모했다. 그리고 직원에게 중간중간 죄송하다는 말을 최소한 다섯 번은 더 했다.

직원은 이야기를 다 마친 후에도 가지 않았다.

"구경 좀 하고 가도 되죠?"

직원은 정원에게 일을 보라고 하고는 가게 안을 서성이며 LP를 구경했다. 그리고 얼마 지나지 않아 직원이 다시 정원에게 다가왔다. 정원은 어김없이 또 긴장했다.

"혹시 LP 추천도 해주시나요?"

"아, 네……. 주로 어떤 곡을 즐겨 들으세요?"

"제가 들을 건 아니고 우리 아버지한테 가져다줄까 해서요. 생각해 보니 집에 오래된 턴테이블이 있거든요. 어렸을 때 그걸 듣던 모습이 문득 생각나네요."

묻지도 않았는데 직원은 아버지와 오랫동안 소원해진 사이라고 말했다.

"벽이라고 해야 하나. 그렇게 느낀 지 좀 됐어요. 근데 우리 나이 되면 다들 그렇지 않나요?"

직원은 과장되게 웃으며 동의를 바라는 눈길로 쳐다봤고, 어쩔 수 없이 정원은 없는 표정을 만들어 고개를 끄덕였다. 직원은 정원의 표정을 궁금 혹은 호기심의 의미로 받아들였다.

"아버지는 원래 성실하신 분이었어요. 그러니까 20년

이 넘는 세월을 오로지 한 직장에서 보냈겠죠? 그렇게 회사에 젊은 시절을 통째로 바쳤는데 하루아침에 정리 해고를 당했거든요. 요즘 같은 세상에 무슨 대단한 일이 라고 참. 그래도 아버지에게는 엄청난 충격이었나 봐요. 아니, 그래도 그렇지. 회사에서 쫓겨났다고 가정을 버립 니까? 그게 말이 돼요? 쉰 살이 넘어서 가출을 한다는 게 말이 되냐고요."

직원의 아버지는 집을 나가 죽었는지 살았는지 소식 도 없다가 무려 3년 만에 다시 가족에게 돌아왔다고 한 다. 그사이 가족들은 실종 신고를 하고 자살했을 가능 성을 두고서 온갖 난리를 피웠는데, 정작 너무나 멀쩡 한 모습으로 가장이 돌아오니 다들 그 앞에서 할 말을 잃었다고 했다. 그나마 다행이라면, 그동안 새로 부인을 얻었다거나 그런 종류의 일은 아니었다는 것 정도.

"그래서 아버님은 뭐라고 하셨나요?"

"미안하다고요. 그 말 외에는 들은 게 없습디다. 제가 아까 벽이 있다고 했잖아요? 그 벽이 보통 벽이 아니라 서. 제가 뭐라고 한 줄 알아요? 나가시라고 했어요. 나 갈 때는 당신 마음대로 나갔겠지만 들어오려면 엄마와

내 허락을 받아야 한다고요. 그리고 당연히 난 허락할 수 없다고. 그런데 말이에요."

직원은 잠시 말을 끊고 물을 찾았다. 정원이 생수병을 건네자 그는 단숨에 반쯤 비운 후 다시 말을 이었다.

"그런데 엄마가 허락한 거예요. 물론 엄마도 그렇게 말씀은 하시죠. 죽을 때까지 아버지를 절대 용서하지 않을 거라고. 이게 대체 다 뭔 말이냐고요? 이해가 되십니까? 용서는 못 하되 자기 집에 들어와 사는 건 허락한다? 집이야 엄마 집이고, 또 아버지는 내 아버지기는 해도 엄마의 배우자니까 엄마 마음대로 하는 게 맞긴 하지만, 전 아직도 받아들일 수 없단 말입니다. 어쩌다 집에 가보면 엄마랑 아빠는 서로 대화 한마디를 안 하세요. 엄마는 아버지를 집 안에 있는 커다란 화분 정도로 생각하시는지. 웃긴 건 아버지도 당신을 그렇게 보고 있는 것 같아요."

정원은 어느 조용한 집 베란다에서 홀로 시들어가는 커다란 화분을 떠올렸다. 그리고 직원에게 물었다.

"아버님이 즐겨 듣던 음악을 기억하시나요?"

직원은 잠시 기억을 더듬는 표정을 짓더니 말했다.

"「고엽」이요. 그건 확실해요. 왜냐면 어렸을 때 분명히 같은 곡인데 여러 가지 버전으로 자주 들었던 기억이 있거든요."

정원의 머릿속에 이브 몽탕이나 에디트 피아프의 「고엽」을 듣고 있는 초로의 남자가 그려졌다. 삶 속의 어느 순간 익숙한 모든 것들에게 작별을 고했던 한 남자. 그리고 결국 다시 돌아온, 아니 돌아올 수밖에 없었던 남자에게 남은 건 고독과 음악뿐이지만, 또 모르리라. 먼 훗날 언젠가 음악 속에서 아들과 다시 손잡게 될지도.

"일단 이걸 한번 들어보세요."

정원은 직원에게 프랑스 음유시인의 대표적인 음반 석 장을 건네주었다. 조르주 브라상과 자크 브렐, 그리고 레오 페레였다. 직원은 음반을 조금 들어보고는 꽤 만족한 표정을 지었다. 그리고 앨범을 챙겨서 가게 문을 나서다 배웅 나온 정원을 향해 한 번 더 말했다.

"사장님, 혹시 세무행정 관련해서 물어볼 일 있으시면 언제든 연락하세요. 제 명함 잘 챙기셨죠?"

직원은 밝은 표정으로 돌아갔다. 그리고 그 과정을 줄곧 지켜보고 있었던 원석이 정원 곁에 다가와 섰다.

"오늘은 좋은 사람이 이겼네."

원석이 툭 던지듯 말했다. 그리고 한마디 덧붙였다.

"하지만 방심하지는 마. 그렇다고 해서 세상에 좋은 사람보다 나쁜 사람이 더 많다는 진실이 바뀌는 건 아니니까."

데스티니

정안이 깔깔대며 웃고 있었다. 꿈속이지만 정안이 뭘 보고 그렇게 웃어대는지 정원은 이미 알고 있다. 어린 시절부터 공부에는 항상 진심이었던 정안이 학업 스트레스를 푸는 방법은 딱 하나였으니까. 바로 시트콤을 보는 것이었다. 그것도 이미 수십 번은 봤을 오래된 시트콤을 정안은 보고 또 봤다. 정원은 차라리 그 시간에 영화를 보라고 권했지만 정안은 영화는 너무 길다고 했다. 영화를 보기 위해서는 일단 두 시간가량 집중해야 하는데다 감동이라도 받은 날이면 잔상이 남아 바로 공부에 돌입할 수 없단다. 반면에 시트콤은 공부하다 잠깐 머리를 식히기 위해 20분에서 30분만 할애하면 되니 부담이 없고, 무엇보다 웃기는 게 목적이라 보고 나면 기분 전환이 된다고 했다. 가끔 시트콤도 슬프거나 감동적이지 않은 건 아니었지만 대부분 휘발성이라 다시 공부 모드에 돌입하는데 크게 방해가 되지는 않는다나. 세상에 이렇게 독한 놈이 다 있나!

물론 아주 예외적인 경우도 있기는 했다. 평소 화를 낼 줄 모르던 정안조차 시트콤 마지막 회를 보다 어이없는 결말 때문에 엄청난 분노를 터뜨린 적이 있었다. 매회 웃고 떠들며 봐왔던 시트콤 속 남녀 주인공이 빗길 교통사고로 죽는다는 역대 최고 수준의 새드엔딩으로 마무리되었기 때문이었다. 얼마나 충격이 컸는지 정안은 이틀 후에 있던 시험에서 한 번도 놓치지 않던 전교 1등 자리를 내주고 말았다. 그럼에도 정안은 시트콤을 사랑했다. 얼마나 사랑했으면 정원의 꿈속에서도 정안이 시트콤을 보며 웃고 있을까. 정원은 웃는 정안을 보니 마음 한구석이 스르르 녹아내리는 것 같았다. 꿈이 아니라면 얼마나 좋을까. 정원은 꿈속에서도 자신이 지금 꿈을 꾸고 있다는 걸 알았다. 그런데 바로 그때였다. 귀에 익은 코러스! 꿈속에서 정안은 또 깔깔깔 웃음을 터뜨렸다.

1950년대부터 1960년대까지 전성기를 누린, 지금으로 치면 아이돌 스타에 버금가는 인기를 끌었던 폴 앵카라는 싱어송라이터가 있었다. 정원이 꿈속에서 들은 건 그가 직접 곡을 쓰고 부른 히트곡 「유 아 마이 데스티니You Are My Destiny」의 도입부였다. 아마도 폴 앵카는 몰라도 누구나 그가 부른 「유 아 마이 데스티니」는 알 거다. 국내 방송에서도 운명적 상황을 코믹하게 처리할 때 효과음처럼 빈번하게 쓰였으니까. 정원은 '너는 내 운명'이라고 외쳐대는 폴 앵카의 노랫소리에 잠에서 깼다. 꿈속에서 정안은 웃고 있었는데 꿈에서 깬 정원은 얼굴이 눈물로 젖어 있었다.

꿈 때문에 잠을 설친 정원은 평소보다 일찍 가게에 나와 개인 사정으로 오후에 문을 연다는 안내문을 만들어 가게 앞에 내걸었다. 국세청 직원이 다녀간 다음 날이었다. 더 늦기 전에 일단 관할 세무서에 가서 사업자 등록부터 내야 한다. 그 외에도 자잘하게 처리해야 할 일들이 산더미처럼 기다리고 있었다. 마음 같아선 한 며칠 문을 닫고 가게 정비를 하고 싶었지만 그럴 수도 없었다. 여전히 매일 가게로 출석 중인 원석은 차치하더라도, 이른 아침부터 LP가게를 '성지'라 부르며 찾아오는 카론의 팬들과 또 동만의 죽음을 애도하는 이들의 수가 만만치 않았기 때문이다. 먼 길 마다하지 않고 애써 찾아오는 이들의 마음은 저마다 달라도 모두가 다 소중했다. 그래서 그들의 걸음을 헛되게 할 수는 없었다.

가게를 막 나서려던 때 원석이 들어왔다. 정원이 방금 가게 앞에 내건 안내문을 손에 쥔 채였다. 원석은 정원이 일을 마치고 올 때까지 대신 가게를 봐주겠다고 했다. 어쩐지 권유보다는 통보에 가까웠지만 정원은 기분이 나쁘거나 하진 않았다. 원석은 이참에 아르바이트를 한 명 뽑으면 어떻겠냐고도 했다. 사실 미국과 캐나다 등지에서 카론의 팬들이 해외 배송 문의를 해오기도 해서 이제 정원 혼자서 가게를 꾸리는 게 감당이 어려워지고 있었다.

그나저나 도대체 이게 다 무슨 상황일까? 죽어야 하는데 LP가게가 뜻밖에 대박이 나서, 그 바람에 죽지도 못하고 사업자등록을 내고 강제로 자영업자의 길에 들어서다니. 이게 말이 되는 상황인가. 그런데 생각해 보면 항상 이런 식이었다. 살면서 정원이 기대했던 대로 됐던 일은 하나도 없었고, 뜻밖에 벌어진 일들은 감당하기엔 힘든 일들뿐이었다. 다만 전과 다른 게 있다면 지금의 이 상황이 불행과는 다른 색이라는 것. 정원은 그래서 지금 처한 현실이 더욱 낯설었다.

같은 날 같은 시에 자신과 동생을 버리고 세상을 떠난 부모. 아버지가 남긴 빚과 보험금은 정원에겐 풀기 힘든 난제 중의 난제였다. 그럼에도 유일한 삶의 이유인 동생 정안이 있어서 꾸역꾸역 살아보겠다고 살았고, 살다 보니 또 그렇게 살아져서 이제는 마음 놓고 살아볼까 했더니 삶의 이유였던 동생이 어처구니없게 세상을 떠났다. 부모님이야 자신들의 의지였으니 누구 탓을 할 것도 없었지만, 동생은 아니었다. 동생은 정원보다 키도 크고 잘생기고 똑똑하기로는 비교할 수 없는, 게다가 넘어진 로봇을 일으켜 세워주려는 선한 마음을 가진 아이였다. 그런 아이가 정신 나간 운전자의 차에 부딪혀 뼈가 부서지고 살이 터져 끝내 심장이 멈췄다. 그 생각을 하니 정원의 온몸이 다시 부르르 떨려왔다.

그 순간 정원은 문득 자신이 그냥 죽어도 되는 걸까, 하는 의문이 들었다. 물론 할 만큼 해왔고 더는 할 수 있는 일이 없다는 무기력함 때문에 결심한 죽음이었지만 LP가게로 인해 전혀 예상치 못한 날들을 보내고 있는 지금 다시 의문이 든 것이다. 과연 난 최선을 다했나? 동생의 억울함을 풀기 위해, 동생의 죽음이 헛된 소멸이 되지 않도록 내가 할 수 있는 일을 다 했는가? 정말 더는 할 수 있는 일이 세상에 남지 않은 게 맞나? 의문이 꼬리에 꼬리를 물었다. 그리고 정원은 아직 어느 것에도 답을 할 수 없었다.

손님들은 그 순간에도 계속 가게를 찾아 들어왔다. 정원은 이제 더는 피할 수 없다는 생각에 원석의 말을 따르기로 했다.

정원이 급하게 "아르바이트 구함"이라고 손으로 쓴 구인 공고문을 가게 문 앞에 붙이려던 그때였다.

"저기요."

돌아보니 아직 대학생 티를 못 벗은 20대 초반의 여

자가 서 있었다.

"혹시 아르바이트 구하시나요?"

"네."

"근데 시급이…… 저거 시간당 맞아요?"

여자가 손가락으로 정원이 방금 붙인 공고문을 가리켰다. 안내문에는 구인 관련 간단한 내용에 더해 시급이 명기되어 있었다.

시급 2만 원.

5분 전 가게 안에서 정원은 아르바이트 공고문을 쓰며 근무조건에 이렇게 적었다.

- 주 5일

- 하루 6시간(오전 9시 ~ 오후 6시 사이 자율 근무)

- 시급 : 2만 원

- 업무 내용 : 매장 내 LP 관리 / 고객 응대

곁에서 지켜보던 원석이 어이없다는 표정으로 혀를 쯧쯧 찼다.

"사장! 재벌이었어? 아니, 재벌은 이딴 짓 안 하지."

"무슨 말씀이세요?"

"무슨 말씀이냐니. 알바 시급 2만 원이 말이 돼? 최저 시급이 지금 얼만데 제정신이야?"

죽기로 한 결심을 두 달 뒤로 미루고 느닷없이 중고 LP가게를 차린 사람이 제정신일 리가.

"저도 9860원이 올해 최저 시급인 건 알아요. 근데 그건 최저를 정해놓은 거지 거기 꼭 맞춰주라는 뜻은 아니잖아요."

"사장, 자선사업 해? 그래도 2만 원은 과하지."

원석의 말에 정원은 이렇게 답했다.

"네. 그러네요. 그냥 과하게 해주고 싶네요."

어차피 LP만 다 팔리면 죽을 생각인 사람이 아르바이트 최저 시급 따위에 아등바등할 일이 있겠냐고는 물론 말하지 못했다. 그래서 원석은 직접 쓴 아르바이트 공고문을 들고 나가는 정원의 반듯한 등판을 바라보며 그동안 의심하지 않았던 무언가가 살짝 흔들리는 것 같은 기분이 들었는데, 그 기분이 영 나쁘지 않았다. 게다가 정원 사장에 대해 새로운 사실을 알게 된 것 같았다. 세상 물러터진 데다 나사까지 두어 개 빠진 인간인 줄로

만 알았는데 은근 고집도 있다는 사실 말이다.

원석은 정원이 나가자마자 어떤 젊은 여성에게 붙잡혀(그렇게 보였다) 선 채로 이야기를 나누는 모습을 보며 중얼거렸다.

"누구지? 운 좋은 알바생?"

𝄞

"이력서를 드려도 될까요?"

가게 앞에 정원과 마주 선 채로 여자는 가방에서 투명한 비닐 파일을 꺼내 정원에게 건넸다. 정원이 얼떨결에 받아들자 여자가 황급히 파일을 도로 빼앗더니 뒤에 붙은 몇 장은 떼어냈다.

"죄송해요. 뒤쪽의 자기소개서는 다른 회사에 냈던 거라서……."

"아, 그래요. 혹시 음악은 좋아하세요? 아! 좋아하지 않아도 할 수 있는 일이긴 한데 아무래도…… 가게 안에 종일 음악이 틀어져 있으니까요."

카론은 팬클럽 게시판에 상실의 아픔을 겪고 어디로

갈지 몰라 방황하다 우연히 찾아든 이 이상한 LP가게에서 뜻밖의 위로를 받았다고 했다. 정확히는 그곳에서 만난 LP가게 사장과 또 다른 손님 덕이었다. 카론은 LP가게 사장에 대해 자세한 설명은 하지 않았지만 다정한 사람이라고 썼다. 여자는 그 의미를 왠지 알 것 같았다. 아르바이트를 뽑으면서 통 크게 시급 2만 원을 제시해서가 아니었다. 음악을 좋아하냐고 물은 이유가 이곳에서 일하려면 음악을 좋아해야만 한다는 뜻이 아니라, 가게에 종일 음악이 틀어져 있는데 괜찮겠냐는 뜻으로 물어본 것이기 때문이었다.

여자는 조금 신이 나서 답했다.

"저 음악 좋아해요. 당연히 카론 팬이기는 한데, 솔직히 아이돌을 좋아하게 된 건 카론이 처음이고 그 전에는 케이팝에 별로 관심이 없었어요. 대신 주로 클래식이랑 재즈를 들어서 친구들한테 애늙은이 소리를 많이 들었고요. 음…… 겨울에는 「플라이트 투 덴마크Flight to Denmark」를 좋아하고요. 우울할 땐 물론 록이죠."

정원은 고개를 끄덕였다. 여자는 그 와중에 면접을 이렇게도 할 수 있구나, 하고 스스로 신기해했다. 그래

서 더 놓치고 싶지 않았다. 평소 여자의 소심한 성격이
나 매사 수비적인 태도라면 어림없었겠지만 그 순간에
는 어쩐 일인지 얼굴이 1센티미터쯤 두꺼워졌다고나 할
까? 심지어 "우울할 땐 록이죠"라고 말할 땐 자신도 모
르게 허공에 기타 치는 시늉까지 했다. 자기가 했지만
믿기지 않는 행동이었다.

"사장님, 저 여기 이상한 LP가게에서 꼭 같이 일하고
싶습니다. 후회 안 하실 거예요. 제 나이 또래에 저처럼
올드팝부터 클래식까지 가리지 않고 듣는 사람도 없을
걸요?"

여자는 운명론자가 아니었다. 평소 어떻게 해도 정해
진 결과를 회피할 수 없다고 믿는 사람을 여자는 도무
지 이해할 수 없었다. 만약 그렇다고 하면 불행한 사건
을 겪은 사람들에게 너무 가혹하다는 생각이 들었기 때
문이다. 왜 어떤 사람들은 아무 잘못도 없는데 불행한
일을 겪도록 운명이 이미 정해져 있어야 하냐고 말이다.
그런데 그렇게 생각했던 여자가 지금은 운명론자처럼
굴고 있었다.

여자가 메고 있는 에코백에는 흰 국화가 고개를 빼꼼 내밀고 있었고, 가방 안에는 밤새 접은 노란 리본이 들어 있었다. 여자가 핸드폰으로 지도 어플을 켜고 이곳 풍진동까지 찾아온 건 카론의 팬으로서 같은 그룹이었던 닉스의 죽음이 너무 안타까워서였다. 그래서 추모의 마음이라도 나눠야겠다고 생각해서 왔는데, 막상 지금은 LP가게에서 일하고 싶다며 방금 처음 본 사람 앞에서 열심히 자신을 어필하고 있었다. 심지어 오늘은 인데놀♪을 먹지도 않았는데 말이다. 여자는 문득 이 모든 상황이 결국 이렇게 되기로 정해져 있었던 게 아닌가, 그런 생각을 했다.

한편 여자의 이야기를 다 들은 정원의 머릿속에서는 느닷없이 간밤 꿈에서 들었던 「유 아 마이 데스티니」가 울려 퍼졌다. 그것도 코러스 음성으로. 문득 정원은 하늘을 올려다봤다. 누가 내려다보고 있기라도 한 것처럼.

♪   주로 심혈관질환이 있는 환자의 혈압을 낮추기 위해 사용되는 약물로, 긴장과 불안을 완화하고 스트레스로 인한 신체적인 증상을 개선하는 데 도움을 줘 일부에서는 '면접약'으로 부르기도 한다.

영화 「트루먼 쇼」에서 짐 캐리가 온 세상 사람들이 자신의 삶을 시청하고 있었다는 진실을 깨닫고 카메라를 응시하던 그 시선처럼. 정원은 하늘을 올려다보며 이렇게 물어보고 싶었다.

"정안아, 넌 어때?"

그럼 정안은 아마도 이렇게 대답하겠지.

"형네 가게에서 일할 알바면 형 마음에 들면 됐지, 나한테 왜 물어?"

정원은 가게 앞에 방금 붙였던 구인 공고문을 도로 뗐다. 정원의 LP가게에서 함께 일할 첫 아르바이트생은 이미 뽑혔으니까.

$\oint$

정원은 세무서에서 사업자등록을 내면서 상호란에 '이상한 LP가게'라고 적었다. 담당자는 서류를 확인하며 흘낏 정원을 바라봤다.

"가게 이름이 이상한 LP가게예요?"

"네. 이미 그렇게 불리고 있어서요."

그 자리에서 담당 공무원으로부터 '이상한 LP가게'의 사업자등록증을 받아 든 정원은 문득 모든 것이 다 이렇게 되도록 미리 정해져 있지는 않았을까 생각했다. 물론 정원은 운명론자가 아니었다. 하지만 LP가게를 연 날부터 모든 일이 마치 다 그렇게 되기로 이미 정해져 있던 것처럼 벌어지고 있었다.

$\flat$

정원은 불과 두 주 전까지만 해도 죽으려고 했다. 하지만 죽을 수 없었다. 아빠가 남겨두고 간 LP의 새 주인을 찾아줘야 했다. 문제는 정원은 지금까지 장사를 해본 적이 없었던 것. 그 흔한 SNS도 하지 않았다. 그래서 생각한 게 포스트잇 한 장에 자신이 들은 그 음반에 대한 짧은 감상을 담아 붙이는 일이었다. 그런데 그 일이 누군가의 마음을 움직였다. 처음에는 반말이 일상인 중년 아저씨 원석이었고, 그다음은 카론이었다. 물론 그땐 그의 이름이 카론인지도, 유명한 아이돌이었는지도 몰랐다. 그저 LP 음반을 고르는 취향을 통해 어쩌면 자신과 같은 상실의 고통을 겪고 있을지도 모른다고 미루어 짐 작했을 뿐이었다. 당연한 일이다. 우린 서로가 서로에게 타인이니까. 그런데 그런 타인들이 정원의 인생에 끼어 들기 시작했다.

정원이 지나가다 '보증금 없음' '1~2개월 단기계약 가능'이라 적힌 문구에 끌려 깔세로 빌린 간판 없는 가 게는 카론 덕분에 트위터와 페이스북, 인스타그램, 스레 드 등 SNS와 각종 커뮤니티로 퍼 날라졌다. 카론과 닉 스, 지금은 해체된 플루토의 팬들로부터 시작된 성지순 례는 LP 마니아들의 순례로 다시 이어졌다. 무척 당황 스럽긴 했지만 어찌할 도리도 없었다. 그렇게 누구의 덕 분이든 어느새 갖고 있던 LP판이 바닥을 드러내고 있었 고, 정원은 이제 홀가분한 마음으로 세상과의 이별을 다 시 준비할 생각이었다.

그런데.

그런데 또 변수가 생겼다. 정원이 LP 음반 판매를 통 해 번 돈을 지역의 유기 동물 보호소에 기부하면서 나 비효과가 일어난 것이다. 카론과 닉스의 팬들에 의해 정 원의 새로운 미담은 또다시 온라인을 통해 마구 퍼져

나갔다. 그리고 이상한 LP가게에는 급기야 음반 기증자
가 등장하기 시작했다.

　일이 이렇게 된 건, 애초에 정원이 돈에 집착하지 않
았기 때문이었다. 어차피 곧 죽을 예정이라 돈이 필요
하지도 않았건만 가게에 손님들이 줄을 이으면서 꽤 많
은 수익이 났다. 정원은 그게 부담스러워서 빨리 치워버
리고 싶은 마음뿐이었다. 그때 한 순례자가 개를 데리고
나타났다. 그는 개를 가게 앞에 잠시 묶어놓고 들어와
앨범을 골랐다. 정원은 가게 앞에서 얌전히 기다리는 개
를 보고는 시원한 물을 떠다 주었다. 뒤늦게 가게 밖으
로 나온 견주 순례자는 허겁지겁 목을 축이는 개를 보
고 정원에게 고마움을 표하며 말했다.
　"어쩜 이렇게 다정하세요."
　견주 순례자는 정원에게 개의 이름이 '루나'라고 알
려주었다. 우연히 한 유기 동물 보호소에서 안락사 명
단에 들어가 있던 루나를 보고 연을 느껴 입양하게 됐
다는 사연을 묻지도 않았는데 줄줄이 늘어놓았다. 집사
는 취업에 연신 실패하면서 우울증에 걸려 그 당시 죽

고 싶은 마음이 자주 들었는데 루나를 만나고서는 단 한 번도 나쁜 마음을 먹은 적이 없다고 했다. 그리고 취업도 됐는데 그게 다 루나가 가져다준 행운이라고. 루나의 견주는 그렇게 한바탕 수다를 늘어놓고 떠난 뒤, 그날 밤 자신의 블로그에 이상한 LP가게에 다녀온 리뷰를 하나 올렸다. '다정함이 세상을 구한다!'라는 제목으로.

물론 정원은 블로그 포스팅이 올라왔는지 어쨌는지 까맣게 모르고 있었다. 대신 루나를 입양했다는 유기 동물 보호소 홈페이지에 들어가 보았다. 어느 보호소나 그렇듯 시설은 열악했고 도움 역시 충분해 보이지 않았다. 정원은 그날, 그때까지 LP판을 팔아 번 돈을 몽땅 보호소의 후원계좌로 송금했다.

보호소는 아주 오랜만에 꽤 넉넉한 후원금이 들어온 걸 보고 가슴을 쓸어내렸다. 운영비와 밀린 병원비로 막다른 상황까지 몰린 시점에 단비처럼 들어온 후원금. 입금자명을 보니 '이상한 LP가게'라고 적혀 있었다. 보호소 소장은 홈페이지 게시판에 감사의 글부터 올렸다.

그 글을 본 견주 순례자는 대번에 상황을 알아챘다. 집사는 이 소식을 놓치지 않고 이전에 올렸던 이상한

LP가게의 리뷰 글과 엮어서 곧바로 블로그에 새로운 글을 업로드했다. 평소 루나와의 일상을 올리면서 반려동물을 기르는 사람들 사이에서도 인지도가 높았던 인플루언서였기에, 그가 블로그에 올린 이상한 LP가게 리뷰 포스팅과 정원의 미담은 곧 하나로 엮이면서 일파만파 퍼져 나가기 시작했다.

물론 이 모든 과정에 정원의 의도는 전혀 개입되지 않았지만.

다음 날 아침, 정원과 원석과 첫 만남부터 예사롭지 않았던 새 아르바이트생은 가게로 배달된 상자를 열었다가 그 안에 가득 채워진 LP판을 보고 눈이 휘둥그레졌다. 누군가가 자신이 소장해 온 LP를 정원의 가게에 기증한 것이다. 원석이 먼저 반응했다.

"이게 돈으로 치면 다 얼마야?"

LP들은 한눈에 봐도 누군가의 소중한 인생 그 자체였다. 음반 위에는 가지런한 필체로 쓴 메모가 붙어 있었다.

이 LP를 팔아 부디 좋은 데 써주시기 바랍니다.

사장님이라면 그렇게 해주실 거 같아서 맡기고 갑니다.

정원은 어이가 없어서 그저 멍하니 있었다. 이제 LP판이 거의 다 팔려가는 마당이었는데. 고지가 바로 저 앞인데. 게다가 그게 끝이 아니었다. 팔아서 좋은 일에 써달라는 사연부터 자신의 곤궁한 처지를 고백하며 대신 팔아줄 수 있겠냐는 부탁까지, 그 후로도 다양한 사연과 함께 중고 LP 음반들이 가게로 입고됐다. 정원은 당연히 거절하려 했지만 딱한 사연과 간절함 앞에서 약해지고 말았다.

어느새 가게 안은 다시 LP판으로 가득 찼다. 다행히. '다행'이라는 표현이 맞는지는 모르겠지만 순례자 외에도 일반 손님들도 꾸준히 찾아왔고, 온라인 주문도 계속 늘어나 회전율은 아주 좋았다.

정원은 눈코 뜰 새 없이 바빠졌고 당연히 죽을 틈이 없었다. 군이 자살하지 않아도 이런 식이라면 조만간 과로로 죽을 수도 있겠다는 생각이 들 지경이었다. 어차피 죽을 거라면 이래 죽나 저래 죽나 마찬가지가 아닌가? 하지만 손님으로 매일 출근해 가게 일을 제 일처럼 돕는 원석에다, 워낙 싹싹하고 눈썰미가 있는 새로 뽑은 아르바이트생이 있어서 정원이 일하다 죽는 일은 벌어지지 않았다. 아! 일 잘하는 아르바이트생, 그녀의 이름은 미래라고 했다.

미래

♫

첼로협주곡 B단조, Op.104

끼이이익!

빗길에 버스 타이어가 미끄러졌다. 버스 안에는 드보르자크의 「첼로협주곡 B단조」가 흐르고 있었다. 재클린 듀프레이와 시카고 심포니 오케스트라가 함께 연주한 버전이었다.

버스 기사는 클래식 마니아였다. 그는 초보 기사 시절 평소 즐겨 듣던 곡을 카세트테이프에 녹음해 가지고 다녔고, 그 후 버스에 CD플레이어가 달리자 그때부터는 애청곡을 CD에 잔뜩 구워 운전석에 올랐다. 언젠가부터 버스에 CD 플레이어 대신 USB 포트가 생겼고, 기사는 손가락만 한 작은 저장장치에 CD의 수십 배나 되는 곡을 담을 수 있다는 걸 처음으로 알게 됐다. 종종 나이 든 동료 기사들은 그에게 USB에 트로트 곡도 잔뜩 넣을 수 있는지 묻곤 했다. 버스 기사는 그때마다 자신은 할 줄 모르며 클래식 애청곡이 저장된 USB는 하나뿐인 대학생 아들이 만들어줬다고 대답했다.

USB에 담긴 곡들은 특히 그날처럼 갑작스레 대타로 투입된 날에 효과를 발휘했다. 아무래도 평소 몰던 버스가 아니어서 낯선 느낌이 들 때, 즐겨 듣던 음악이 버스 안에 울려 퍼지면 마음이 안정되곤 했으니까.

그중에서도 드보르자크의 「첼로협주곡 B단조」는 특히 버스 기사가 지칠 때마다 스스로를 응원하고 싶을 때 찾던 곡이었다. 언제부터였을까? 아내가 아이만 남겨두고 집을 나갔을 때부터였나? 아니면, 회사 탕비실에 비치된 커피믹스를 상습적으로 훔쳐 가는 범인으로 지목되어 한참 동생뻘인 총무부 주임이 다짜고짜 가방을 뒤졌던 날부터였을까? 어쩌면 붉은빛 노을이 말로 형용할 수 없을 만큼 아름다웠던, 그것 말고는 아무 일도 일어나지 않았던 어느 여름날의 오후부터였는지도 모르겠다.

그런 날이면 기사는 드보르자크의「첼로협주곡 B단조」를 들었다. 폭풍처럼 휘몰아치는 오케스트라에 맞선 첼로 연주자의 외로운 싸움. 그 싸움에서 승리하지 못하면 공연 역시 실패로 돌아간다. 오케스트라의 음량에 묻히지 않고 치열하게 싸워 이긴 연주자들, 이를테면 파블로 카살스나 재클린 듀프레이 같은 이들의 연주를 듣노라면 그에게도 알 수 없는 용기가 생겨났다. 피에르 푸르니에의 연주를 들으면서는 싸우지 않고도 이길 수 있다는 걸 깨달았다. 안야 타우어의 도이치 그라모폰 초반과 빨간색 스테레오 로고의 피에르 푸르니에 LP 초반을 그가 얼마나 가지고 싶어 했던가. 다양한 버전의「첼로협주곡 B단조」는 그에게 삶을 영위하게 하는 하나의 버팀목이 되어 주었다. 버스 기사는 그렇게 음악으로 고단한 삶을 조율하는 법을 혼자 힘으로 깨우쳤다.

끼이이익!

버스는 계속 노면 위에서 미끄러졌고 그 와중에「첼로협주곡 B단조」도 절정으로 치달았다. 기사는 있는 힘껏 브레이크를 밟고 사이드브레이크도 잡아당겨 봤지만 아무 소용이 없었다. 조금이라도 속도를 늦춰보려고 핸들을 좌우로 번갈아 틀자 초등학생들을 태운 버스는 갈지자로 심하게 흔들렸고, 아직 상황 파악이 안 된 아이들은 놀이기구라도 탄 듯 해맑게 까르르 웃어댔다.

버스와 마주 오던 트럭이 경적과 함께 하이 빔을 번쩍이며 쏘아댔다. 가까스로 비켜 가며 충돌은 면했지만 이 앞에는 내리막길이 기다리고 있었다. 그리고 펑! 하는 소리와 함께 한쪽 타이어가 터지면서 버스가 빙그르르 돌았다. 서른이 넘자마자 머리가 희끗희끗해지더니 40대에 이미 백발이 되어버린 기사는 쉰 살을 넘긴 지금에서야 실제 나이에 가까워 보였다. 기사는 잔뜩 충혈된 눈으로 기를 쓰고 운전대를 부여잡았고, 그제야 자신들이 탄 버스가 놀이동산의 놀이기구가 아니란 걸 깨달은 아이들은 비명을 질렀다.

「첼로협주곡 B단조」는 1악장의 주제가 다시 등장하며 장엄한 마무리로 치닫고 있었지만, 기사의 동공에 비친 것은 미친 듯이 달려드는 가드레일뿐이었다. 순간 그에게 어이없는 후회가 밀려들었다. 아, 푸르니에……. 푸르니에의 LP 초반을 비싸도 그냥 샀어야 했는데. 동시에 그는 자신에게 벌어지고 있는 상황이 너무 부조리하다고 생각했다. 무엇보다 죽고 싶지 않았다. 종종 삶이 너무 힘들어 죽고 싶은 마음이 들 때도 분명히 있었다. 하지만 그건 정말 죽고 싶어서가 아니었다. 살고 싶었다. 그것도 아주 잘, 잘 살고 싶었다. 아무리 하찮은 인생이라도 이렇게 끝나서는 안 됐다. 그 순간 하나뿐인 아들의 얼굴이 보였다.

"미안해. 아들."

쾅!

버스는 가드레일을 뚫고 가파른 비탈길 아래 허공으로 팅겨 나갔다. 버스가 수직으로 서자 아이들은 마치 무중력상태의 우주인들처럼 자리를 이탈해 붕 떠올랐다. 안전벨트를 맨 아이들은 한 명도 없었다. 애초에 맬 수 있는 안전벨트가 없었기 때문이다. 원래 그 버스를 운전하기로 되어 있던 운전기사가 전날 밤 회사에 몰래 침입해 이 버스의 안전벨트를 잘라간 탓이었다. 해고된 당일에 앙심을 품고 그런 짓을 저지른 그 운전기사의 해고 사유는 놀랍게도 운행 중 음주였다. 그의 텀블러에는 잠을 쫓기 위한 커피 대신 술이 담겨 있었다. 운행 전에 분명 음주 측정을 받았지만 '운행 중 음주'를 막을 방법은 없었다. 운전기사는 왜 안전벨트를 잘라갔냐는 형사의 질문에 "뒷산 약수터에 운동기구가 고장 나서 그걸 고치기 위해 그랬다"고 답했다. 취조하던 형사가 폭발해 그게 말이 되는 소리냐고 외쳤지만, 사실 대부분의 사건사고는 말이 안 되는 이유로 벌어진다.

그날, 맨 뒷줄 창가에 앉았던 동욱은 내일이 열두 번째 생일이었다. 만약 버스 사고가 없었다면 동욱이는 동네에 새로 생긴 프랜차이즈 떡볶이집에서 친구들과 거하게 파티를 했을 것이다. 하지만 생일 파티는 벌어지지 않았다. 누군가에게 당연한 내일이 동욱에게는 허락되지 않았기 때문이다. 동욱뿐이 아니었다. 버스에 함께 타고 있던 민우, 서경, 현진, 도영, 희수, 재철, 윤주……그 모든 아이들의 내일도 마찬가지였다. 그날은 그 아이들에게서 내일이 사라진 날이었다.

버스 안에는 미래도 타고 있었다. 미래는 사흘 동안 혼수상태에 빠져 있다 깨어났다. 미래의 가족은 미래가 의식을 회복하자 천만다행이라며 하늘이 도왔다고 부둥켜 끌어안고서 울었지만, 미래는 다른 아이들의 소식을 들은 후 자신만 살아남은 게 어떻게 다행일 수 있냐며 울부짖었다. 아주 오래전, 미래가 열두 살 때 벌어진 일이었다.

$\oint$

미래는 자주 가는 동네 내과를 찾았다. 인데놀을 처방받기 위해서였다.

"면접 잡혔어요?"

의사는 기억하고 있었다. 미래가 처음 인데놀 처방을 받으러 왔을 때 심장이 너무 떨려서 매번 회사 면접을 망쳤다고 말했던 것을. 미래는 취준생 카페에서 인데놀을 먹어보라는 권유를 받았다고 했다.

"효과는 있었어요?"

신기하게도 효과는 있었다. 최소한 면접관 앞에서 지진이 난 것처럼 사방이 흔들리는 느낌을 받고 심장이 거대하게 부풀어 당장 터질 것처럼 쿵쿵대지는 않았다는 이야기다. 하지만 그렇다고 인데놀의 힘을 빌려 면접에 붙었냐면 그건 또 아니었다. 그러니까 다시 처방을 받으러 온 게 아니겠나.

　미래는 악몽 같았던 첫 회사 면접의 기억이 떠올랐다. 면접 순서를 기다리는 대기실에서부터 심장이 요동치기 시작했고 면접이 시작되자 쿵쿵대는 심장 소리에 면접관의 질문이 들리지 않았다. 그러다 급기야는 소리가 끊겼다. 어린 시절 수영장에 빠진 적이 있었다. 코와 귀에 잔뜩 물이 들어가서 한동안 웅웅거리던 그 느낌이었다. 결국, 미래는 면접관의 질문에 한마디도 대답하지 못했다. 첫 면접은 트라우마로 남았다. 청심환을 먹고 간 그다음 면접은 면접관의 질문을 알아들었다는 성과 정도가 있었을 뿐이었다. 면접관의 첫 질문은 이랬다.
　"한미래 씨? 추워요?"
　면접장이 시베리아 한복판인 듯 미래는 내내 덜덜 떨었다.
　미래는 당분간 입사지원서 내기를 포기했다. 그리고 취준생 카페에서 비슷한 증상을 겪던 이들의 추천으로 인데놀을 복용해 본 후 마침내 떨리는 마음을 진정시킬 수 있었다. 인데놀의 효능에는 발작성 빈맥, 발작성 심방세동 등의 예방 효과가 있다고 적혀 있었다. 하지만 미래에게 인데놀의 효능을 시험할 일은 자주 오지 않았다. 일단 서류를 통과해야 면접을 볼 수 있었으니까.

서류만 199번 떨어졌다는 미래의 대학 선배는 자신의 '입사 지원 광탈기'를 담은 에세이를 무려 199개의 목차로 깔끔하게 정리해 온라인 커뮤니티에 연재했는데, 조회수가 대박이 났다. 판교의 한 스타트업 인사 담당자가 그 연재 글을 눈여겨보았고, 그 기회로 선배는 마침내 취업에 성공했다. 그런 사연으로 한 취업 강연회에까지 연사로 초청받은 선배는 200번째 입사 지원에 합격하기 위해 199번의 실패가 필요했다고 말해서 청중들의 박수갈채를 받았다.

그때 미래는 문득 우리가 진정 위로받는 순간은 타인의 불행을 확인할 때가 아닌가, 하는 생각을 했다. 이 세상에서 나만 불행한 줄 알았는데 알고 보니 모두가 다 불행하다는 사실. 난 100번 떨어졌는데 200번 떨어진

사람도 멀쩡하게(아마 멀쩡하진 않을 수도 있지만) 300번째
가 되기 전에는 반드시 좋은 날이 올 거라 믿으며 스스
로를 채찍질하고 있다는 걸 확인했을 때 잔잔하게 밀려
오는 안도감. 취업이든 뭐든 결국 성공한 사람은 극히
소수일 뿐이고 실패한 사람이 다수기에 오히려 지금의
내가 정상에 가깝다는 현실이 위로가 되었다. 인간의 감
정이란 애초에 그런 것인지도 모른다. 친구에게 좋은 일
이 생겼을 때 함께 기뻐할 때보다 슬픈 일을 겪는 친구
를 위로해 줄 때 좀 더 진심이 담기기 마련이다. 그러니
까 인간은 애초에 시기하고 질투하고 경쟁을 통해 상대
를 짓밟고 위에 올라서야 직성이 풀리는 존재인 것이다.
진화생물학에 대해서는 잘 모르지만, 그런 이기적인 마
음이 인간을 지구상에서 모든 걸 파괴하는 최상위 포식
자로 만들었을 게 분명하다.

 "한미래 씨?"
 미래가 고개를 들었다. 면접관 세 명이 미래를 바라
보고 있었다. 인데놀의 효과는 대단했다. 미래에게 면접
을 보는 와중에도 이렇게 딴생각을 할 수 있게 만들어

주었으니까.

"아! 죄송합니다. 제가 질문을 잘⋯⋯."

면접관은 미래를 바라보며 어이없다는 듯 고개를 저었고, 그 옆에 앉아 있던 면접관이 대신 질문했다.

"한미래 씨가 만약 부하 직원이 거래처에 보낸 공문에서 회사 이름을 잘못 표기한 걸 발견했다, 그런 경우에는 어떻게 하실 건지 물었습니다."

미래는 주저 없이 대답했다.

"단순한 실수라면 주의를 주면 되고, 실수였지만 회사에 피해가 발생했다면 아마 내규상 징계사유에 해당하지 않을까 싶습니다. 내규에 따라 처리하면 되겠죠."

면접관은 피식 웃었고, 순간 미래는 뭔가 잘못되었음을 깨달았다. 면접관은 다시 질문했다.

"그럼 입사지원서의 자기소개서에 회사 이름을 잘못쓴 경우는 실수의 무게가 어느 정도 될까요? 단순 실수로 보면 될까요? 단순 실수라도 회사 입장에선 그런 실수를 한 사람을 뽑으면 아무래도 후일 위험 요인이 될수 있을 텐데 어떻게 생각하세요?"

미래에게 하는 얘기였다. 그랬다. 미래는 자기소개서

에 지원한 회사의 이름을 잘못 적는 실수를 저질렀다. 수많은 회사에 동시다발적으로 지원하다 보니 나온 실수였다.

"어처구니없는 실수이긴 하지만, 실수라는 말에는 원래 그런 뜻이 담겨 있지 않나요? 한 달 사이에 한 50군데쯤 연달아 입사 서류를 넣다 보면 그럴 수도 있습니다. 그런데 그렇다고 그 사람이 회사에서 업무를 처리하면서 실수로 거래처에 다른 회사 이름을 적어 보내고, 그러다 회사에 피해를 야기할 거라고 추정하는 건 좀 과장이 아닌가 하고 생각합니다. 그리고 무엇보다 누구나 실수를 하죠. 그 실수를 통해 배우기도 하고요. 저라면 해당 실수 이외에 치명적인 결격사유가 없다면 그 지원자를 뽑겠습니다. 그는 분명히 이번 실수를 통해 뭔가 배웠을 테니까요."

인데놀 덕분인지는 몰라도 미래는 면접관 앞에서 주눅 들지 않고 할 말을 다 했다. 과거의 미래였다면 도무지 상상할 수 없는 모습이었다. 면접을 마치고 나온 미래는 나름대로 속이 시원했다. 그리고 어쩌면 인데놀을 더 이상 안 먹어도 되지 않을까 싶은 생각마저 들었다.

왜 그렇게 생각했을까?

면접 결과는 탈락이었다. 그런데 이상하게도 미래는 오히려 홀가분했다. 이번에는 떨어진 이유가 면접관 앞에서 떨어서가 아니라 자신이 저지른 실수 때문이었다. 다소 억울한 면이 없지는 않지만, 자신이 면접관이라도 엉뚱한 회사 이름을 자기소개서에 '복사+붙여넣기' 한 지원자를 붙여주기는 어려웠을지 모른다.

미래는 일부러 요즘 가장 핫하다는 카페를 찾아갔다. 소문대로 카페는 한낮인데도 자리를 찾기 어려울 만큼 붐볐다. 한때는 미래도 분위기 좋은 카페에서 시간을 보내는 것을 좋아했다. 하지만 언젠가부터 카페를 찾지 않게 됐다. 비싸진 커피값도 부담이었지만 취업 준비 기간이 길어지면서 자존감이 떨어져 급기야는 카페에서 직원과 눈을 마주치고 커피를 주문하는 것조차 힘들어졌기 때문이었다. 하지만 마음을 다잡고 막상 카페에 들어서자 이제 직원과 굳이 눈을 마주치지 않아도 된다는 사실을 깨달았다. 미래는 키오스크에서 커피를 주문하고 창가 자리에 앉았다. 햇살이 눈부셨다.

♭

"알바야?"

미래가 LP가게 안으로 들어서자 원석이 대뜸 물었다. 가게 앞에서 선 채로 면접을 본 후였다.

"방금 밖에서 사장이 뽑은 거 아니냐고."

"네. 사장님이 안에 둘러보고 가도 좋다고 하셔서요."

"그럼 정식 출근은?"

"내일부터요."

"둘러봐, 그럼. 궁금한 거 있으면 물어보고."

남자는 곧바로 구석에 있는 앨범 코너로 갔다. 눈이 밝은 미래는 그 코너에 1970~1980년대 록과 메탈 음반들이 모여 있다는 걸 금방 알아차렸다. 그나저나 미래는 남자의 정체가 궁금했다. 방금 자신을 뽑아준 사장과는 어떤 관계일까? 분명 사장은 가게에서 혼자 일하고 있어서 아르바이트가 필요하다고 했는데 그럼 이 무례한 중년 아저씨는 누구기에 보자마자 반말을 늘어놓았을까? 남자는 그런 미래의 속마음을 듣기라도 한 듯 멀찍이서 답했다.

"사장이 좀 특이해. 요즘 사람 같지가 않다고 해야 하나? 딴 세상 사람 같기도 하고. 좀 신경이 쓰여서 말이지. 난 원석이라고 해. 성이 원이고 이름이 석이야. 굳이 설명 안 해주면 다들 내 이름이 원석인 줄 알더라고. 근데 뭐, 그게 중요한가? 그럼 어떻고 아니면 어때. 어차피 때 되면 다 잊어버릴 텐데. 안 그래?"

"네. 그러네요."

미래는 대충 대답했다.

다행히 거기까지였다. 의외로 원석인지 석인지 하는 아저씨는 반말만 빼면 예의가 아주 없는 사람은 아니었다. 오히려 그 나이대의 욕 먹는 아저씨들에 비하면 예의 바른 편이라고 할 수 있었다. 그리고 놀랍게도 말수도 많지 않았다. 나중에 안 일이지만 원석은 첫눈에 마음에 든 사람에게만 먼저 말을 건다고 했다. 그것도 반말로. 그래서 처음 LP가게에 들어와서 정원과 두만에게 다짜고짜 반말로 말을 걸었던 것이다. 그리고 거기에 더해 이제 미래까지.

원석은 미래에게 마음에 드는 음반을 틀어보라고 했

고, 미래는 비록 지금이 겨울은 아니지만 듀크 조던의
「노 프로블럼No Problem」을 골라서 틀었다. 중후한 베이
스 선율 위를 유영하는 듀크 조던의 맑은 피아노 소리
에 오래된 LP를 감싸는 익숙한 공기가 더해지자 미래는
이 공간을 두고두고 사랑하고 그리워하게 될 거라는 예
감이 들었다.

"재즈 좋아한다고 했죠?"

그날 오후, 세무서를 다녀온 정원이 미래에게 조용한
목소리로 물었다.

"네. 에릭 돌피나 텔로니어스 멍크 같은 음악은 좀 어
렵지만, 보컬이든 연주곡이든 재즈는 두루두루 좋아하
는 편이에요."

한참 재즈의 매력에 빠져 있을 때 미래는 섬세하고
정갈한 빌 에번스의 피아노 연주를 좋아했고 클리퍼드
브라운의 따스한 트럼펫 소리에 위로받았다. 특히 듀
크 조던의 서정적이고 우아한 선율을 듣다 보면 마음
이 차분해져서 중요한 판단을 할 때 실수하지 않을 것
만 같았다.

미래는 이상한 LP가게에서 일한 지 사흘째 되던 날
에 취준생 카페에서 보내주는 취업 뉴스와 대기업의 구
인정보 알람을 해제했다. 이로써 한동안 미래는 취업전
선에서 멀어질 것이다. 물론 여기 이상한 LP가게에서
얼마나 일하게 될지는 당장 알 수 없다. 그리고 언젠가
는 다시 취업 정보 알람을 켜고 자기소개서를 쓰고 면
접 준비에 열을 올리게 될 거다. 어쩌면 다시 인데놀이
필요해질 수도 있다. 하지만 그건 모두 미래의 일. 미래
는 당장은 눈앞에 보이는 것만 보고 굳이 멀리 내다보
지 않기로 했다.

이때 정원이 턴테이블 앞으로 걸어갔다. 미래는 기분
좋은 설렘을 느꼈다. 정원이 음반을 새로 올리고 그 위
에 바늘을 올려놓았다. 정원의 매사 조용한 몸짓은 마치
이 공간에서 음악에 티끌만큼도 짐이 되지 않겠다는 의
지처럼 보였다. 이번에는 무슨 곡일까? 미래는 레코드
판이 회전하고 바늘이 A면을 긁기 시작하면서 음악이
흘러나오기 전까지 1초도 안 되는 그 짧은 순간에, 문득

살아 있다는 기분을 느꼈다. 그리고 이상한 LP가게에
찾아오길 참 잘했다고 생각했다.

시아

🎧

블루 벌룬

매일매일 정원의 LP가게는 떠난 동만을 기리고 두만이 다시 돌아오기를 바라는 순례자들로 북적댔다. 원석은 이 별난 풍경이 생각보다 오래가는 것 같긴 해도 결국 곧 조용해질 거라고 말했다. 그런데 아니었다. 한 달이 훌쩍 지나도 순례자들의 발길은 잦아들지 않았고 오히려 더 늘어만 갔다.

그러던 어느 날, 아마도 순례자 중 최연소가 아닐까 싶은 남자아이가 찾아왔다.

아이가 가게 안을 순례하고 계산대에 올려놓은 LP는 「얼론 어게인Alone again」이 수록된 길버트 오설리번의 앨범과 「타임 인 어 보틀Time in a Bottle」이 수록된 짐 크

로체의 앨범 그리고 송골매 2집 『세상만사』였다.

"몇 살?"

카운터 곁에서 비스듬한 자세로 지켜보던 원석이 아이에게 물었다.

"열한 살이요. 엄마 심부름이에요."

"엄마가 LP를 사오라고 심부름을?"

"네. 많이 바쁘시거든요."

아이는 이제 됐죠? 하는 표정으로 카드를 내밀었다. 정원은 카드를 받아들고 잠시 머뭇댔다.

"엄마 카드예요. 결제가 되면 당연히 엄마한테 문자가 갈 테고요."

아이는 당당한 얼굴로 정원을 뚫어져라 주시했고 결국 정원은 카드를 받아들고 결제를 했다. 그리고 봉투에 앨범을 넣어 건네며 한마디 덧붙였다.

"엄마 심부름이 아니라 직접 고른 앨범인 거 알아요."

아이는 정원을 빤히 쳐다보다가 느닷없이 배꼽인사를 했다. 그리고 원석을 쳐다봤다. 마치 보고 배우라는 듯. 그러더니 다시 정원에게 말했다.

"사장님이시죠? 다음부터는 말 놓으셔도 돼요. 열한 살한테는 그게 훨씬 자연스러우니까요."

다음 날, 비슷한 시간에 그 아이가 또 가게를 찾았다. 이것저것 앨범 구경을 한 시간가량 하고 나서는 조 브룩스 앤드 로스코의 1968년도 앨범 『모닝Morning』을 골라 정원에게 내밀었다.

"이 음반은 어떻게 골랐니?"

다음부턴 말을 놓겠다던 약속을 지킨 정원의 물음에 아이는 망설임 없이 대답했다.

"이 시절 음악은 뭘 골라도 실패가 별로 없을 거잖아요. 그리고 이 LP는요, 구하기 어려운 거 아니에요? 인터넷 카페에서 봤어요. 이 가격이면 거의 공짜 수준인 거 같은데?"

아이가 가져온 LP는 영화 「제레미」의 사운드트랙으로 우리나라에서도 히트했던 「블루 벌룬Blue Balloon」의 원곡이 들어 있는 앨범이었다. 정원은 말문이 막혔다. 그러니까 이 아이는…… 진정 1960~1970년대 음악을 사랑하는 음악 애호가란 말이지.

그때였다.

"꼬마! 또 왔네?"

아이의 미간이 순간 찌푸려졌다. 그러고는 두 눈을 감고 크게 심호흡을 한 뒤 천천히 돌아섰다. 원석이 그 앞에 서 있었다.

"저 부르셨어요?"

"불렀으니까 지금 돌아본 거 아냐?"

"네. 불러서 돌아본 건 맞고요. '여기 꼬마가 너 말고 더 있어?'라고 대답하지 않아서 고맙네요. 어차피 그거나 그거나지만요."

"……."

원석도 그 순간만큼은 당황한 듯 보였고 좀처럼 변화 없는 정원의 입꼬리도 웃음을 참느라 씰룩였다. 그리고 그걸 지켜보는 미래는 마치 시트콤의 한 장면을 보는 듯한 기분이 들었다. 즐거운 풍경이라는 애기였다.

아이의 이름은 시아, 나이는 열한 살, 초등학교 4학년 이다. LP가게를 찾아오는 일반적인 순례자들은 대부분 플루토와 카론의 팬이었지만 시아는 아니었다. 아이에게는 평소 중고 LP를 모으는 취미가 있었고, 정원의 이상한 LP가게는 자주 가는 인터넷 LP 커뮤니티에서 요 며칠 최대 이슈라 알게 됐다고 한다. 조만간 들러봐야지 했는데 그 '조만간'이 앞당겨졌다. 엄마와의 냉전이 시작되었기 때문이었다. 그래서 학원을 가는 대신 풍진동의 이상한 LP가게로 출석하게 되었단다.

"저를 굳이 부르고 싶으시면 '어이 꼬마!' 대신 '시아야' 하시면 돼요. 그게 제 이름이니까요."

시아가 원석에게 한 말이다. 다행히 원석은 무례해 보여도 지적을 받으면 별 저항 없이 선뜻 사과도 하고, 쉽게 행동을 고치는 타입이었다.

$\oint$

"시아야, 밥 먹자!"

시아가 학교 재량휴업일이라며 오전부터 가게를 찾은 날, 점심때가 되자 원석이 시아에게 던진 말이었다. 시아를 비롯한 가게 사람들은 원석이 싸 온 도시락을 나눠 먹었다. 첫 만남부터 원석에게 좋은 감정을 갖지 못한 시아였지만, 원석의 도시락 앞에서는 무너질 수밖에 없었다.

"정말 맛있어요!"

"그치!"

옆에 있던 미래가 원석을 향해 말했다.

"큰삼촌! 우리 식당 차려요. 도시락집. 완전 대박 날 거 같은데."

어느 날부턴가 정원은 자신을 사장님이라 부르는 시아에게 차마 형이라고 부르라고는 말하지 못하고 삼촌이라고 부르라고 했다. 덕분에 원석은 시아에게 자연스레 큰삼촌이 됐다. 미래도 이미 원석을 삼촌이라 부르고 있었다. 미래에게 이상한 LP가게는 엄연한 일터이므로 정원을 깍듯이 사장님이라고 불렀지만, 원석은 어떻게 불러야 할지 몰라 머뭇거리자 원석이 삼촌뻘이니 대충 삼촌이라 부르라 해서 그렇게 됐다.

그러다 보니 모르는 사람들 눈에는 그들이 언뜻 한 가족처럼 보이기도 했다. 일테면 손님 중 한 아주머니는 시아와 미래가 1970년대 프로그레시브 록에 대해 열띤

토론을 하는 모습을 보고는 미래에게 부모님이 금실이
좋아서 늦둥이를 보셨나 보다는 말을 던져 미래를 황당
하게 했다. 누군가는 원석을 미래의 아빠로 오인했고 정
원을 미래의 오빠로 보는 사람도 있었다. 당사자인 정원
과 원석, 미래와 시아는 모르는 이들의 그런 시선이 불
편하게 느껴지거나 싫지 않았다. 아니, 오히려 좋았다.
은근히 즐기기까지 했다. 가족은 좋은 거니까.

다림

🎧

놓지 마

한바탕 순례자들이 떼로 몰려왔다 나간 후 정원은 오늘 처음으로 자리에 앉을 수 있었다. 매일 출근하던 원석은 오늘은 일이 있다며 오지 않았고(그러니까 그도 일이 있는 사람이었다), 10시에 출근한 미래는 오후 4시를 넘겨서 이미 퇴근한 후였다. 오랜만에 가게 안에서 혼자가 된 정원은 턴테이블 위에 아르보 패르트의 「슈피겔 임 슈피겔Spiegel Im Spiegel」을 올려놓고 잠시 피곤한 눈을 감았다. 생각해 보니 정원은 LP가게를 연 후로 휴일에도 쉬어본 적이 없었다. 아니 무엇보다 그동안 이렇게 혼자 있는 시간이 없었다는 게 너무 낯설었다.

아르보 패르트는 흔히 에스토니아의 위대한 음악가로 불린다. 그의 대표곡인 「슈피겔 임 슈피겔」은 '거울 속의 거울'이라는 뜻으로, 피아노와 바이올린을 위한 곡인데 바이올린 대신 첼로로 연주하기도 한다. 단 두 개의 악기가 단순한 화음을 아주 천천히 서로 이끌고 또 따라간다. 단순하기에 더없이 아름다운 곡이다. 피아노와 바이올린은 거울 속의 거울처럼 서로를 비추고 바라본다. 누구 하나라도 먼저 흥분하면 연주는 엉망이 된다. 아르보 패르트는 단 하나의 음으로도 아름다운 연주를 할 수 있다는 걸 알았다. 이를테면 성당의 종소리, 고즈넉한 산사에 울려 퍼지는 풍경 소리에는 더함도 덜함도 없다. 언젠가 정원은 아르보 패르트가 궁금해서 그의 음악과 삶을 다룬 다큐멘터리를 찾아본 적이 있다. 기억나는 대로 떠올려 보면, 그는 다큐멘터리에서 이런 말들을 했다. 음악은 용서와 위로이며 타인이 흘린 슬픔의 눈물을 닦아주는 것이고, 해방이고 도피이자 고통스러운 가시이기도 하다고. 오래되어 한 마디 한 마디가 정확하지는 않지만, 그의 음악을 떠올리면 다 수긍이 가는 말이었다. 「슈피겔 임 슈피겔」은 영화 「그래비티」의

예고편에도 쓰였다. 가장 긴박한 장면에서도 우주의 침묵이 가득했던 영화. SF영화냐 아니냐로 가벼운 논쟁이 벌어지기도 했던 영화. 그 영화의 해외 포스터가 떠올랐다. 캄캄한 우주 속에 작고 흰 점처럼 보이는 우주인. 그리고 흰 글씨로 "DON'T LET GO"라고 적혀 있었다. 정원은 문득 입안에서 조용히 중얼거려 보았다.

"놓지 마."

정원이 눈을 떴다. 창틀을 넘어온 빛줄기가 바닥에 긴 그림자를 드리웠다. 아주 오래전 어느 날의 기억이 떠올랐다. 학교에서 돌아온 후 까무룩 잠이 들었다 깼는데 지금이 다음 날 아침인지 아니면 늦은 오후인지 알수 없던 기억. 어린 정원이 "엄마" 하고 불러봐도 들려오는 대답은 없었고, 동생도 아버지도 보이지 않았다. 어린 정원은 울었다. 소리 내어 울지는 않았지만 눈물은 흘렀다. 그때 느꼈던 불안. 그 불안이 20년도 더 흐른 지금 생생하게 떠올랐다. 어쩌면 그때 어린 정원은 본능적으로 알고 있었던 건 아닐까. 언젠가는 결국 혼자가 된다는 것을. 엄마도 아버지도 동생도 모두 자신만 남겨둔 채 떠나가 버린다는 것을. 어린 정원은 알고 있었다. 그래서 눈물이 났던 것이다.

혼자인 줄 알았는데, 가게 안에는 정원이 잠시 조는 사이에 들어온 손님이 있었다. 국내 포크/록 앨범을 모아둔 코너 구석에 쪼그리고 앉아 있어서 미처 발견하지 못했다. 젊은 여성이었다. 정원은 처음에는 여자가 어지럼증에 잠시 주저앉은 건 아닌가 싶었다. 하지만 조심스레 다가가 보니 그런 상황은 아닌 것 같았다. 대학생처럼 보였지만 옷차림새를 보니 직장인처럼 보이기도 했다. 여자는 인기척을 느끼고 황급히 자리에서 일어섰다. 얼핏 눈에 맺힌 눈물을 본 것도 같았지만, 아니었을 수도 있다. 여자의 손에는 봄여름가을겨울의 1992년 음반 『농담 거짓말 그리고 진실』이 들려 있었다. 정원이 태어나기도 전에 나온 앨범이지만 그도 종종 듣던, 좋아하는 앨범이었다. 특히나 자동차 사진이 들어간 재킷이라 더 애정을 가졌는지도 모른다. 재킷에 자동차가 실려 있으면 좋은 앨범이라고 아버지가 그랬었으니까. 정원의 머릿속에는 자동으로 A면의 「10년 전의 일기를 꺼내어」가 재생됐다.

내겐 더 많은 날이 있어 무슨 걱정이 있을까

하루하루 사는 것은 모두 기쁨일 뿐이야

앨범 재킷에는 빨간 클래식 자동차가 바다 위를 보
트처럼 질주하고 있고, 그 아래 두 청춘이 마치 「영웅본
색」의 주인공처럼 검정 선글라스에 코트를 걸친 채 한
껏 멋진 자세를 잡고 서 있었다. 둘 중 한 사람은 몇 해
전 먼저 이 세상을 떠났다. 그에게는 노래 가사와는 달
리 더 많은 날이 남지 않았던 것이다. 그렇게 생각하니
문득 마음 한구석이 빈 것처럼 또 허전해졌다.

"이렇게 주세요."

여자는 봄여름가을겨울의 앨범 말고도 서너 장의 앨
범을 더 내밀었다. 각기 다른 앨범이었지만 정원의 눈에
는 일관된 취향이 어렵지 않게 읽혔다. 여자는 지나가는
말처럼 물었다.

"그런데 여기 있는 앨범은 다 어디서 왔나요? 직접
구입하신 건가요?"

"아버지가 LP를 좋아하셨어요."

정원이 가게 안의 LP를 한번 스윽 훑어보며 말했다.

"대부분은 아버지가 생전에 모으신 거고, 제가 모은 건 한 10분의 1 정도……."

"그럼 아버님이 중고로 사신 것들도 있겠네요?"

"네. 그랬을 거예요. 어렸을 때 아버지가 세운상가 같은 곳으로 중고 LP를 자주 사러 다니셨다고 들었어요."

여자는 고개를 끄덕였는데 표정이 왠지 좀 골똘해 보였다.

"혹시 음반 사러 어린아이들도 오나요?"

"어린아이……. 아, 네. 어린아이도 와요."

대화가 더 이어져야 할 것 같았지만 여자는 앨범값을 계산하고는 그대로 돌아섰다.

다음 날에도 여자가 찾아왔다. 미래가 가게 문 앞에 걸린 '영업 종료' 팻말을 '영업 중'으로 바꾸자마자였다.

여자는 한 시간쯤 머물며 모두 세 장의 앨범을 골랐다. 정원은 역시나 취향이 일관적이라고 생각했다.

"보물찾기하시는 거 같아요."

좀처럼 손님에게 먼저 말을 걸지 않는 정원이었지만

이번만큼은 가만히 있을 수 없었다.

"좀 신기해서요. 사실은 어제 고르신 앨범이랑 지금 고른 앨범들이요. 제 기억이 틀리지 않는다면 아버지가 같은 곳에서 가져왔을 거예요."

순간 여자의 눈빛이 심하게 흔들렸다.

"같은 곳이요?"

"네. 오래전 일이라 정확하지는 않은데, 아마 버려진 걸 가져오신 거로 기억해요. 하나같이 좋은 앨범인데 조금만 늦었어도 쓰레기차에 실려 갈 뻔했다고…… 하셨거든요."

"그럼 혹시 그래서 이쪽 앨범만 다른 것들에 비해 가격이 저렴한 건가요?"

여자가 살짝 따지듯 물었다. 그러고 보니 정원은 여자가 골라온 앨범들의 가격만 조금 더 싸게 매겨두었다. 아버지가 공짜로 주워 온 앨범들이란 걸 기억하고 있었기에 그랬다. 동생 정안이 정원에게 종종 "형은 너무 나이브해. 그게 문제야. 그래서 이 험한 세상 어떻게 살래?"라고 했던 말이 기억났다. 정원이 지나치게 고지식하고 순진하다는 뜻이었다.

"그러지 말아요."

"네?"

"이 앨범들이요. 아버님이 설사 그냥 가져오셨다고 해도 그 가치를 알고 가져오신 거고, 또 앨범에 하자가 있는 것도 아닌데 당연히 제값을 받으셔야죠."

정원은 여자가 많이 나이브하다고 생각했다. 그리고 아버지를 떠올렸다. 좋았던 기억도 많았지만 결국 가장 안 좋은 기억을 최종적으로 남겨준 채 떠난 아버지. 당신이 남기고 간 LP판들을 끝내 버릴 수 없어 죽기를 미루고 시작한 일. 그리고 그 일로 만나게 된 사람들.

"고맙네요."

정원에게 여자가 한 말이었다. 뭐가 고맙다는 걸까? 여자는 정원의 마음을 들여다본 것처럼 대답했다.

"누군가의 추억이 쓰레기가 되어서 그대로 청소차에 실려 갈 뻔했는데 그걸 구해준 거잖아요. 사장님 아버님이요."

여자는 LP판을 가리켜 주저 없이 누군가의 추억이라고 했다. 그랬다. 정원이 자살 직전에 마음을 바꾼 것도 LP에 깃들어 있었을 바로 그 추억 때문이었다. 그리고 정원이 죽지 않고 살아서 LP가게를 차린 덕분에 여자는 잊혀가던 추억을 다시 찾았다. 여자의 말처럼 정원의 아버지는 쓰레기가 되어 사라질 뻔한 누군가의 추억을 구해낸 것이다. 정작 자기 자신은 못 구했으면서 말이다.

정원은 얕게 한숨을 내쉬었다. 그사이 여자는 오늘 새로 산 앨범을 챙겨 들고 가게를 나서려다 문 앞에서 잠시 멈췄다. 한 5초쯤 그대로 있더니 다시 돌아서서 저벅저벅 정원에게 다가왔다.

"뭐 잊으신 거라도……."

여자는 정원의 질문을 그대로 흘린 채 이번에는 다시 국내 포크/록 코너로 성큼성큼 가더니 앨범을 몇 개 뽑아 들고 금방 정원 앞으로 다시 왔다. 그리고 계산대 위에 앨범들을 쫙 펼쳐놓고 따지듯 말했다.

"윤명운 2집이랑 이성원 2집, 여기까진 그렇다 치고. 김정미 『나우Now』 말이에요. 이거 초반 맞죠? 세상에, 구경하기도 힘든 건데. 그리고 해피 돌스, 이것도 재발매반이 아니라 초반이고. 신중현 초기의 『장현 앤드 더 멘And The Men』 앨범, 역시 초반. 여기 실린 「아름다운 강산」이 오리지널 버전인 걸 설마 모르는 건 아니시죠?"

"아…… 예. 그러니까 알고는 있었는데…….."

버퍼링이라도 걸린 듯한 정원의 말투에 여자는 한숨을 크게 내쉬었다.

"산울림 초기 앨범까지 다 있던데 어디서부터 손을 대야 할지 솔직히 모르겠네요. 좋아요. 일단 국내가요 코너는 한쪽으로 빼놓으세요. 최대한 빨리요. 저게 다 해서 도대체 얼마야! 제가 돈 받고 하는 일 아니면 웬만하면 남의 일에 끼어들지 않는 성격이거든요. 그런데 이건 심해도 너무 심해. 아니, 무슨 자선 바자회 해요?"

정원은 정말이지 당황했다. 다른 장르에 비해 옛 가요를 잘 모르고 상대적으로 관심이 덜했던 것도 사실이지만, 아버지 세대도 아닌 젊은 여성에게 이런 말을 듣게 될 줄이야.

"아무리 거저 가져왔어도 멀쩡한 앨범에 6000원이니 7000원이니 하는 가격을 매겨두다니. 이건 모욕이에요. 앨범에 대한 모욕이고요, 가수와 작곡가에 대한 모욕이라고요. 열 배, 백 배로 가격을 더 받아도 시원치 않을 판에. 좀 너무하다고 생각하지 않아요?"

"……죄송합니다."

정원은 담임 선생님에게 혼나는 초등학생처럼 고개를 푹 숙였다. 그 바람에 여자도 순간 머쓱해졌다.

"뭐, 저한테 죄송할 일은 아니지만요."

여자는 할 말은 일단 하고 보는 성격이었다. 물론 그래서 후회도 필수였지만.

"이왕 훈수 두는 거 하나만 더 해도 돼요?"

"네? 아. 네. 훈수…… 주세요."

"사장님 처음에 장사 시작할 때 몰라서 실수 좀 했다고 과태료 처분받으셨죠? 그리고 고스란히 다 납부하셨고요."

"네? 그걸 어떻게……."

"검색하니까 다 나오던데요, 뭐. 번 돈 다 기부하고 좋은 일에 썼는데 과태료가 웬 말이냐고 인터넷에서 사람들이 대신 화내주고 있잖아요."

정원이 돌아보자 저만치서 미래가 딴전을 피웠다.

"제 잘못이에요. 법을 몰랐다고 해도 불법은 불법이니까요."

"바로 그거예요. 제가 보니까 사장님은 딱 법 없이도 사는 분이에요. 그러니까 굳이 법을 알 필요가 없었던 거죠. 그런데 이제부터는 아니거든요. 인터넷에 막 알려졌지. 장사 잘된다고 소문났지. 그럼 별사람이 다 꼬이게 돼요. 그 민원 넣은 사람만 봐도 그렇잖아요. 자기한테 피해가 가는 것도 아니고 또 무슨 이득이 돌아오는 것도 아닌데 오로지 남 잘되는 꼴 보기 싫다고 국세청에 찌른 거잖아요. 세상에는 악의로 살아가는 사람들이 많아요. 그래서 저 같은 사람이 필요한 거고요. 세상일은 알 수가 없으니까."

그 대목에서 여자는 정원에게 명함을 건넸다. 명함 앞면에는 "변호사 고다림"이라고, 그리고 뒷면에는 "억울하면 소송해!"라고 적혀 있었다.

"억울한 일은 안 당하는 게 일단 최선이고요. 그럴 일이 없으면 좋겠지만 만에 하나라도 불가피하게 억울한 상황에 놓인다면 그땐 참지 마세요. 뭐 귀찮으니까 대충 내가 참아야지, 지는 게 이기는 거야. 노노. 지는 건 그냥 지는 거예요. 그러니까 그땐 변호사를 찾으세요."

며칠 후 오래도록 비어 있던 이상한 LP가게 2층에 새 입주자가 이사를 왔다. 그리고 2층 창문에는 창마다 한 글자씩 붙었다.

고 | 다 | 림 | 법 | 률 | 사 | 무 | 소

그리고 건물 외벽에는 그녀의 특징을 잘 살린 캐릭
터 이미지와 함께 "억울하면 소송해!"라고 적힌 플래
카드가 내걸렸고, 1층에서 2층으로 올라가는 입구에는
"OPEN! 고다림 변호사 사무실"이라는 입간판이 세워
졌다.

여자의 이름은 다림이라고 했다. 고다림. 다림은 사무
실을 연 후 이상한 LP가게를 찾아와 정원에게 정식으로
인사했다. 그리고 큰삼촌이라는 분이 누구냐고 물었고,
정원이 청음 코너에서 헤드폰을 끼고 느긋하게 음악을
감상 중이던 원석을 가리키자 다림이 다가가 고개 숙여
깍듯하게 인사를 했다. 원석은 의아한 얼굴로 물었다.

"누구?"

"시아한테 맛있는 거 많이 만들어주셨다고 들었어요.
고맙습니다."

원석도, 정원도, 곁에서 지켜보던 미래도 다들 의아한 얼굴로 다림을 바라봤다. 어리둥절해하는 세 사람에게 다림은 말했다.

　"시아가 저를 닮아서 좀 유난스러워요. 그쵸?"

아 유 고잉 위드 미?

똑똑하면 인생이 피곤하다. 어린 시절 다림이 종종 듣던 말이다. 또 있다. 적당히 해. 대충 해도 돼. 다림으로서는 어느 것도 받아들이기 힘든 말이었다. 무식하면 인생이 편한가? 그럴 수는 있겠지만 인간으로 태어나 어찌 그렇게 살 수가 있나. 게다가 적당히, 대충이라니. 다림은 애초에 그럴 수 있는 사람이 아니었다. 그래서 인생이 꾸준히 피곤했다.

열한 살 먹은 다림의 아들 시아도 그 방면에서는 다림 못지않았다. 시아는 '시를 쓰는 아이'라는 뜻으로 다림이 지어준 이름이었는데, 정작 아이는 크면서 낭만적인 시보단 딱딱한 법조문을 더 사랑하게 됐다. 시아는 엄마가 먼저 본 헌법개론을 따라 읽으며 한문을 깨쳤다. 누구에게나 가능한 일은 아니었다. 시아의 타고난 천재성 덕분이었다. 시아는 그렇게 다림의 치열한 로스쿨 시절을 곁에서 함께했다. 시아가 없었다면 어쩌면 다림도 그 험난한 시절을 통과하기 어려웠을 거다.

 하지만 모든 게 다 좋을 수는 없었다. 시아는 초등학교에 입학한 이래 줄곧 관심과 관찰이 요구되는 학생으로 지목됐다. 아이러니하게도 그 이유는 똑똑해서였다. 그냥저냥 똑똑한 수준이면 칭찬받고 기뻐할 텐데 시아는 지나치게 똑똑했다. 시아는 아홉 살 때 천재들의 모임인 멘사의 가입 기준을 가볍게 넘어섰다. 타고난 아이큐만 높을 뿐 아니라 사회 전반을 이해하고 공감하는 능력마저 뛰어났다. 그러다 보니 열한 살 시아의 인생은 또래에 비하면 지나치게 피곤해졌다. 그리고 어느 날 다림은 문득 깨달았다. 자신이 시아에게 가장 자주 하는 말이 어렸을 때 가장 싫어하던 "적당히 해" "대충 해"라는 걸.

 열한 살도 십 대라고 시아는 질풍노도의 시기에 접어

들었고, 엄마 다림과는 사회·정치·문화·교육·환경 등 분야를 막론하고 사사건건 충돌했다. 물론 어떤 것들은 사소하기 그지없었다. 이를테면 이번 냉전의 발단은 북극곰이었다.

"뭐? 엄마 때문에 북극곰이 죽어간다고?"

단지 내에 재활용 쓰레기를 내놓는 날, 시아는 다림이 배달 음식을 지나치게 선호하고 일회용품을 무분별하게 쓴다며 기후 위기의 주범으로 다림을 지목했다. 다림은 황당하고 또 억울했지만 자신이 평소 시아에게 입버릇처럼 말했듯 적당히, 대충 넘겼어야 했다. 그럼에도 문득 서러운 마음이 든 다림은 그러지 못했다. 열한 살짜리 아들을 건사하면서 1인 변호사 사무실을 운영하고, 하루 종일 송무 업무와 상담으로 파김치가 된 채 돌아와서 배달 음식 좀 시켜 먹은 일이 북극곰의 생존을 위협해서 열한 살짜리 아들에게 이렇게까지 비난받을 일인지에 대해서는 엄마로서도 의문이라고 대답했다. 시아도 지지 않았다. 그냥 아들이라고 하면 될 것을 굳이 열한 살짜리 아들이라고 나이를 적시한 저의가 무엇이냐고, 어차피 인간에게는 누구에게나 짊어지고 가야 할 자신만의 짐이 있는데 그 짐을 지기 싫다면 애초에 왜 짐을 만든 거냐고 받아쳤다. 당연히 여기서 짐은 시아 자신을 가리키는 말이었다.

"몰랐어. 나도 몰랐다고."

다림은 순간 아차 싶었다. 화가 나도 해서는 안 될 말이었다. 그나마 그다음에 이어질 "알았으면 그랬겠어?"를 참아낸 건 다행이었다. 하지만 이미 내뱉어진 몰랐다는 무책임한 말의 대가는 치러야 했다.

"미안해, 시아야. 그런 뜻이 아니라, 그러니까 엄마 말은……."

"그랬겠지. 알았으면 나 같은 짐을 왜 만들었겠어."

다림은 후회했지만 떨어진 꽃잎을 다시 붙일 수는 없는 노릇이었다.

그날 이후 시아는 집 밖으로 돌았고, 다림 앞에서는 침묵으로 일관했다. 다림은 시아가 학교를 마치고 종일 어딜 가 있는지 궁금해하다 시아의 방에서 못 보던 LP 음반들이 하나둘 늘어가는 걸 발견했다. 물론 그 전에 카드 결제 문자를 보고 짐작은 했지만 놀라운 일은 따로 있었다. 시아가 가져온 중고 LP가 어쩐지 낯설지 않았던 것이다. 다림은 믿을 수 없었다. 도대체 어떻게 이런 일이 있을 수 있을까? 하지만 다림은 막상 자신 앞에 벌어지는 일의 의미가 무엇인지 정확히 감이 잡히지 않았다. 세상에는 말 그대로 우연이 차고 넘친다. 우연이 겹치면 사람들은 신기해하고 어떤 의미를 담으려 하지만, 사실 우연은 그냥 벌어지는 일일 뿐이다. 주사위를 던져서 6이 연속으로 열 번, 아니 백 번이 나올 확률도 0은 아니다. 그러니 그런 일은 얼마든지 벌어질 수도 있다. 그리고 벌어진 그 일에 어떤 의미를 부여하는 건 종교의 영역으로 넘어가는 일이라 생각했다. 참고로 다림은 종교가 없다.

$\oint$

어린 시절 다림의 가정은 말 그대로 유복했다. 각각 신촌의 서로 다른 대학에 다니던 다림의 부모는 최루탄 연기가 하늘을 온통 뒤덮었던 어느 날, 당시 누구나 그러했듯 시위대에 섞여 구호를 외치다 그만 눈이 맞았다.

말 그대로 길에서 우연히 마주쳤는데 한눈에 사랑에 빠진 것이다. 둘은 전경을 피해 후미진 골목 안쪽의 음악 감상실로 숨어들었다. 공교롭게도 그때 울려 퍼졌던 음악은 폴 앵카의 「유 아 마이 데스티니」. 둘은 그렇게 서로가 서로에게 운명임을 의심하지 않았고 대학을 졸업하기도 전에 운명의 결실을 보았다. 바로 다림이었다.

다림을 가진 후 엄마는 다니던 학교를 반강제로 중퇴해야 했지만, 인생사 새옹지마라고 그 덕분에 남들보다 먼저 사회에 진출해 어쩌면 모르고 지나쳤을지도 모를 사업 재능을 발휘할 수 있었다. 처음에는 하나뿐인 딸을 남부럽지 않게 키우겠다는 다짐이 그들 부부가 악착같이 돈을 벌게 된 동기로 작동했다. 하지만 작은 성공이 점점 더 큰 성공으로 이어지면서 어느새 그들 부부에게는 돈 자체가 그들을 움직이게 하고 살아가게 하는 동기가 되었다. 예쁘고 공부 잘하고 뭐 하나 빠지지 않는 외동딸이 열일곱에 아이를 가졌다는 소식을 전하기 전까지만 해도 두 사람은 이 사회에서 스스로 일궈낸 성공을 의심하지 않았다.

다림의 엄마는 예상 밖으로 침착했다. 아이는 떼면

된다고 했다. 다림의 아빠는 더 침착했다. 수술 후 유학을 가라고 했다. 다림에게 다시 돌아오지 말고 그곳에서 살아도 좋다고 했다. 의사는 다림이 특이체질이라 임신중절수술로 인해 건강에 치명적 위험을 초래할 가능성이 있다고 했는데, 그럼에도 다림의 아빠는 자신이 책임질 테니 수술해 달라고 했다. 엄마는 잠시 망설이다가 아빠의 말에 곧 동의했다. 다림은 의사가 위험을 경고했는데 자기 몸도 아니면서 당신들이 무슨 책임을 지겠다는 건지 어이가 없었고, 무엇보다 배 속의 아이에게 미안했다. 초음파사진에서 희미하게나마 동그랗게 말린 아이의 귀를 본 것도 같았다. 다림은 아이가 미래의 할머니와 할아버지가 자신을 없애겠다고 떠드는 이야기를 들었을까 두려웠다.

어린 시절 다림은 음악 감상실에서 데이트하던 부모님의 하나뿐인 딸답게 음악에 빠져 살았다. 부모님이 모아둔 LP는 주로 1980년대 음반들이었다. 록과 헤비메탈, 대학가요제, 강변가요제, 산울림, 송골매, 노찾사…… 부모님은 훈풍에 돛 단 사업으로 눈코 뜰 새 없이 바빴다. 혼자 학교 가고 혼자 밥 먹고 공부하던 그 시절 다림에게 유일한 위로가 되어준 건 LP 음반들이었다. 그런데 건강 문제로 수술은 할 수 없다는 의사의 말을 듣고 돌아온 날, 다림의 아빠는 집에 있는 LP 음반들(그 대부분은 자신과 아내의 추억이 어린 LP들이었는데도)을 모두 내다 버렸다. 그리고 그걸 안 다림은 그날로 집을 나와 쉼터를 찾아갔다.

$$\oint$$

바로 그 LP 중 일부였다. 다림이 냉전 중인 아들 시아의 방에서 발견한 중고 LP 말이다. 게다가 거기엔 이제 구하기도 힘든 류이치 사카모토의 『메리 크리스마스, 미스터 로렌스Merry Christmas, Mr. Lawrence』 일본 초반이 끼어 있었다. 학창 시절 다림이 울적할 때마다 듣던, 재킷의 흰 여백에 조그맣게 별 다섯 개를 그려 넣었던 바로 그 LP였다. 어떻게 이런 일이?

다림은 시아가 학교 수업만 마치면 참새가 방앗간 못 지나치듯 쪼르르 달려가는 이상한 LP가게를 수소문해 찾아갔다. 그리고 그곳에서 십수 년 전 자기 방에 있었던 LP 몇 개를 더 찾아낼 수 있었다. 또래거나 한두 살 많아 보이는 사장은 자신의 아버지가 우연히 버려진 LP를 주워왔다고 말해주었다. 듣고 보니 있음직한 얘기였다. 주사위를 한 천 번쯤 던지면 나올 수 있는 확률? 아니, 그 열 배나 백 배일지도 모른다. 하지만 확률상 0퍼센트는 아니니 있을 수 없는 얘기는 아니었다. 가게에서 한 시간 넘게 보물찾기를 해서 찾아낸 서너 장의 앨범을 계산하고 나온 다림은 저 멀리 펼쳐진 산을 보며 크게 심호흡을 했다. 그때 자신이 책임질 테니(대체 뭘?) 수술을 하라고 했던 아빠를, 그리고 곁에서 아무 말도 하지 않던 엄마를 죽을 때까지 용서하지 않으리라고 생각했는데, 다림은 자기도 모르게 그 마음이 시들해져 있음을 깨달았다. 시간이 그렇게 만들어준 걸까?

다림은 어쩐지 이 동네가 마음에 들었다. 불과 어제까지만 해도 강남 한복판에 자리한 손꼽히는 로펌의 인턴 변호사였던 다림이 이제 풍진동의 중고 레코드숍인 이상한 LP가게 2층에 변호사 사무실을 내기로 한 것이다. 사실 그런 결심을 하게 된 결정적인 이유는 따로 있었다. 전날 다림은 몰래 시아의 뒤를 밟았다. 학교에 가지 않아도 되는 날이었는데 시아가 아침부터 서둘러 집을 나갔기 때문이다. 이상한 LP가게에 간다는 건 알고 있었다. 그런데 놀라웠던 건 밖에서 몰래 훔쳐본 가게 안의 풍경이었다. 가게 안에서 시아를 맞이한 건 30대 초반으로 보이는 사장과 50대로 보이는 중년 남자, 그리고 대학생처럼 보이는 아르바이트생이었다. 시아는 중년 남자를 보자마자 까치발을 하며 하이 파이브를 했고, 젊은 사장은 가게 앞을 지나는 과일 트럭에서 바나나를 잔뜩 사다 시아에게 가장 먼저 건넸다. 시아는 아르바이트생과는 마치 나이 터울이 많이 나는 큰누나와 막냇동생처럼 보였다. 다림은 가게 안의 풍경이 너무나 자연스러워서 충격을 받았다. 한편으로 부러움이 들면서 순간 그 풍경에 자신도 끼어들고 싶었다.

$\oint$

도로표지판의 커다란 화살표에서 즐거운 여행길을 떠올린다면 그는 낭만적인 운전자일 것이다. 혹여 커버

데일 앤드 페이지의 앨범 재킷을 먼저 떠올린다면 록 마니아일 것이고, 팻 메시니 그룹의 『오프램프Offramp』 앨범을 떠올린다면? 아마도 퓨전을 아우르는 재즈 애호가겠지.

다림이 몰래 밖에서 훔쳐보고 있던 정원의 LP가게에는 그때 팻 메시니의 「아 유 고잉 위드 미?Are you going with me?」가 흘러나오는 중이었다. 팻 메시니의 신시사이저에 라일 메이스의 아름다운 키보드 사운드가 더해진 8분 47초짜리 서사시가 조금은 이상한 그 풍경을 가만히 감싸고 있었다.

그래, 이게 나야!

"힘들 때 들으면 좋은 곡이 있을까요?"

정원이 중고 LP가게를 열고 손님들에게서 가장 많이 들었던 질문이다. 처음 그 질문을 한 이는 한눈에 봐도 실연의 상처로 괴로워하고 있었다. 그래서 정원은 엘턴 존의 「아임 스틸 스탠딩I'm Still Standing」을 추천해 줬다. 나지막하고 포근한 목소리에 위로받고 싶다고 구체적으로 말해온 손님에겐 이안 매튜스의 「리틀 노운Little Known」을 들려주었다. 이상한 LP가게의 순례자들은 나이대도 국적도 다양하기 그지없어서, 정원은 향수병에 시달리는 아르헨티나 출신 유학생에게는 카를로스 가르델의 음악을 들려주었다. 오래전 독재정권을 피해 망명 생활을 하던 아르헨티나 사람들이 정신적으로 가장 의지하고 위로받았던 게 바로 탱고의 아버지, 가르델의 음악이었다는 얘기를 나누면서. 이른바 MZ세대로 보이는 이들에게는 레이철 플래튼의 「파이트 송Fight song」이나 데미 로바토의 「컨피던트Confident」를 들어보라고 했다. 그리고 그중 가장 반응이 좋았던 곡은 영화 「위대한 쇼맨」의 배경음악으로 잘 알려진 「디스 이즈 미This is Me」였다.

다림도 힘을 내야 할 때 종종 그 곡을 들었다. 주로 사람들로부터 상처를 받았을 때였다. 그것도 가까운 사람들이거나 혹은 믿었던 이들에게서. 곡의 가사처럼 상처 입은 건 다림이었는데 사람들은 오히려 다림에게 잊으라고 하고 심지어는 손가락질을 했다. 다림도 처음에는 그게 당연한 줄 알았다. 하지만 시아를 키우면서 다림은 달라졌다. 다림은 누가 뭐라 해도 스스로를 더 이상 부끄러워하지 않았다. 아니, 자랑스러워했다. 그리고 그때마다 다림은 「디스 이즈 미」를 속으로도 불렀고, 때론 밖으로도 외쳤다.

"뭐!"

"왜?"

"그래, 이게 나야! 어쩔 건데?"

다림은 업계에서 '불변'으로 통했다. 불변은 '불량변호사'의 줄임말이다. 변호사시험 합격 후 실무 연수를 받으러 갔을 때, 로펌의 대표 변호사가 다림의 프로필을 훑어보고 대뜸 내뱉은 한마디에서 유래한 말이었다.

"뭐 이딴 불량품이 굴러들어 왔어?"

그럼에도 그가 지칭한 '불량품'은 연수를 무사히 마쳤고 KY로펌에 인턴 변호사로 입사했다. 최근 굵직한 사건들을 연이어 맡으며 업계 정상을 넘볼 위치에까지 다다른 그 로펌에. 로스쿨 동기들 사이에서는 비록 인턴 신분이지만 다림이 대형 로펌에 들어갔다는 소식에 기적이 벌어졌다고들 했다. 물론 가시눈을 뜨고 수상쩍은 시선을 던지는 이들도 많았다.

KY로펌의 대표는 인턴 변호사들과의 상견례 자리에서 능력을 인정받으면 인턴 딱지는 한 달 만에 뗄 수도 있지만 1년이 걸릴 수도 있으며, 그 외의 경우도 있을 수 있다고 말했다. 그 외의 경우란 계약 해지를 의미했다. 대표는 인턴 변호사들과 한 명 한 명 악수하며 건투를 빈다고 했는데, 다림의 차례에 와서는 따로 한마디를 더 보탰다.

"내가 아주 기대가 큽니다, 불변. 아니, 고변."

그러면서 굳이 남은 한 손을 더해 두 손으로 다림의 손을 잡았다. 손바닥에서 전해지는 끈적임이 다림을 불쾌하게 했지만 그녀는 잘 참았다. 대표는 잡은 손을 흔들며 다림에게 추파에 가까운 시선을 보냈다. 대표는 다림에게 불량품 딱지를 처음 붙여줬던 연수 시절 로펌 대표와 형 동생 하는 사이였고, 그에게서 다림에 관한 '품평'을 미리 들은 바가 있었다. 불량품이지만 겉 포장지는 아주 훌륭하다고. 그러니 구치소에 있는 VIP 의뢰인을 전담하는 이른바 '집사 변호사'로 활용한다면 그들에게 칭찬을 들을 거라고 말이다.

집사 변호사는 변호인에게 피의자와 피고인 접견 횟수에 제한이 없다는 점을 악용해 구치소를 수시로 드나들며 의뢰인의 잔심부름을 처리하거나 시간 때우기용 말동무를 해주는 변호사를 지칭하는 말이다. 대개 고참 변호사의 지시를 거부하기 힘든 경력 1~2년 차의 신입 변호사가 동원된다. 얼마 전 이러한 관행이 한 방송국의 고발 프로그램으로 알려지면서 사회적인 문제가 되자 무더기 징계를 받기도 했다. 물론 그렇다고 집사 변호사가 아예 사라진 것은 아니었다. 구치소에 있는 거물급 의뢰인 중에는 여전히 젊고 예쁜 여자 변호사를 대놓고 요구하는 이들이 있었다. 자신이 내는 거액의 수임료라면 그 정도는 당연한 요구라 생각하는 자들이었다. 다림이 최근 잘 나가는 중견 로펌에 뽑힌 햇병아리 변호사로 외견상 화려해 보이는 스타트를 끊을 수 있었던 이유가 그것이었다.

다림은 자신에게 불량품을 뜻하는 닉네임이 붙었다는 사실을 알고도 딱히 충격을 받거나 놀라지 않았다. 그런 악의적인 시선과 평가가 처음은 아니었으니까. 부모로부터 물려받은 아름다운 외모조차 그것을 지지해줄 사회적 배경이 없으면 오히려 비난과 조소, 질투 따위의 재료로 작동한다는 걸 그녀는 종종 경험해 왔다. 새로운 일은 아니었다.

다림이 변호사시험에 합격하고 그 바닥에서 너무 쉽

게 불량품으로 치부된 이유는 아주 단순했다. 검정고시 출신에 부모님이 누군지(그게 왜 중요한지 모르겠지만) 알 수 없는 이력. 거기다 특이사항도 있었다. 열여덟에 아이를 낳아 벌써 초등학생이 된 아이의 엄마라는 것. 로스쿨도 사회적배려대상자 전형으로 합격했다는 사실이 알려지자 다들 그럼 그렇지 하는 표정을 지었다. 그 모든 것이 그들이 말하는 '불량'의 근거였다. 다림을 배출한 로스쿨은 싱글 맘을 사회적배려대상자로 보고 합격시킨 첫 사례였다고 했다. 이전에는 누구도 그런 이유로 입학원서를 낸 적이 없었기 때문에 담당 행정 직원조차 그런 제도가 있는 줄 몰랐다고 했다. 그러거나 말거나 다림은 당당하게 입학했고 당당하게 학교생활을 했다. 물론 그 와중에도 그녀가 A학점이라도 받게 되면 학점의 순수성을 의심하는 못나고 뒤틀린 시선들이 매번 뒤통수에 꽂혔다. 그때마다 다림이 속으로 되뇐 말은 하나밖에 없었다.

그러거나 말거나.

'그러거나 말거나'는 다림이 자신에게 악의를 가지고 덤벼오는 삶을 대하는 일종의 태도였다. 그러거나 말거나 나는 내 갈 길을 간다. 그러거나 말거나 너희들이 하는 말과 행동이 결코 나의 정신 건강을 해칠 수 없다. 하지만 그렇다고 해서 다림이 자신을 향한 모욕적인 언사와 태도까지 그러거나 말거나 외면하고 내버려둔 건 아니었다.

다림은 최초에 자신을 두고 '불량품' 발언을 한 이가 어디서 그 말을 했는지 그 자리에 함께 있던 사람들의 증언을 통해 특정할 수 있었다. 물론 그들이 다림을 위해 공식적으로 증언해 준 것은 아니었지만, 주로 그들은 술자리 같은 데서 마치 군대에서 축구하던 얘기를 하듯 누가 시키지 않아도 스스로 떠들어댔기에 다림의 귀에까지 어렵지 않게 도착했다. 걱정스러운 마음으로 전하는 사람도 없지는 않았지만 대부분은 걱정하는 척하며 즐기는 것 같았다.

그 덕분에 여러 경로로 들은 이야기를 교차검증해

발언의 장소와 경위를 꼼꼼하게 기록해 둘 수 있었다. 검증은 대부분 간접 전언을 통해서였지만, 그 자리에 있었다는 변호사를 만나 대놓고 물어서 얻은 것들도 있었다.

"변호사님, O 대표님이 제 이력서를 보고는 '웬 불량품이 굴러들어 왔네?' 하고 말씀하셨다는데 그때 그 자리에 계셨다면서요?"

"그 얘기가 자네한테까지 들어갔어?"

"그렇게 말씀하신 게 맞긴 맞나 보네요."

"원래 O 대표가 좀 직설적이잖아. 기분 나쁘게 생각할 거 없어."

"불량품이라는 소리를 듣고도 기분 나빠하지 않을 사람이 있나요?"

"어?"

순간 변호사는 본능적으로 혹은 직업적으로 자신이 내뱉은 말이 잘못되었음을 느꼈지만, 이미 테이블 위에 뒤집어 올려놓은 다림의 핸드폰에는 변호사의 증언이 꼼꼼하게 녹취 완료된 후였다. 그렇게 차곡차곡 모은 자료가 조만간 요긴하게 쓰이게 되리란 걸 다림은 알고 있었다. 물론 그런 날이 굳이 오지 않는 게 더 좋겠다고는 생각했지만, 다림의 경험상 인생은 결코 좋은 방향으로 진행되지 않았다. 그래서 항상 준비가 필요했다. 인생이 원하지 않는 방향으로 제멋대로 치달을 때 선제적으로 핸들을 틀기 위한 준비! 어쩌면 지금이 바로 그때일지도 모른다.

$$\oint$$

'아이 하나를 키우는 데에 온 마을이 필요하다'는 말이 있다. 하지만 아파트 일색인 도시에서 그 말이 얼마만큼의 무게를 지니겠는가. 옆집에 누가 사는지는 당연히 모르고, 그나마 층간소음으로 같은 아파트 사람끼리 얼굴이나 붉히지 않으면 다행인데 말이다. 그런 면에서 풍진동은 좀 달랐다. 이상한 LP가게 건물 2층에 다림의 변호사 사무실이 들어온 후, 시아는 매일 학교가 끝나면 풍진동으로 달려왔다. 일과 육아를 병행하려니 다림은 시아를 키우며 이래저래 고민이 많았지만, 풍진동에 사무실을 낸 후로 시아의 식사와 간식은 누가 시키지도 않았는데 LP가게 3인방인 정원과 원석과 미래가 알아서들 챙겼다. 말하자면 마을이 아이를 키워주고 있는 셈이었다. 다림은 왠지 모든 일이 다 기분 좋게 잘될 것만 같았다. 게다가 소송 상담과 송무로 머리가 잔뜩 아파질 때마다 한 층만 아래로 뛰어 내려가면 금방 음악으로 위로받을 수 있었다. 그것도 공짜로! 이런 사무실은 없다. 그뿐인가? 언젠가 정원이 '커피 한 잔 드릴까요?' 해서 냉큼 받아 마셨던 커피. 다림은 커피 맛을 보자마자 정원에게 대뜸 전직 바리스타냐고 물었다. 물론 정원은 아니라고 대답했지만.

다림은 언제고 기회가 되면 정원과 LP가게의 사람들을 위해 자신이 잘하는 일로 꼭 도움을 주겠노라 막연하게나마 다짐했다.

원장

🎧

퍼펙트 데이

박원장은 처음 만나는 사람에게 자기를 소개할 때 항상 부연 설명을 해야 했다. 보통은 이런 식이다.

"안녕하세요. 박원장입니다. 당연히 제가 원장은 아니고요. 이름이 원장입니다."

그러다 개업을 하여 진짜 원장이 되고 나서는 자기소개가 이렇게 바뀌었다.

"안녕하세요. 박원장 정신과의원의 원장, 박원장입니다. 으뜸 원元에 베풀 장張 자를 씁니다. 하하하."

그러면 사람들 대부분은 이름이 멋지다고 인사치레를 했다. 이름은 아버지가 지어줬다. 한자 풀이 그대로 아들이 베푸는 데에 으뜸인 사람이 되길 바라는 마음으로 지었다고 했다. 아버지는 평범한 사람이었다. 비록 평범하게 생을 마감하지는 못했지만.

결과적으로 아버지의 바람은 이루어지지 않았다. 원장은 딱히 이기적인 삶을 지향하지는 않았지만, 그렇다고 굳이 남에게 베푸는 삶을 의식하며 살지도 않았다. 정확히 말하면 그래야 할 이유를 찾지 못했다. 아버지는 세상을 너무 낭만적으로 생각했던 것은 아닐까? 가진 건 쥐뿔도 없으면서 말이다. 그러니 그렇게 허무하게 살다 갔지.

𝄞

서울에서 심정적으로 강남이나 마찬가지라는 곳에 원장의 병원, 박원장 정신과의원이 있다. 아파트 단지 상가 2층에 있는 병원은 지금 문이 굳게 닫혔고 몇몇 사람들이 그 앞에 모여 웅성대는 중이었다. 무슨 영문인지 모르고 병원을 찾은 이가 물었다.

"무슨 일이에요?"

"원장님이 글쎄 야반도주를 했대요."

"야반도주요?"

"어떡해. 나 하루라도 약 없으면 못 버티는데…… 어떻게 하냐고."

아줌마는 울먹이며 그 자리에 털썩 주저앉았고, 옆에 있던 중년 아저씨는 급기야 닫힌 문에 발길질을 하며 욕을 해대기 시작했다.

"개새끼. 의사라는 새끼가 환자를 두고 도망을 가? 그게 의사야!"

병원에서 고정적으로 진료를 보고 약을 타 가던 사람들이 점차 예민해졌다. 그때 마침 엘리베이터가 열리고 한 여성이 모습을 드러냈다. 각종 우울증과 공황장애에 시달리던 원장의 환자들이 낯익은 간호사를 향해 좀비 떼처럼 달려들었다. 간호사도 하루아침에 모든 연락을 끊고 사라져 버린 원장을 찾기 위해 그의 집까지 다녀온 참이었다. 물론 문이 잠겨 있어 아무 소득 없이 병원으로 돌아왔지만.

한편, 원장은 그 시각에 홀로 한강 둔치를 걷고 있었다. 특별한 목적이 있어서 간 건 아니었다. 바다가 보고 싶었으나 도저히 바다까지 갈 에너지를 짜낼 수 없어 대신 찾은 한강이었다. 그때 어디선가 노랫소리가 들려왔다. 가만히 들어보니 루 리드의 1972년도 앨범 『트랜스포머Transformer』에 수록된 「퍼펙트 데이Perfect Day」였다. 언젠가부터 자연스레 음악은 듣지 않게 되었지만 한때 원장도 아버지를 따라 클래식과 올드팝에 심취했던 적이 있었다.

완벽한 날이란 뭘까? 한적한 공원에서 상그리아를 마시고, 저녁 무렵 어둠이 스며들면 돌아갈 집이 있는……. 노래처럼 일상 속의 평범한 하루가 바로 완벽한 날이라면, 그건 그런 날이 누구에게나 허락되지 않기 때문일 것이다.

원장은 들려오는 멜로디에 가만히 귀를 기울이다 자신이 그런 완벽한 날을 단 한 번도 누리지 못했다는 게 새삼 억울해졌다. 그런데 노래가 끝날 때쯤에야 깨달았다. 「퍼펙트 데이」의 마지막 가사가 사뭇 의미심장하다는 것을. 루 리드는 매력적인 저음의 목소리로 되뇌고 있었다. 뿌린 대로 거두게 된다고. 그것도 한 번이 아니라 무려 네 번이나 반복해서.

𝄞

산책로를 따라 조금 걷다 보니 깡 하고 경쾌한 타격음이 들려왔다. 소리를 따라가자 아이들을 위한 리틀야구장이 나타났다. 초록색 인조 잔디 위에서 초등학교 아이들이 때리고 달리며 귀여운 야구 시합을 벌이고 있었다. 원장은 스탠드 맨 위에 자리를 잡았다. 몇 칸 아래에는 학부모로 보이는 사람들이 응원을 하고 있었다. 시합중에 달리다 넘어져서 우는 아이, 우는 아이를 달래느라자기에게 굴러온 공을 가져다 건네는 아이. 마치 해외의웃긴 영상을 보는 느낌에 원장은 자신이 처한 현실을잠시 잊었다. 그때였다.

"혹시 박원장 선생님 아니세요?"

스탠드 아래 모여 있던 학부모 그룹에서 한 여자가다가왔다. 어딘가 낯이 익은 사람이었다.

"저 기억 안 나세요? 선생님 대학병원 근무하실 때간호사였는데. 우 간호사라고."

"아, 안녕하세요."

하필 이런 곳에서 아는 사람을 만나다니. 특별히 친

분이 있던 사이는 아니었지만 대학병원에서 근무하던 시절 함께 일하던 간호사였다. 이름도 생각이 났다.

"우지연 선생님이시죠?"

"어머, 기억하시네요? 선생님."

우 간호사는 원장이 난처해하는 줄도 모르고 음료수를 들고서 곁으로 왔다. 그녀는 그사이 병원을 그만두고 결혼해서 아이를 낳았다고, 아이의 꿈은 메이저리그 선수가 되는 거라는 이야기를 짧게 요약해 들려줬고, 원장은 이 시간에 자신이 여기 있는 이유는 병원 문을 닫은 채 야반도주를 했기 때문이라고 응수했다.

"야반도주요?"

가뜩이나 왕방울만 한 우 간호사의 눈이 더 크게 휘둥그레졌다.

"뭘 그렇게 놀라세요. 가끔 개인병원 하는 의사 중에 야반도주하는 의사들 있어요. 못 봤어요? 흔한 일이라고 할 수는 없지만, 그렇다고 아주 없는 일도 아니잖아요. 뭐, 다들 도망칠 이유 하나쯤은 갖고 살지 않나요? 하하하. 아! 근데 전 하나가 아니긴 했어요. 하하하하."

원장의 호탕한 웃음에 우 간호사는 어떻게 반응해야

할지 몰랐다.

"선생님, 그동안 많이 힘드셨나 봐요."

원장은 순간 울컥했다. 어쩌다 이 지경이 됐을까? 우울증과 공황장애에 빠진 정신과 의사라니. 믿었던 아내의 불륜을 우연히 목격한 일이 시발점이었다. 그런데 막상 아내가 다른 사람 앞에서 행복해하는 모습을 보니 자신이 아내를 믿기는 했는지 문득 의심스러워졌다.

아내와는 중매를 통해 결혼했다. 가입하지도 않았는데 결혼중개업체 직원이 찾아와 아내를 소개했다. 아내의 첫인상은 한마디로…… 예뻤다. 의술의 힘이 발휘된 아름다움이었음은 아내가 극구 숨겨왔던 어린 시절 사진을 보고 뒤늦게 알게 됐지만, 요즘 세상에 그게 흠이 되지는 않지 않나. 가족이 없는 자신을 아내의 가족은 한식구처럼 대해주었다. 병원을 차려준 것도 아내의 아버지였다. 가족이니까. 그런데 아니었다. 모두 원장의 착각이었다. 가족이라면 서로를 속이지 말아야 한다. 그런데 아내와 아내의 가족은 모두 원장을 속였다. 아내는 몰래 다른 사람을 만났고 아내의 아버지는 병원을 차려주고는 병원 수익금을 뒤로 빼돌렸다. 원장은 그들의 욕망을 채워줄, 당장 이용 가능한 수단에 불과했을 뿐이었다. 진실을 알게 된 후로 원장에게는 우울증이 찾아왔고 종종 공황장애에 시달리며 술을 찾게 됐다. 그러다 보니 판단력이 흐려졌고, 점점 될 대로 되라는 심정으로 자신을 놓아버리게 되어 여기까지 온 것이다.

"선생님 괜찮으세요?"

원장은 그 순간 왜 우 간호사에게 그런 시시콜콜한 이야기를 다 털어놓았을까? 상대가 우 간호사여서가 아니라 마침 그때 우 간호사가 곁에 있었기 때문이다. 그뿐이었다.

"내 얘기 잠깐 들어줄래요? 오래전 일인데, 아마 내가 본과 2년 차였을 거예요. 아시잖아요, 그때가 얼마나 힘든지. 그날도 새벽까지 공부하느라 깨어 있었죠. 저 이래 봬도 꽤 모범생이었거든요. 아버지는 대리운전을 마치고 새벽에 들어왔어요. 그런데 눈도 제대로 못 붙이고 버스 일이 갑자기 들어왔다며 또 나가시더군요. 나가면서 제게 3만 원인가 4만 원인가를 주셨어요. 너무 공부만 하지 말고 친구들하고 놀기도 좀 하라면서요. 그때 그 꼬깃꼬깃한 만 원짜리 지폐의 감촉을 잊을 수가 없어요. 아마 대리운전하고 받은 돈이었겠지요. 그게 아버지와 나눈 마지막 순간이었어요."

우 간호사는 뒤늦게 후회하고 있었다. 친했던 사람도 아닌데 왜 굳이 아는 척을 했을까. 그냥 못 본 척할걸. 하지만 그 와중에도 원장은 틈을 주지 않았다.

"정신과 의사가 되고 환자들을 만나면서 새삼 깨달은 게 있어요. 모든 일에는 다 이유가 있다는 거예요. 사소한 증상 하나도 그 근원을 파고 들어가다 보면 결국 다 있더라니까요. 이유가요. 그러니까 아내가 나를 만나 결혼한 것도, 또 나를 두고 다른 사람을 만난 것도, 그 옛날 아버지가 그렇게 어처구니없게 세상을 떠난 것도 다 어딘가에는 이유가 있을 거란 얘기예요."

다시, 첼로협주곡 B단조, Op.104

원장은 두 시간째 걷는 중이다. 그는 머리가 복잡하면 이어폰을 귀에 꽂고 무조건 있던 곳을 벗어나 걸었다. 사실 이어폰만 꽂았지, 음악도 무엇도 듣지는 않았다. 그런데도 굳이 이어폰을 꽂은 건 세상의 소음과 멀어지고 싶어서였다.

그렇게 아무 소리도 들리지 않는 무음의 세계에서 두 다리만 움직여 걷다 보면, 복잡한 문제들이 저절로 풀리진 않아도 어느새 각자 있어야 할 자리로 돌아가 정리되어 있곤 했다. 하지만 오늘은 그것도 아니었다. 아무리 걸어도 마음이 진정되지 않았고 엉킨 마음의 실타래는 꼬일 대로 꼬여서 도무지 풀리지 않았다.

그래서 죽음을 앞두고 길을 떠난 그리스 영화 속의 노시인이라도 된 양, 원장은 자신의 삶에서 가장 아름다웠던 어느 하루를 떠올려 보려 했다. 하지만 뒤늦게나마 소중함을 깨닫게 되는 그런 사랑 따윈 기억나지 않았다. 문득 이런 상황에서 병원을 찾아온 이들에게 자신이 어떤 처방을 내렸는지 돌이켜 봤다. 사실 간단했다.

"힘들어하지 마시고 약을 드세요."

하지만 마음의 병을 앓는 이들 중에는 약을 먹고 괴로운 증상이 사라지면 기뻐하는 대신 오히려 더욱 불안해하는 사람들이 있었다. 어떤 이들은 약에 의존하게 되는 건 아닐까 두려워했다. 또 다른 이들은 괴로운 증상에 시달리던 일이 익숙하기에 알약 하나로 갑자기 멀쩡해진 자신에게 이질감을 느꼈다. 전부는 아니지만 그들 중 일부는 스스로의 그런 정신 상태를 고된 삶의 변명처로 삼았다. 역설적이게도 괴로워야 비로소 살아갈 수 있는 사람들이었다.

원장은 그들에게 곧이곧대로 진실을 말할 수 없었다. 자기 자신마저 속이며 모른 척 연기해 왔기에 진실을 들키면 극단적으로 나아갈 가능성이 있기 때문이다.

걷다 보니 원장은 어느 다리 위에 서 있었다. 한강을 가로지르는 큰 다리는 아니지만, 위에서 내려다보자 높이가 꽤 됐다. 전날 내린 비로 불어난 하천은 수심도 꽤 깊어 보였다. 원장은 문득 여기가 끝일 수도 있겠구나 싶었다. 지금 뛰어내리면 된다. 따지고 보면 어려운 일도 아니다. 다리 난간은 두 손으로 잡고 한 번만 반동을 줘도 훌쩍 뛰어넘을 수 있는 높이다. 모든 게 끝나는 데 몇 초 걸리지 않을 것이다. 어쩐지 마음이 차분해져 원장은 핸드폰을 꺼내 들었다. 평소에 음악을 듣지는 않지만 지금은 괜찮겠다는 생각이 문득 들었기 때문이다. 원장은 핸드폰에 유일하게 저장된 단 한 곡의 재생 버튼을 눌렀다. 드보르자크의 「첼로협주곡 B단조」. 원장의 아버지가 생전에 좋아했던 곡이다. 아버지는 유독 첼로를 좋아했다. 첼로를 연주하는 모습을 보면 연주자와 첼로가 대화를 나누는 것 같다고 했다.

눈앞에 초점이 흐려졌다. 원장의 두 손은 이미 난간 위에 올려져 있었고, 이제 툭 하고 반동만 주면 된다. 귓가에서는 첼로 소리가 절정으로 치닫고 있었다. 순간 들려오는 선율이 원장에게 할 수 있다고 외치는 것 같았

다. 할 수 있다. 할 수 있다. 될 거 같았다. 자……, 그럼
해보자.

원장은 마침내 카운트다운하듯 외쳤다.

하나.

둘…….

그리고 셋을 세기 직전이었다.

"으억!"

뒤통수에 뭔가 날아와 박히는 느낌이 들었다. 돌아보
니 상큼한 민트색 스쿠터가 휙 바람을 일으키며 스쳐
갔다. 스쿠터에 올라탄 라이더는 달리는 와중에도 한 손
으로 인도를 향해 마치 닌자가 표창을 던지듯 뭔가를
계속 날리고 있었다. 원장은 뒤통수를 어루만지다가 머
리카락 사이에 낀 표창을 빼 들었다. 진짜 표창이었다면
뒤통수가 수박처럼 갈라져 죽었을 테지만, 아쉽게도 그
건 광고 명함이었다. 명함에는 이렇게 쓰여 있었다.

억울하면 소송해!

노이즈캔슬링 기능이 뛰어난 이어폰에선 드보르자크의 「첼로협주곡 B단조」가 조금 전까지만 해도 어서 뛰어내리라고 재촉하더니 어느새 말을 바꿔서 속삭이고 있었다.

이제 그만, 이제 그만. 이제 그만…….

난데없이 날아온 명함 표창에 저격당한 원장은 어쩐지 맥 빠진 기분이 들었다.

𝄞

원장은 결국 그날 죽지 않고 살아남았고 다음 날 명함의 주소지를 찾아갔다. 내비게이션이 데려다준 곳은 서울인 듯 서울 같지 않은, 한 번도 와본 적 없는 낯선 동네였다. 1층에는 중고 LP가게가 있었고, 한쪽 끝에는 전날 본 상큼한 민트색 스쿠터가 주차되어 있었다. 같은 건물 2층에 억울하면 찾아오라는 고다림 변호사의 사무실이 있는 게 틀림없었다. 아무리 동네 변호사라고 해도 서울 변두리에 이렇게 남루한 외형의 사무실이라니. 괜한 헛수고 말고 그냥 돌아갈까 싶었지만, 기껏 찾아오느라 버린 시간이 아까워 일단 올라가 보기로 했다. 그리고 딱 한 시간 후 모든 게 달라졌다.

변호사는 원장에게 간통죄는 폐지됐으나 배우자의 외도를 증명할 수 있는 증거만 충분하다면 민형사상의 책임을 물을 수 있다고 했다. 다행히 원장에게는 아내의 외도 정황이 담긴 차량 블랙박스 영상이 있었다. 그 밖에도 변호사는 추가 증거 확보를 위한 구체적인 방법을 설명해 주었고, 당장 이혼 청구 소송부터 해서 어차피 파탄 난 결혼 생활의 책임을 물으라고 했다. 그리고 병원 경영과 관련해서도 장인의 횡령 등 각종 불법행위가 의심된다며 그 부분의 소송도 동시에 진행하자고 했다. 변호사는 대학생이라고 해도 믿을 만큼 동안이라 처음에는 조금 미심쩍었는데, 상담이 진행될수록 신뢰가 가는 스타일이었다.

원장은 야심한 밤, 표창을 던지는 닌자에 빙의되어 스쿠터를 타고 달리면서 명함을 광고지처럼 뿌리며 영업하던 변호사와 첫 상담을 마친 후(닌자가 아르바이트가 아니라 변호사 본인이었다는 사실에 일단 충격을 받은 건 뒤로 하고) 찾아오길 잘했다고 생각했다. 정신과 의사로 20년 넘게 마음이 아픈 사람들을 만나왔건만 정작 자신의 아픈 마음에 위로가 된 건 억울하면 소송하라고 부추긴, 어딘가 수상쩍은 변호사였다. 그 사실이 조금은 자존심 상하고 우습기도 했지만, 원장에게는 그러거나 말거나 위로받은 그 느낌이 더 중요했다.

그렇게 사뭇 가벼워진 마음으로 사무실을 나온 원장이 2층 계단을 내려가다 멈칫한 건 1층 가게에서 들려오는 귀에 익은 클래식 선율 때문이었다. 원장은 조심스레 그 선율을 따라 1층의 가게로 향했다. 마침내 가게 문을 밀고 들어가자 밖으로 새어 나오던 선율이 입체적으로 공간을 가득 채웠다. 아버지가 연주자와 대화하는 것 같다고 묘사했던 그 악기. 「첼로협주곡 B단조」가 원장을 LP가게 안으로 이끈 것이다. 아니, 운명이 들어오라고 그를 불렀다.

중고 LP가게치고는 손님들이 많아 원장은 놀랐다. 서울 끝자락, 딱히 상권도 아닌 지역에, 그것도 중고 LP가게에 손님들이 이렇게 북적이고 있는 현상 자체가 잘

이해되지 않았다. 이왕 들어온 김에 그는 가게 안에 진열된 음반들을 둘러봤다. 어렸을 때를 제외하면 LP를 찾아 들어본 적은 없었다. 음악 자체는 좋아했지만 음악을 들으면 아버지가 떠올랐기 때문이었는지도 모른다.

그럼에도 원장은 나름 클래식에 대한 조예가 깊었다. 다 클래식 마니아였던 아버지 덕분이었다. 제대로 배우지 못해서 평생 손발 노동으로 살다가 간 아버지였지만, 취향을 대하는 태도만큼은 고급스러웠다고 할까? 어린 시절 아버지와 함께 살던 반지하 월세방에는 항상 클래식 선율이 흘렀다. 원장의 음악 취향은 이미 그때 정해졌다.

원장은 대학생처럼 보이는 아르바이트생에게 혹시 지금 가게 안에 틀어놓은 드보르자크의 연주가 실린 앨범을 살 수 있는지 물었다. 아르바이트생은 사장으로 보이는 젊은 남자에게 가서 묻더니 곧바로 구석 진열대에서 앨범을 한 장 뽑아 들고 왔다.

"사장님이 지금 틀어놓은 곡은 로스트로포비치의 연주라고 말씀하셨거든요. 이쪽 앨범은 재클린 듀프레이가 연주한 건데, 한번 비교하면서 들어보시면 좋을 거라고 하시네요."

아르바이트생은 마침 자리가 난 청음 코너를 가리켰다. 원장은 그녀가 건넨 앨범을 받아 청음용 턴테이블 앞으로 갔다. 오랜만에 올려보는 LP판이었다. 이윽고 아름다운 선율이 헤드폰에서 들려왔다.

원장은 눈을 감았다. 곧 눈시울이 뜨거워졌다. 지금 흐르는 눈물은 중년 남자의 호르몬 변화 때문이야, 단지 그뿐이야. 원장은 자기 자신에게 오버하지 말라고 일러주었다.

한편 아르바이트생 미래는 연신 고개를 갸웃거리는 중이었다. 정원이 그런 미래를 보고 물었다.

"미래 씨, 뭐 문제 있어요?"

"그게…… 조금 전에 사장님이 트신 곡이요. 그리고 저기 손님이 듣고 있는 그 드보르자크의 첼로협주곡 말이에요."

"그게 왜요?"

"이상하게 귀에 익어서요."

"뭐, 워낙 유명한 곡이니까."

"아뇨, 그냥 유명한 곡이어서가 아니라……."

미래는 청음 코너에서 앨범을 듣고 있는 원장을 지켜봤다. 원장은 울고 있었다. 바로 그 순간, 미래의 머릿속 깊은 곳 어딘가에 꼭꼭 숨어 있던 어떤 기억이 떠올랐다. 과거의 어느 날, 그러니까 그녀의 인생에 막대한 영향을 끼치게 된 그날, 그 공간에도 드보르자크의 첼로협주곡이 울려 퍼졌다. 이상한 LP가게의 아르바이트생 미래는 어느새 15년 전 그날로 돌아갔다. 비가 내렸고 브레이크가 파열된 버스는 좌우로 급하게 흔들리며 국도의 내리막을 내달리고 있었다.

원석

아프리카

목적지를 정하지 않은 채 매일매일 걷기만 하던 원석이 이상한 LP가게를 발견하고 걸음을 멈췄을 때, 그 순간 원석은 생각했다. 혹시 내가 여기에 오기 위해 그 먼 길을 헤매고 다녔던 건 아니었을까.

유리창 너머엔 프로그레시브 록 밴드 러시의 다섯 번째 스튜디오 앨범이 바닥에 놓인 채 기괴한 포스를 뿜어내고 있었다. 그 옆에 전시된 블랙 사바스의 앨범 속에선 검은 옷에 산발을 한 여인이 원석을 노려보고 있었고. 그런데 어쩐 일인지 앨범을 정리하고 있는 가게 주인은 금방이라도 피리를 집어 들고 「넬라 판타지아」를 연주할 선교사 같이 느껴졌다. 무언가 종교적인 걸 떠올리게 할 만큼 경건해 보였다는 말이다. 그리고 원석은 가게 사장의 말간 표정 속에 숨은 여러 겹의 그늘도 보았다. 원석에게는 오랜 직업 생활을 통해 터득한, 사람을 꿰뚫어 보는 매의 눈이 있었기 때문이다.

뜬금없이 간밤의 꿈이 떠올랐다. 어린 시절 원석이 집에 돌아왔는데 학교에서 발송한 성적표가 도착해 있었다. 꿈속이지만 콩닥거리는 마음이 그대로 느껴졌다. 성적표는 엉망진창이었고 원석은 부끄러움과 암담함에 뒤척이다 잠에서 깼다. 나이 탓인지 언젠가부터 한 번 깨면 다시 잠이 오지 않았다. 원석은 주섬주섬 일어나 세수를 하고 도시락을 싸기 시작했다.

♪

정원이 고른 오늘의 곡은 1982년에 발표된 미국의 록 밴드 토토의 네 번째 정규 앨범에 수록된 「아프리카 Africa」다. 무얼 틀까 생각하다 전날 원석이 아프리카에 가고 싶었다는 이야기가 문득 생각났다. 곁에서 듣던 미래가 가면 되지 않냐고, 문제될 게 없다는 듯 말했을 때 원석이 보인 조금은 쓸쓸한 표정이 어쩐지 마음에 걸렸다. 왜 그랬을까? 정원은 원석이 오늘 아침 가게 안에 들어섰을 때 "웬 아프리카?"하며 피식 웃길 바랐다. 하지만 음반의 한쪽 면이 다 돌도록 원석은 가게 문을 밀고 들어오지 않았다.

정원이 가게를 연 후 항상 이상한 LP가게에 출근 도장을 찍던 원석이 아무 말도 없이 나타나지 않았다. 정원은 점심때가 지나도록 원석이 모습을 드러내지 않자 무슨 일이라도 생긴 게 아닌가 걱정이 됐지만, 막상 그의 전화번호도 모른다는 걸 깨달았다. 미래는 그런 정원에게 사장님답다고 했다. 정원은 그 말이 최소한 칭찬은 아니란 걸 알았다.

그날 오후 내내 정원은 불안한 마음에 일도 통 손에 잡히지 않았다. 그리고 그런 자신이 조금은 낯설게 느껴졌다. 부모님과 동생 정안이 떠나간 후 처음으로 타인의 안위를 걱정하고 있었기 때문이다.

정원이 그렇게 애를 태우던 그 시간, 원석은 병원에 있었다. 담당 의사는 그에게 검사 결과가 한 달 전과 비교해 크게 달라지지 않았다고 했다. 긍정적으로 보면 더 나빠지지 않은 거고, 부정적으로 보면 하나도 나아지지 않았다는 뜻이었다. 의사는 한 달 뒤에 다시 검사해 보자고 했다.

원석은 병원을 나와 낙원상가로 향했다. 마지막으로 이곳에 온 건 20년쯤 전이었을 거다. 그때는 기타를 팔러 왔었는데 오늘은 기타를 다시 사기 위해 왔다. 낙원상가는 그때와 비교해 많이 달라졌지만 지나간 세월을 감안하면 사실 못 알아볼 만큼 달라져 있지는 않았다.

상가 2층을 한 바퀴 돈 뒤 3층으로 올라가 진열대 너머 악기들을 구경하고 있을 때, 어디선가 일렉트릭 기타의 강렬한 사운드가 들려왔다. 원석은 그 소리를 따라 복도 끝에 있는 한 가게로 들어섰다. 올망졸망 거꾸로 매달려 있는 우쿨렐레, 진열대 한편엔 평범한 마호가니 기타에서부터 화려하게 수놓은 사운드 홀에 붉은색 로즈우드의 핑거보드를 갖춘 최고급 클래식 기타까지. 반대편에는 골드 포일의 픽업이 반짝이는 신형 펜더 기타가 시선을 사로잡고 있었다. 그리고…… 저만치 한쪽

구석에서 등을 돌린 채 기타를 연주 중인 한 남자. 게리
무어나 로이 뷰캐넌의 곡이 아닌가 싶었으나 자세히 들
어보니 어느 쪽도 아니었다. 같은 멜로디로 계속되는 변
주는 무슨 곡에서 시작됐는지 모를 즉흥연주의 분위기
를 풍기고 있었다.

강렬한 왼손 핑거링과 오직 기타만이 낼 수 있는 아
름다운 밴딩 사운드. 이펙터 하나 없이도 저렇게 풍부한
서스테인을 뽑아내다니……. 게다가 저건 긴 서스테인
과 드라이브 톤에 최적화된 깁슨 기타도 아니었다.

원석은 감탄에 겨워 입을 벌린 채 연주에 빠져들었
다. 원석이 완전히 정신을 차리기도 전에 어느새 연주를
끝낸 남자는 자리를 정리하고 홀연히 가게 문을 나섰다.
가게 주인에게 하는 둥 마는 둥 건넨 눈인사가 전부였
다. 주인 역시 무심한 손짓과 눈웃음으로 대꾸했다. 그
제야 인사를 한 뒤 남자의 정체를 묻는 원석에게 주인
은 이렇게 답했다.

"글쎄…… 한때 전설이었지만 이제는 잊힌 사람이라
고 할까요. 그래도 요즘 다시 이렇게 기타를 잡는 걸 보
면 언젠가 다시 돌아올지도 모르겠다 싶어요. 인생은 기

니까요. 그죠?"

가게 주인은 그렇게 말하고 조금은 씁쓸한 미소를 지었다. 눈가에 잡힌 주름과 반백의 머리칼은 인생이 그리 길지 않음을 말해주고 있었다.

원석은 이것저것 비교하며 기타를 고르다 결국 주인이 강력하게 추천한 펜더의 중고 스트라토캐스터 기타를 품에 안았다. 거꾸로 뒤집어진 헤드스톡이며 온갖 풍파를 견뎌온 듯 거칠게 새겨진 레릭에 저절로 눈이 갔다. 시연해 보니 마치 원석을 위해 만들어진 듯 손안에 넥이 착 감겼고, 빈티지한 클린 톤과 강렬하고 멋스러운 게인 톤은 제 실력에서 나올 수 있는 사운드라고는 믿을 수 없었다. 이 가격에 지미 헨드릭스 스트라토캐스터를 가져가는 건 거저나 다름없다고 주인은 말했다. 시공간을 초월한 듯 흠잡을 곳 없는 세팅에 화이트 색상의 몸체도 원석의 마음을 사로잡았다.

♪

다음 날 이상한 LP가게 앞에 작은 용달차가 멈춰 섰

다. 차에서 내린 사람은 다름 아닌 원석이었다. 원석은 대놓고 반가워하는 정원을 무심하게 지나쳐 건물 지하로 연결된 계단을 내려갔다. 지하 계단참 끝에는 굳게 닫힌 철제문이 있었는데, 원석의 손에는 이미 열쇠가 들려 있었다.

"어제는 왜 안 오셨어요? 아! 그보다…… 핸드폰 번호 좀 알려주세요."

원석이 힐끔 돌아봤다. 밤새 애간장을 태운 정원이 거기 서 있었다.

"지금 내 번호를 달라고? 새삼스럽게?"

"얼른 알려나 주세요."

"혹시 나한테 지금 짜증내는 거야?"

좀처럼 감정을 드러내는 법이 없던 정원이다. 곁에 있던 정원도 알아채지 못할 만큼 원석의 입꼬리가 아주 살짝 올라갔다. 곧 원석은 정원의 손에 들린 핸드폰을 홱 낚아채더니 자신의 번호를 찍고 돌려줬다.

"여기 지하실을 임대했어."

"지하실을요? 왜요?"

원석이 지하실 문을 열자 오랜 기간 방치되어 있던

퀴퀴한 공기가 뿜어져 나왔다. 중간중간 기둥이 있기는 했지만, 내부 공간 자체는 꽤 넓은 편이었다.

"보증금 100에 월세 20이면 괜찮지?"

"여기서 뭐 하시려고요?"

원석은 대답 대신 씨익 웃었다. 이번에는 대놓고 입꼬리가 마음껏 올라갔다.

정원은 문득 원석이 저렇게 입꼬리를 올리며 제대로 웃는 얼굴을 본 적이 있었나 생각했다. 그래봐야 원석과 알게 된 지 이제 석 달이 좀 넘었을 뿐이지만, 일단 지금까지는 없었다. 원석은 감정 표현이 크지 않은 사람이었다. 종종 실없는 구석이 있긴 했지만 기본적으로 뚱함 10퍼센트에 나머지 90퍼센트는 희로애락이 원천적으로 삭제된 백지 같은 얼굴을 하고 있다고 할까. 그런데 지금 눈앞에 있는 원석은 흐뭇함 반, 기대감 반이 섞인 얼굴로 대답했다.

"뮤직."

𝄞

그날 원석이 용달차에 잔뜩 싣고 온 건 방음을 위한 계란판이었다. 그리고 그는 곧바로 셀프 공사에 들어갔다. 연주와 녹음이 가능한 합주실 겸 음악 스튜디오를 만드는 작업이었다.

"이런 일 많이 해보셨어요?"

"아니, 처음이야."

"근데 어떻게?"

"요즘엔 유튜브 찾아보면 다 있어. 뭘 할지 결정했다면 몰라서 못 하는 경우는 이제 없다고 봐야지."

정말 원석은 유튜브를 보며 일주일 만에 녹음이 가능한 합주실 겸 스튜디오를 완성했다. 그리고 오픈을 앞두고 이상한 LP가게의 사장 정원과 아르바이트생 미래, 2층의 고다림 변호사 사무실의 다림과 시아를 초대했다. 지하로 향하는 계단에는 아래로 향하는 화살표와 함께 'Afrika Music Studio'라는 컬러 간판이 붙어 있었다. 시아는 대뜸 아프리카의 '카'는 K가 아니라 C로 써야 한다며 스펠링이 틀렸다고 지적했고, 정원과 미래, 다림은 함께 웃었다.

물론 그들은 자신들이 머지않아 원석 없는 '원석 씨

와 이상한 밴드'의 멤버가 되리라고, 그래서 원석이 남긴 유언대로 AC/DC의 「하이웨이 투 헬Highway to Hell」을 장례식장에서 연주하게 되리라고는 상상도 하지 못했다.

가장 슬픈 일

멜러니 사프카의 노래 「더 새디스트 씽The Saddest Thing」은 1971년 발매된 그녀의 앨범 『더 굿 북The Good Book』에 수록되어 있다. 1971년은 원석이 태어난 해이기도 했다.

몇 살 때였을까? 노래를 들으면 노란 은행잎이 짝으로 떠오르는 걸 봐서는 아마 어느 가을날이었을 거다. 어쩌면 안테나가 달린 트랜지스터라디오에서 지직대는 잡음과 함께 흘러나오지 않았을까. 영어 가사라 당장 무슨 뜻인지는 알 수 없었지만, 끊어질 듯 이어지는 그녀의 쇳소리 섞인 보이스와 애잔한 멜로디만으로도 슬픔은 어린 원석의 마음을 충분히 휘저어 놓았다.

어떤 감정들은 삶을 통해서만 배울 수 있다. 원석에게는 유독 슬픔이 그랬다. 어렸을 적 뜀박질을 하다 넘어져 무릎이 까지면 아파서 울었다. 그런데 그건 고통이었지 슬픔은 아니었다. 어른이 되고 나서는 아파도 울지 않았다. 고통은 참을 수 있었지만 슬픔은 죽어도 들키고 싶지 않았기 때문이다.

원석은 몇 달 전 딱히 목적지도 없이 걷다가 우연히 발견한(당시 원석은 매일매일 걸었는데 애초에 목적지는 없었다) 중고 LP가게에 마치 무언가에 끌리듯 들어갔다. 유리창 너머로 젊은 시절 좋아하던 밴드의 앨범 재킷이 보였기 때문이다. 가게 주인은 조카뻘쯤 되어 보였는데, 잘생긴 얼굴에 드리워진 짙은 그림자가 원석의 시선을 끌었다. 원석은 직업상 그런 사람들을 숱하게 보아왔다. 그래서 어느 순간부터 무해한 사람과 유해한 사람을 즉각적으로 구별할 줄 알게 되었다. 그가 만나온 사람 중에는 후자가 압도적으로 많았고, 대부분 어두운 그림자가 그늘처럼 드리워져 있었다. 심지어 밝고 환하게 웃는 얼굴에서도 원석은 어둠의 그림자를 귀신같이 포착해

냈다. 그에 반해 전자의 무해한 사람들에게는 대부분 그런 그림자가 없었다. 물론 예외는 있다. 원석이 마주한 중고 LP가게 주인처럼.

가게 주인은 원석과 눈이 마주치자 인사를 하는 건지 마는 건지 어색한 미소만 짧게 짓고는 곧 하던 일을 했다. 바닥에 주저앉아 포스트잇에 뭔가를 써서 앨범에 붙이는 중이었다. 나중에 확인해 보니 앨범 감상을 적은 짧은 리뷰였다. 고객의 선택을 돕기 위해 수천 장의 LP판에 일일이 리뷰를 달고 있을 만큼 지극한 음악 사랑을 갖춘 사람치고, 가게 주인은 장사를 위해 갖춰야 할 기본적인 소양은 전무해 보였다. 가게에 카드단말기는 커녕 가격표조차 제대로 붙어 있지 않았다. 가게 주인은 희귀한 LP를 가득 진열해 두고서도 얼마에 팔지 전혀 생각조차 하지 않은 것이다. 심지어는 앨범을 골라서 계산하려는 원석에게 갖고 싶으면 그냥 가져가라고 했다. 그냥 하는 소리가 아니었다. 도대체 이 남자는 왜 가게를 차렸을까?

다음 날 원석이 가게를 찾았을 때도 어수선한 가게 분위기는 그대로였다. 어림짐작으로도 수천 장에 이르는 LP는 진열대도 없이 텅 비어 있는 공간 바닥에 묶음 단위로 놓여 있었다. 지지대로 사용되는 플라스틱 책꽂이가 양 끝에서 LP들이 넘어지지 않게 떠받치고 있었다. 아무렇게나 펼쳐놓은 건 아니라는 얘기였다. 비록 보기 좋진 않았지만, 깔세 가게의 특성을 감안하면 그건 그렇다 칠 수 있었다.

"죄송합니다. 아직 진열대가 도착하지 않아서……."

LP를 그냥 이렇게 좌판 펼치듯 바닥에 늘어놓고 팔 생각은 아니었나 보다, 하고 생각하며 원석은 조심스레 LP 뭉치 사이를 거닐었다. 그러다가 멜러니 사프카의 젊은 시절 얼굴과 『더 굿 북』이란 타이틀이 보이는 앨범을 집어 들었다. 재킷 겉면에 하늘색 포스트잇이 붙어 있었고, 거기에 만년필로 쓴 짧은 글이 담겨 있었다.

멜러니 사프카는 하늘 아래 가장 슬픈 일은 사랑하는 이에게 작별 인사를 고하는 거라고 노래했습니다. 하지만 어떤 이들에게는 슬픈 작별 인사조차 허락되지 않습니다.

저는 사람이 죽으면 무지개다리 너머에 함께 살던 반려

동물이 기다리고 있다는 이야기를 좋아합니다. 그 이야기는 슬픈 이별은 단지 이 세상의 일일 뿐이라고 말해주고 있으니까요.

가게 주인이 자신을 바라보고 있다는 걸 뒤통수에도 눈이 달린 원석은 알 수 있었다. 아마도 자기가 쓴 포스트잇 리뷰를 읽는 게 신경 쓰여서일 것이다. 어제도 그러더니. 그럴 거면 왜 썼지? 소심한 사람이라고 생각했다. 요즘 사람들이 좋아하는 MBTI로 말하자면 'I' 성향이 틀림없다.

원석은 멜러니 사프카의 앨범에 붙여놓은 짧은 감상을 보며 가게 주인이 하나만 알고 둘은 모른다고 생각했다. 하늘 아래 가장 슬픈 일은 사랑하는 이에게 작별 인사를 고해야만 하는 것도, 또 작별 인사조차 하지 못한 채 황망히 떠나보내는 것도 아니다. 왜냐하면 그건 모두 사랑하는 사람의 존재를 전제하고 있기 때문이다. 세상에서 가장 슬픈 일은 애초에 나를 사랑하는 이가 이 세상 어디에도 존재하지 않는다는 사실, 그리고 그것을 깨닫고 인정하는 일이었다.

$\textlarge{\oint}$

"아버지가 물려주신 게 대부분이고 나머지는 제가 사
모았어요. 근데 이제 더는 음악을 듣지 않게 될 거 같아
서요. 나름 좋은 음반들이라 버리자니 너무 아깝고, 또
환경에도 그렇고……. 근데 그렇다고 일일이 중고 거래
사이트에 올리자니 그것도 번거롭고……. 제가 그런 쪽
에 또 많이 약하거든요."

원석이 가게를 연 이유에 관해 묻자 정원, 그러니까
가게 주인이 한 대답이었다. 가게는 첫날에 비해선 꽤
많이 정리되어 있었다. 그사이 진열대가 들어와 바닥에
있던 앨범도 자기 자리를 찾아 올라가는 중이었다.

"그렇다면 일일이 한 장 한 장 파는 것보단 중고 LP
도매상 같은 데에 통으로 넘기는 게 낫지 않아? 깔세라
도 임대료를 내느니."

"그러네요. 미리 알았다면 그것도 방법이 되었을 수
있겠네요."

말은 그렇게 했지만, 정원의 속마음이 그렇지 않다
는 걸 원석은 미루어 짐작했다. 정원이 굳이 귀찮은 일

을 감수하면서 공간까지 임대한 이유는 아마도 누군지도 모르는 사람에게 내내 간직해 온 LP를 통째로 넘기기보다는 그래도 자기 손으로 새 주인에게 앨범을 건네고 싶었기 때문이었을 거다. 어떤 사람들은 종종 별 의미 없는 일에 목숨까지는 아니어도 불편 정도는 감수하는 법이니까.

원석이 보기에 정원은 어딘가 나사가 하나 빠져 있든지 풀려 있었다. 그런데 이상하게도 그런 정원을 보며 원석은 마음 한구석이 편안해졌다. 사실 그가 그동안 만나왔던 사람들은 하나같이 가시를 숨기고 있었다. 언제고 기회만 된다면 숨겨뒀던 가시를 드러내 원석을 찌르고 할퀴려는 사람들뿐이었다. 물론 그 모든 상황을 자초한 것은 그들이 아니라 원석 자신이었다. 원석은 누가봐도 위험한 기운을 뿜어내는 사람이었다. 그래서 사람들은 원석을 보면 본능적으로 두려움을 느꼈다. 원석은 그런 상황을 최대한 이용하며 살아왔다. 그런데 정원은 달랐다. 정원은 원석을 두려워하지 않았다. 눈빛을 보면 알 수 있었다. 곁에서 지켜본 결과 정원의 눈빛은 누구에게나 평등했다. 아니, 엄밀히 말하자면 평등하지는 않았다. 정원은 유독 상처 입은 사람들을 알아봤고, 그들에게 따뜻한 눈길을 보냈다. 원석은 정원이 카론이 누구인지도 모르면서, 또 어떤 슬픔과 고통을 겪었는지도 모르면서 길을 잃고 헤매다 이상한 LP가게를 찾은 그의 상처를 한눈에 알아봤다. 어떻게 알아본 걸까?

"알아본 적 없어요. 다만……."

정원은 말의 뒤끝을 흐렸다.

"다만, 뭐지?"

원석은 물어놓고는 문득 추궁조로 들리지는 않았을까 정원의 표정을 살폈다.

"LP요."

다행히 정원은 여전히 예의 무심한 얼굴, 높낮이 없는 목소리로 말했다.

"사람들이 LP를 고르는 모습을 보면 어쩐지 그 사람의 마음이 보이는 거 같아요. 아니, 정확히는 저 혼자 그렇게 생각하는 거겠지만."

원석은 자신이 멜러니 사프카의 음반을 집어 들었을 때 어떤 마음이었는지를 잠시 떠올려봤다. 그리고 고개를 끄덕였다. 의외로 상식적인 대답이라고 생각했다.

원석은 이상한 LP가게를 알기 전, 아침에 잠에서 깨면 대충 씻고 집을 나와 목적지도 없이 걸었다. 그렇게 종일 걷다가 더는 걸을 수 없어질 때쯤이면 집으로 돌아갔다. 그런 날이 벌써 몇 날 며칠째인지도 잊어갈 무렵, 잠시 걸음을 멈추게 된 곳이 바로 정원의 중고 LP가게 앞이었다. 그리고 그다음 날, 원석은 정말 오랜만에 목적지를 정하고 집을 나섰다. 그리고 그다음 날도. 또 그다음 날도. 원석의 목적지는 매번 같았다.

원석이 쉰 살이 넘어 어렴풋이나마 깨닫게 된 건, 이 나이가 되도록 제대로 아는 게 아무것도 없다는 사실이었다. 하지만 제대로 된 깨달음이 아니더라도 인생을 살면서 알게 된 게 아예 없을 리는 없었다. 이를테면『도덕경』에 나오는 고사성어가 진실임을 몸소 체험하고 있다거나. 천망회회 소이불루天網恢恢 疎而不漏라, 하늘의 그물은 크고 넓어서 성긴 듯 보이지만 결코 놓치는 법이 없다고 하지 않나. 온갖 나쁜 짓을 하면서도 운 좋게 요리조리 빠져나왔다 싶었는데 결국엔 하늘이 쳐놓은 그물에 걸려든 상황. 바로 지금 원석의 신세가 그랬다.

그리고 또 하나. 원석이 젊은 시절 좋아했던 밴드 러

시가 그저 성공한 하드 록 밴드가 아니라 선각자였다는 사실도 뒤늦게 깨달은 것 중 하나였다.

원석은 문득 러시의 「워킹 맨Working Man」을 떠올렸다. 일만 하느라 정작 제대로 된 삶을 살 시간 따윈 없었던 지난날. 그때 조금만 생각을 달리했더라면. 만약 그랬다면 원석의 삶도 지금처럼 헛되이 느껴지지는 않았을지도⋯⋯. 하지만 원석은 알고 있다. 지금의 후회는 오로지 자신의 어리석은 선택 때문이라는 것을. 뒤늦게 회한에 빠진 원석에게 러시의 또 다른 곡 「서브디비전스Subdivisions」가 떠올랐다. 그들은 노래를 통해 외쳤다. 순응하라고, 그렇지 않으면 버림받는다고. 그게 도시의 법칙이었다. 원석은 본능적으로 그 법칙을 깨달았다. 하지만 버림받지 않기 위해 순응하며 살고 싶지는 않았다.

바로 그게 문제였다. 원석은 일찌감치 자신만의 법칙을 세우고 그에 맞춰서 도시에서 살아남겠다고 결심했다. 자신이 잘못된 선택을 했음을 알아챈 것은 그로부터 별로 오래 지나지 않았을 무렵이었다.

정원

🎧

친구

아무리 그간의 삶이 마음먹은 대로 풀린 적이 없었다고 해도 정원에게 있어서 지난 반년의 시간은 심해도 너무 심했다. 매일매일 예상치 못한 일에 부대끼고 갈등을 해결하느라 도무지 정신을 차릴 수가 없었다. 그렇게 제정신 아닌 상태로 지내다 보니 6개월이란 시간이 단숨에 흘러가 버렸다. 그사이 정원은 진짜 자영업자가 되어 있었다. 당연히 자살을 결심했다가 두세 달 후로 미뤘던 스스로와의 약속은 지키지 못했다. 일단 죽을 시간이 없었다. 그러기엔 바빴다. 그것도 너무.

아버지가 남기고 자신이 보탠 도합 6000장이 넘는 LP, 정확히는 6312장의 LP에 새 주인만 찾아주고 죽겠

다던 계획은 절반만 이룬 셈이었다. 마침내 LP는 다 팔
았지만 죽지는 못했으니까. 가진 LP들이 모두 새 주인
을 찾아갔는데도 불구하고 정원이 죽지 못한 건 가게에
여전히 그만큼의, 아니 그보다 훨씬 더 많은 LP판의 재
고가 다시 생겨났기 때문이다. 아이돌 그룹 플루토의 멤
버였던 카론 덕분에 정원의 미담이 온라인에 알려지면
서 처음엔 좋은 일에 써달라고 기증해 오는 LP들이 많
았다. 그런데 최근에는 주기적으로 LP를 팔러 오는 사
람들이 더 늘었다. 가게 경영 측면으로 보면 매출과 매
입, 판매와 제품 수급이 영업 시작 6개월 만에 최적의
균형을 이루고 있는 셈이었다. 그 과정에는 아르바이트
생으로 채용한 미래의 역할이 가장 컸다. 정원은 장사에
문외한이었지만 미래는 아니었다.

미래는 문예창작과를 전공했었는데 아무래도 그것만
으로는 불안했는지 복수전공으로 경영학을 선택했다.
학사 논문 주제는 'SNS를 활용한 우연한 마케팅 성공
담'이었다. 그래서인지 그녀는 아르바이트로 채용되자
마자 트위터와 인스타그램에 '이상한 LP가게' 계정을

만들고 '이상한 LP가게의 이상한 알바 일지'를 연재하기 시작했다.

정원은 SNS를 하지 않았지만 그녀의 계정을 통해 자연스럽게 이상한 LP가게 사장님으로 알려졌다. 이상한 LP가게 사장님은 훤칠한 키에 마른 체형으로, 음악에 해박하면서도 말수는 아주 적었다. 그리고 무엇보다 시급 2만 원을 제시한 제정신 아닌 자영업자였다. 네티즌들은 미래가 올린 글이 주작이라고 단정지었다. 만약 주작이 아니라면 사장이 미쳤다고.

그 와중에 순례차 가게에 다녀간 이들은 이상한 LP가게 사장의 제법 잘생긴 외모에 주목했다. 덕분인지 페이스북에는 정원의 팬클럽까지 생겨났다. 대부분 카론의 팬이기도 했지만, 정원의 선행 아닌 선행을 응원한다는 명분으로 가입한 회원이 1000여 명을 훌쩍 넘겼다는 소식에 정원은 어리둥절함을 넘어 현기증을 느꼈다. 도대체 뭐가 어떻게 돌아가는 건지. 왜 이런 만화 같은 현실이 자신에게 허락된 건지. 정원은 절대 허락한 적이 없다. 이런 상황이 어떤 의미인지는 몰랐으나 만약 신이 존재한다면 죽으려고 결심한 인간에게 하는 장난치곤 너무 심한 게 아니냐고 따져 묻고 싶었다.

한편 미래는 자신이 학사 논문에 썼던 'SNS를 활용한 우연한 마케팅 성공담'이 마침내 현실이 되었다고 흥분했다. 그리고 미래는 정원의 귀에 대고 이렇게 속삭였다. 우연이라고 했지만, 사실은 필연이라고. 세상에 우연은 없다고. 그리고 호탕하게 웃어젖혔다. 더 이상 인데놀의 힘을 빌리지 않아도 되는 현실에서 미래는 열두 살 이후 거의 처음으로 낯선 감정을 경험했다. 그건 바로 불안이 제거된 편안함이었다.

$\diamondsuit$

큰 별이 졌다.

어쩌면 식상한 문구지만 고 김민기의 죽음을 말하는 데 그보다 더 적확한 문장도 없을 것 같다. 평소에도 찾는 사람들이 적지 않았지만, 그의 부음이 알려진 후로 LP가게를 찾는 순례자들은 하나같이 고인의 앨범을 찾았다.

검푸른 바닷가에 비가 내리면

어디가 하늘이고 어디가 물이오

그 깊은 바닷속에 고요히 잠기면

무엇이 산 것이고 무엇이 죽었소

「친구」는 고인이 1971년 발표한 앨범에 수록되어 있었다. 훗날 인터뷰에서 그는 열아홉 살, 고등학교 3학년 때 보이스카우트 야영 중 사고로 후배를 잃었다고, 당시 행사를 진행했던 집행부의 무성의한 일 처리에 분노를 느껴 서울로 가는 기차 안에서 상념에 잠긴 채 곡을 썼다고 밝혔다.

정원은 친구가 많지 않았지만 친구의 소중함을 의심한 적은 없었다. 하지만 요즘 세상에서 친구의 중요성에 대해 말하는 사람은 많지 않다. 오히려 그 반대편에 서서 하는 이야기에 사람들은 고개를 끄덕인다. 그래서인지 부모들도 자식을 키우며 좋은 친구를 많이 사귀라는 말보다는 나쁜 친구를 사귀지 말라는 말을 더 많이 한다. 시간은 누구에게나 한정되어 있으니 친구와 보냈을 시간을 좀 더 가치 있는 일에(그게 무엇이든) 소비한 이들은 상대적으로 눈에 보이는 성과를 실제로 얻었을 가능성이 높다. 예를 들면 공인된 자격증이라든가 통장 잔고처럼. 하지만 반대의 경우에 만들어진 건 눈에 보이지 않는다. 그러니까 시간과 함께 숙성된 진한 우정 같은 것 말이다.

정원 역시 그와 같은 현실을 부정하고 싶지는 않았다. 실제로 정원은 '친구무용론'을 펼치는 사람들처럼 살았다. 한참 친구와 어울릴 시간에 일을 하거나 음악을 듣거나 책을 봤으니까. 누군가는 그게 남는 거라고 말해줄지 모르지만 정원은 그래서 자신의 인생이 더 풍요로워졌다고 생각하진 않았다. 만약 음악과 책에 홀로 빠져 있던 시간 일부를 친구를 사귀는 데 썼더라면 어땠을까? 부모를 허무하게 떠나보낸 후, 정원에게는 동생 정안만이 삶의 전부였다. 그래서 정안이 떠난 후에는 더 이상 삶을 이어나가야 할 동기도 계기도 찾지 못했다. 그때 문득 그런 생각이 든 것이다. 혹시 친구가 있었다면 달라지지 않았을까? 달라질 그게 무엇이든 말이다. 그래서 정원은 친구를 필요로 하지 않는 이들은 '아쉬운 게 없는 사람'이라고 생각했다. 하지만 그럴 리가.

이를테면 노벨문학상을 받은 세계적인 작가에게도 친구는 필요한 법이다. 영화 「일 포스티노」에서 칠레의 민중시인 파블로 네루다와 그의 우편배달부가 나눈 우정 같은 것 말이다.

그러고 보니 「일 포스티노」의 영화음악 작곡가 루이스 바칼로브는 이탈리아의 프로그레시브 록 밴드 뉴 트롤스의 음반 제작자였다. 가만, 뉴 트롤스 앨범은 재고가 있던가? 앨범이 있는지 확인하러 가다가 정원은 문득 멈춰 섰다. 뭐지? 전에는 음악이 좋아서 듣기만 했는데 이젠 팔아볼 생각으로도 듣는다. 설마 어느새 직업병 같은 게 생겨버렸나? 정원은 자신이 6개월 전, 이 우주에서 사라졌을 수도 있는 존재였다는 사실이 믿어지지 않았다.

그날 밤에는 비가 내렸고, 정원은 뉴 트롤스의 앨범 대신 1992년 여행스케치의 3집 앨범 『세 가지 소원』을 턴테이블 위에 올려놓았다. 앨범에는 「왠지 느낌이 좋아」나 「국민학교 동창회 가던 날」 등 좋은 곡들이 많지만, 정원은 생전에 아버지가 유독 좋아했던 「옛 친구에게」가 듣고 싶었다. 어쩌면 마침 비가 내리고 있어서인지도 몰랐다.

이렇게 비가 내리는 밤엔
난 널 위해 기도해
아직도 나를 기억한다면
날 용서해 주오

「옛 친구에게」는 얼마 전 오디션 프로그램에 참가한 어느 무명 가수가 불러 다시 인기를 끌기도 했다. 덕분에 가게에는 여행스케치의 앨범을 찾는 이들이 부쩍 늘었다. 정원은 노래를 들으며 아버지를 생각했다.

옛날 작은 무대에서 함께 노래한
정다웠던 친구를 두고 난 떠나왔어
서로를 위한 길이라 말하며
나만을 위한 길을 떠난 거야

정원은 노래를 듣다 문득 아버지의 친구가 떠올랐다. 아버지가 그렇게 황망히 세상을 떠난 후, 이렇게 될 줄 이미 알고 있었다는 듯 담담한 얼굴로 찾아와 변호사 명함을 건네던 아버지의 옛 친구. 아버지의 채무를 상속 포기한 후 온전히 사망보험금을 받게 해주겠다고 했던 사람. 어쩌면 아버지가 좋아하던 「옛 친구에게」의 옛 친구가 그 변호사 아저씨는 아니었을까…….

지난 내 어리석은, 이젠 후회는
하지만 넌 지금 어디에

물론 정원으로서는 영영 알 수 없었다. 친구라고 해서 나이가 꼭 비슷할 필요는 없다. 원석은 나이가 많고 두만과 미래는 정원보다 어렸다. 다림과는 엇비슷한 또래였지만 다림의 열한 살 난 아들 시아와도 정원은 기꺼이 친구가 됐다. 그들 모두가 정원이 이상한 LP가게를 통해 새롭게 만난 친구들이었다. 가족은 선택할 수 없지만, 친구는 선택할 수 있다. 가족은 운명의 끈으로 이어져 있지만, 친구는 서로를 선택하고 또 언제든 돌아설 수 있는 관계다. 그런데, 그런데…… 정말 이상한 일이었다. 어느 순간부터 친구라고 여겼던 LP가게의 사람들이 정원에게 마치 가족처럼, 운명처럼 느껴졌기 때문이다. 동시에 먼저 떠나보낸 동생은 오히려 친구처럼 느껴지기도 했다. 혈연이 아니어도 서로 선택하고 아낌없이 사랑을 나눌 수 있었을 존재, 그래서 역시 소중한 존재. 가족이든 친구든 의미는 조금씩 달라도 그들 모두를 **사랑하고** 있음을 정원은 점차 깨달아가고 있었다.

미래

🎧

깨진 그릇

"미래 씨, 오늘 첫 음반은 미래 씨가 골라줄래요?"

"넵!"

오전 10시, 정원의 말에 미래가 턴테이블 위에 음반을 올리고 바늘을 내려놓았고, 곧이어 재즈 명곡 「스트레인지 프루트Strange Fruit」의 노랫가락이 울려 퍼졌다. 그런데 지금 들리는 곡이 빌리 홀리데이가 부른 원곡이 아니라 영국 출신 싱어송라이터 게리 파의 커버 버전인 걸 안 정원은 살짝 미소 지었다. 혹시…… 미래도 1960~1970년대 음악을 좋아하는 꼬마에게 동화되어가는 걸까?

언젠가는 가족에게서 떨어져 혼자만의 삶을 살게 되리라고, 미래도 당연히 생각했다. 하지만 이런 식으로 헤어져 살게 될 거라곤 생각하지 않았다. 미래의 부모는 이혼했다. 두 사람은 이혼을 결심한 후 미래에게 너도 다 컸으니 생각을 존중해 주겠다며 누구와 살고 싶은지 물었다. 그들은 결혼을 후회하고 있었다. 둘 중 한 명이 바람이 났다거나 그런 이유는 아니었다. 어른들의 이야기니 100퍼센트 다 알 수는 없지만, 미래가 느꼈을 때 둘의 이혼은 '피곤'이 원인이었다. 두 사람은 함께 살면서 오래도록 피곤했고 마침내 더는 행복한 느낌을 공유할 수 없게 되었다는 걸 인정했다. 엄마는 어느 날 자신을 보고는 웃지 않던 남편이 밖에서 사람들과 어울려 환하게 웃는 모습을 우연히 보고 결심을 굳혔다. 아빠도 마찬가지였다. 언젠가부터 늘 감정 없이 무표정하던 아내에게 전화한 일이 있었다. 하필 그날 핸드폰이 고장 나 동료의 전화를 빌렸었다. 그런데 수화기 너머에서 들려오는 아내의 목소리가 너무 낯설었다. 전화를 건 이가 자신임을 알았다면 절대 나오지 않았을 밝고 경쾌한 목소리였다. 그날 아빠 역시 마음을 정했다.

미래는 두 사람이 그렇게 된 데 자신의 책임이 절반은 있다고 생각했다. 자신이 어렸을 때 조금만 더 정신적으로 단단했다면 그 시절 부모의 피곤을 어느 정도 덜어줬을 수도 있었을 테니까. 하지만 이제 와서 다 무슨 소용인가도 싶었다. 이미 깨진 그릇은 그릇이 아니라 파편일 뿐인데.

미래가 고등학교 2학년 때였다. 둘은 속전속결로 이혼했고 미래는 엄마와도 아빠와도 살기 싫다고 했다. 두 사람은 미래의 자유의지를 존중해 시골 외할머니 집으로 미래를 내려보냈다. 그렇게 가족은 해체됐다.

부모의 이혼으로 좋아진 것도 있었다. 미래는 마침내 어릴 적부터 겪던 정신적 혼란을 조금 가라앉힐 수 있었다. 열두 살 때 겪은 참사의 생존자로서 트라우마로부터 완전히 벗어난 건 아니었지만, 그래도 일상생활을 위협할 정도의 어려움에선 벗어난 것이다. 어쩌면 충분히 위로받지 못했지만 더 이상 위로받을 수 없다는 현실을 받아들이자 몸과 마음이 자정작용을 일으킨 게 아닐까 하고도 생각했다. 살아야 하니까. 살아남아야 하니까.

미래가 초등학생 때 벌어진 일이었다. 반 아이들 모두를 태운 전세 버스가 수련회 장소인 강원도로 향하고 있었다. 아침부터 비가 많이 내려 걱정은 됐어도 설마 그렇게 큰 사고가 날 줄은 누구도 몰랐다. 대형 교통사고였고 희생자가 많이 나왔다. 미래는 사흘 만에 의식을 회복했지만 버스에 함께 탔다가 끝내 돌아오지 못한 친구들 때문에 커다란 충격을 받았다. 그래도 미래의 아빠와 엄마는 딸을 잃지 않았다는 사실에 평소 찾지도 않던 신에게 감사기도를 드렸다. 자식을 잃고 하늘을 원망하는 사람들 틈에 끼어서 말이다.

미래는 회복하는 과정에서 한동안 자신이 겪은 사고를 제대로 기억해 내지 못했다. 의사는 외상 후 스트레스 장애라며 곧 괜찮아질 거라고 말했다. 하지만 미래의 기억은 의사가 예상한 것처럼 쉽게 돌아오지 않았고, 대신 미래는 종종 망상에 시달린다거나 선 채로 잠이 드는 등의 이상 증세를 보였다. 병원에 갈 때마다 의사는 미래의 부모에게 기다려줘야 한다고 했다. 엄마와 아빠의 피곤은 그 기다림 속에서 차곡차곡 쌓이기 시작한 것이리라.

예분

🎧

서핑 유에스에이

예분은 이제 '예분 씨'로 불린다. 예분 씨가 자신의 이름을 되찾은 건 평생 몸담았던 일터에서 퇴직한 후부터다. 그 전에는 직함으로 불렸다. 주임님으로 불리다 대리님으로 불렸고, 그 사이에 주무관으로 불리기도 했다가, 과장님과 부장님 등을 거쳐 최종적으로는 관장님으로 꽤 오랫동안 불렸다.

예분 씨는 현재 풍진동 작은 도서관의 계약직 바리스타면서 임시 사서다. 바리스타가 먼저인지 임시 사서가 먼저인지 묻는다면 바리스타가 먼저다. 퇴직 후 시니어를 위한 재취업 프로그램에서 바리스타 교육을 받고 자격증을 딴 예분 씨가 30번쯤 이력서를 낸 후 재취업에 성공한 곳은 작은 구립도서관이었다. 예분 씨는 자신이 새로 출근할 직장이 도서관이란 사실이 운명처럼 느껴졌다. 무슨 일을 하든 도서관을 벗어날 수 없구나, 하고.

예분 씨는 3년 전 서울에서 가장 큰 구의 구립도서관 관장으로 명예퇴직했다. 1980년대 초 학번으로 문헌정보학과를 나와 한 고등학교의 도서관 사서로 첫 사회생활을 시작했으니 예분 씨의 삶은 크게 한 바퀴 돌아 다시 제자리로 온 셈이었다. 물론 처음에는 사서가 아니라 바리스타로 뽑혔다. 그런데 원래 일하던 사서가 출산휴가를 떠나자 도서관은 새로 사람을 채용하는 대신 전직 도서관장이었던 예분 씨에게 임시 사서직까지 맡긴 것이다.

예분 씨는 가끔 빙글빙글 돌아가는 레코드판을 볼 때마다 그게 마치 자신의 인생 같다고 생각했다.

풍진동의 작은 도서관은 이름처럼 정말 작아서 책도 많지는 않았지만 예분 씨는 그래도 책과 함께 일하는 시간을 사랑했다. 최저임금 수준을 절대 넘기지 않는 박봉에도 예순을 넘긴 나이에 책과 함께 일하고 돈도 벌

수 있으니 그저 감사한 일이라고만 생각했다. 다만 얼마 전부터 선거 때 구청장이 바뀌면 작은 도서관이 없어질 수도 있다는 흉흉한 소문이 돌았다. 아니나 다를까, 그런 슬픈 예감은 여지없이 들어맞았다. 구청장은 선거에서 져 연임에 실패했고, 새 구청장은 전임의 치적이든 흔적이든 모두 싹 다 없애는 일을 과업으로 삼았다. 덕분에 예분 씨의 오늘은 도서관에서 근무하는 마지막 날이 되었다.

예분 씨는 내일 종말이 와도 오늘 사과나무를 심는 심정으로 도서관 출입구 쪽 책상에 앉았다. 가위와 칼, 자, 본드 등을 가지런히 늘어놓고 마치 외과의사가 수술을 집도하듯 능숙한 손놀림으로 파손된 책을 보수했다. 찢어진 표지를 잘라내고 새로운 종이를 덧댄 후, 접착제를 바르고 1.5킬로그램짜리 아령을 올려 고정하는 것으로 책 보수를 마쳤다. 이로써 찰스 디킨스의 『두 도시 이야기』는 사람들의 손길을 좀 더 맞이할 수 있는 컨디션이 됐다. 물론 도서관이 유지된다면 말이다.

예분 씨는 자신이 지금 한 일이 이 풍진세상에서 할 수 있는 그나마 의미 있는 일이라 생각했다.

♪

　마지막 근무를 마치고 돌아가는 길, 헛헛한 마음을 가누지 못하던 예분 씨의 눈에 이상한 LP가게가 들어왔다. 아니 정확히는 음악 소리가 그녀의 관심을 먼저 끌었다. 희미하게 노래가 흘러나오는 곳을 바라보자 그곳에 이상한 가게가 있었다. 언제 이런 곳이 생겼지? 풍진동 작은 도서관에 출근하는 8개월 동안 매일 아침저녁으로 그 앞을 자주 지나다녔는데, 중고 LP가게가 있는 줄은 오늘 처음 알았다.

　예분 씨는 가던 걸음을 돌려 이상한 LP가게의 문을 밀고 들어갔다. 밖에서 희미하게 들리던 노랫소리가 가게 안을 가득 메우고 있었다. 그리고 예분 씨는 순간 그 소리와 함께 다른 세계로 이동했다. 예분 씨는 발밑을 내려다봤다. 하얀 포말이 밀려와 발목을 적셨다. 고개를 드니 앞에는 코발트빛 바다가 펼쳐져 있었고, 파도 끝에 올라탄 서퍼들이 두 팔을 펼친 채 균형을 잡고 멋지게 서핑을 하고 있었다. 귓가에 계속해서 들려오는 노랫소리는 「서핑 유에스에이Surfin' U.S.A.」였다.

"선생님! 뭘 좀 도와드릴까요?"

"선생님, 괜찮으세요?"

뒤늦게 정신이 돌아온 예분 씨가 지그시 감고 있던 눈을 뜨자 정원과 미래가 걱정스러운 표정으로 자신을 바라보고 있었다.

"방금 나온 팝송, 비치 보이스의 노래 맞죠? 어렸을 때 정말 많이 들었는데. 그땐 서핑은 미국에서만 할 수 있는 건 줄 알았더니만 요즘에는 동해에도 서핑하는 사람들이 그렇게 많다면서요. 그리고 난 선생님이 아니랍니다. 이름으로 불러줘요. 내 이름 예분이에요. 그러니까 예분 씨, 하고 불러요."

예분 씨는 어렸을 때 이사를 자주 다녔다. 아버지가 군인이어서 부대가 바뀔 때마다 1년이 멀다 하고 이사를 다녔고 주로 관사에서 지냈다. 그러다 보니 친구를 오래 사귈 기회가 없었다. 정이 들 만하면 아쉬운 이별을 반복하다 보니 어느 때부턴가 차라리 친구를 만들지 않게 됐다. 외로웠던 시절, 예분 씨를 위로해 준 것은 바

265

로 AFKN, 즉 주한미군방송이었다. 말하자면 예분 씨는 'AFKN 키드'였다. 당시에는 공중파 방송이 단 두 개뿐이었고 그나마도 시간이 제한되어 있었지만, AFKN에는 종일 방송이 나왔고 무엇보다 영어 방송이라 회화 공부를 핑계로 보는 이들도 많았다. 하지만 예분 씨가 AFKN에 빠졌던 결정적인 이유는 방송을 통해 태평양 너머 미국이라는 나라를 구경할 수 있어서였다. 군인 아버지의 영향으로 지극히 엄하고 딱딱한 분위기에서 자란 예분 씨에게 유일한 해방구는 바로 AFKN이었다. 그리고 AFKN을 통해 비치 보이스를 만났다. 사실 경쾌한 음악은 덤이었다. 텔레비전 화면에 펼쳐진 캘리포니아의 햇살과 푸른 바다, 그리고 그 속에서 서핑보드를 타고 파도 끝에 올라 자유를 즐기는 이국의 젊은이들을 보면 왠지 가슴 한구석이 시원해지면서 살 거 같은 느낌이 들었다. 예분 씨에게 AFKN과 비치보이스의 음악은 말 그대로 해방구였던 것이다.

그날 이후 예분 씨는 이상한 LP가게의 단골손님이 됐다. 그리고 그 덕분에 LP가게 사람들은 놀라운 사실을 알게 됐다. 원석이 사실은 존댓말도 할 줄 아는 사람이라는 것. 어쩐 일인지 원석은 예분 씨 앞에서는 얌전한 고양이가 됐다. 그렇게 예분 씨는 빠르게 LP가게의 풍경에 녹아들었다. 마치 아주 오래전부터 이미 그 풍경 속에 있던 것처럼.

$$\oint$$

창가에 오전 햇살이 비쳐들었다. 바람은 살살 불어와 창밖의 나뭇잎을 흔들었다. 예분 씨는 우연히 발견한 이상한 LP가게에서 음악을 들으며 언젠가 바다에 나가 서핑하는 자신의 모습을 머릿속에 그려보았다. 비가 오고 바람이 세차서 바다에 나갈 수 없을 때면 해물이 잔뜩 들어간 파전을 부치고 직접 빚은 막걸리를 곁들여 마셔야지. 날이 개면 서핑보드를 들고 바다로 나가고. 그러면 아마도 동네 사람들은 그럴 거다. 예분 씨가 서핑하러 가는 날마다 동네 최장수 서퍼 기록이 갱신된다고. 예분 씨는 혼자 슬그머니 미소를 지었다.

이상한 LP가게에는 정원이 틀어놓은 비치 보이스의 「굿 바이브레이션스Good Vibrations」가 흘러나왔다. 지그시 눈을 감은 예분 씨의 귓가엔 파도가 치고 있을 것이다. 정원은 그런 예분 씨를 바라보며 문득 LP가게를 열길 잘했다고 생각했다.

정원

🎧

꿈을 꾼 후에

　정안은 고등학생 시절, 미술 시간에 선생님으로부터 사이 트웜블리라는 이름의 화가에 대해 들었다. 현대 추상미술의 흐름을 설명하는 중에 나왔던 이야기로 기억한다. 정원은 처음 그의 그림을 봤을 땐 저걸 과연 작품이라 불러야 하나 싶었다. 유치원 아이들의 그림 같기도 하고, 누군가 아무렇게나 끼적인 낙서 같기도 했기 때문이다. 실제로 찾아보니 한 유명한 미술 비평가는 그의 그림을 놓고 "우리 집 애도 그리겠다"라고 혹평을 한 적이 있었다고 한다. 하지만 그의 작품은 2015년에 세계 최대 미술 경매 회사인 소더비에서 7000만 달러, 한화로 800억이 훨씬 넘는 돈에 판매됐고, 베니스비엔날

레에서 명예 황금 사자상을 받기도 했다. 게다가 그보다 대중적으로 잘 알려진 장미셸 바스키아나 키스 해링이 그의 영향을 받았다는 이야기까지 듣고 나니 정안은 트 웜블리의 만년필로 대충 그린 거 같은 드로잉 작품들이 더는 하찮은 낙서로 보이지 않았다.

　모두가 원하는 대학에, 그것도 매우 우수한 성적으로 합격한 정안이 합격 소식을 들은 다음 날 바로 한 일은 친구들과 놀러 다니기도 아니고, 그동안 못 잔 잠 몰아 자기도 아니었고, 발 빠른 친구들이 섭외한 또래 예비 대학생들과의 소개팅도 아니었다. 정안이 다음 날 한 일 은 바로 아르바이트 구하기였다. 갓 나온 따끈따끈한 명 문대 합격증 덕에 다행히 과외 아르바이트를 구하는 일 은 어렵지 않았다. 하지만 형 정원이 알면 난리가 날 테 니 당연히 몰래 했다. 아마 알았다면 또 그랬겠지.

　"네가 돈을 왜 벌어! 돈은 내가 벌어. 넌 공부나 해. 왜, 용돈 모자라? 형이 줄게."

　안 봐도 본 것 같고 안 들어도 이미 다 들은 것 같은 잔소리. 정원은 자기가 형이 아니라 부모인 줄 안다. 나

이 차이가 한 열 살쯤 나면 또 모르겠지만 그렇지도 않
으면서. 항상 정원에게 받기만 했다고 생각한 정안은 자
기 힘으로 돈을 벌어 정원만을 위한 선물을 사고 싶었
다. 어떤 선물을 살지는 이미 정했다. 정안이 공부 스트
레스를 풀기 위해 한 번 본 시트콤을 무한 재생해 가며
봤다면, 정원이 일상의 스트레스를 풀기 위해 하는 일은
노트를 펼쳐놓고 조용히 무언가를 끄적이는 것이었다.
정원이야 그걸 스스로 낙서라고 말했지만, 정안은 종종
형의 노트를 보며 예술이 아닐까 생각하곤 했다.

정원은 주로 홍보용 문구가 새겨진, 어디서 받았는지
도 모르는 판촉용 볼펜을 사용하고 있었다. 어느 날 문
득 정안은 정원의 손에 싸구려 볼펜 대신 매끄럽고 고
급스러운 만년필을 쥐어주고 싶어졌다. 기왕이면 아무
데서나 살 수 없는 한정판 만년필이면 더 좋았다. 그래
야 정원의 손에 어울린다고 생각했다.

𝄞

이상한 LP가게의 오픈 시간은 오전 10시다. 하지만

정원은 보통 그보다 한 시간 전에 가게에 도착한다. 문을 열어 환기를 시키고 가게 앞 주변을 간단히 청소한 후, 건물 뒤편에 마련해 둔 길고양이 급식소에 고양이 밥과 물을 갈아준다. 그리고 가게로 돌아와 턴테이블 위에 그날의 기분에 따라 눈에 들어온 첫 음반을 올려놓고 음악이 흐르는 동안 조용히 커피를 내린다. 고소한 원두 향이 가게 안을 가득 채우면 잘 내린 커피를 들고 책상 앞에 앉는다. 그러면 보통 10분 전에 출근하는 미래가 오기까지 15분 정도의 시간이 남는다. 그 시간 동안 정원은 노트를 펴놓고 낙서를 한다. 음악과 커피, 낙서. 요즘 정원의 정신 건강을 책임져 주고 있는 세 가지 요소다.

오늘 정원은 첼리스트 야노시 슈터르케르의 음반을 골랐다. 그는 생전에 무려 160장이 넘는 음반을 발매했다. 확인해 보지는 못했지만, 그보다 더 많은 앨범을 낸 첼리스트가 과연 있을지 의문이다. 그 말인즉슨 그의 음반을 다 들으면 클래식의 거의 모든 첼로 레퍼토리를 섭렵할 수 있다는 얘기와도 같다. 지금 흘러나오는 곡은 프랑스 작곡가 가브리엘 포레의 「꿈을 꾼 후에Après Un

Rêve」다. 이 곡은 포레가 스무 살 무렵 헤어진 연인 마리안 비아르도를 잊지 못해 그리워하며 만든 곡이라고 한다. 현실에는 이제 없는, 꿈속에서만 볼 수 있는 연인을 향한 애절한 사랑이 느껴지는 곡이다. 야노시 슈터르케르 말고도 수많은 첼리스트가 이 곡을 연주했지만, 정원은 유독 야노시 슈터르케르의 연주를 좋아했다. 정원은 대부분의 연주자들이 「꿈을 꾼 후에」를 연주하면서 이루지 못한 애절한 사랑의 감정을 최대한 표현하려 애쓴다는 느낌을 받았다. 그런데 야노시 슈터르케르의 연주에는 그런 의도된 감정이나 계산된 테크닉이 딱히 느껴지지 않았다. 그렇다고 아픔과 슬픔, 후회 같은 감정이 전달되지 않는 것도 아니었다. 오히려 그 반대였다. 그래서 그의 연주를 좋아했다.

정원은 정안이 선물한 라미 2000 한정판 만년필로 노트에 낙서를 시작했다. 먼저 방금 내린 커피 잔을 보고 그렸다. 선 하나로 중간에 끊지 않고 그렸다. 그리고 잔에 새겨진 고양이 로고를 따라 그리고, 그 위에 영어의 알파벳과는 조금 다른 'Après Un Rêve'를 썼다. '아픔'

'슬픔' '후회'라는 단어도 맥락 없이 노트의 빈 곳에 새겨졌다. '가브리엘 포레' '스무 살' '사랑'이라고 쓴 후에는 사랑 주위로 네모 테두리를 그렸다. 그리고 네모의 각 꼭짓점에서 연장선을 쭉 그리자 네모는 어느새 3D 형태의 입체감을 갖췄다. 계산된 생각 없이 노트 한 쪽을 이런저런 선과 면, 맥락 없는 글자로 가득 채우는 일이 정원의 낙서 행위였다.

오래전 정안은 정원에게 만년필을 선물하며 말했다. 이 만년필로 열심히 낙서하되 낙서한 노트는 절대 버리지 말라고. 이유를 물으니 정안은 정원의 낙서가 언젠가는 큰돈이 될 거라고 했다. 정원은 말도 안 되는 소리라고 했지만, 정안은 두고 보라며 자기가 그렇게 만들어줄 거라고 큰소리를 뻥뻥 쳤다. 정원은 노트 구석에 작은 공백을 찾아 이렇게 썼다.

약속
지켜질 수 없는……

야노시 슈터르케르가 연주한 「꿈을 꾼 후에」가 잦아

들었다. 며칠 전 정원은 정안을 꿈에서 만났다. 꿈속에서도 그게 꿈이라는 걸 알 수 있었다. 그래서 슬펐다. 꿈에서 깨고 싶지 않았다. 깨면 정안은 사라질 테니까.

정원은 더 이상 공백이 없는 낙서 천지의 노트 위에 또 썼다. 만년필의 매끄러운 촉이 이미 써진 글과 선 위로 마치 얼음 위의 스케이트 날처럼 삭삭 소리를 내며 지나갔다.

보고 싶다

정안이

내 동생

𝄞

미래는 이상한 LP가게에서 아르바이트로 일하기 시작한 첫날, 30분 먼저 가게에 도착했다. 미리 와서 실내도 정리하고 가게 밖에 떨어진 담배꽁초나 낙엽도 청소할 생각이었다. 하지만 그럴 필요가 전혀 없었다. 정원이 매일 아침 자기보다 일찍 나와서 그 모든 일을 마쳐 놓았기 때문이었다. 미래는 정원에게 자신이 더 일찍 나와서 가게 열 준비를 할 테니 사장님은 앞으로 천천히 나오셔도 좋다고 했다. 하지만 정원은 미래에게 가게 청소는 자신이 아르바이트를 채용할 때 업무 목록에 넣어두지 않았다고 정리해 줬다. 그리고 정시에 맞춰 출근해 주면 고맙겠다고 덧붙였다. 정원은 한눈에 봐도 평소 필요한 말 이외에는 잘 하지 않는 스타일이 틀림없어 보였다. 미래는 더 따지지 않고 사장님의 말씀을 따랐다.

오전 9시 50분, 미래가 출근하자 정원은 막 나갈 채비를 하고 있었다. 세무사 사무실에 직접 건네줘야 할 자료가 있다고 했다. 빨리 끝내고 점심 전에는 돌아올 거라는 정원에게 미래는 천천히 오셔도 된다고 하며 웃음기 섞인 얼굴로 굳이 한마디를 더 덧붙였다.

"이왕 나가신 김에 더 놀다 오셔도 된다고요. 애인을 만나시든지 친구를 만나시든지……."

한 달 넘게 지켜본 결과 정원은 매일 아침 최소한 한 시간 먼저 출근해 종일 가게에 머문다. 쉬는 날도 없이 새로 들어오는 음반을 정리하고 일일이 앨범 리뷰를 달고 LP에 대해 궁금증이 생긴 손님들의 다양한 질문(음악에 관해 물어오는 질문이 40이라면 나머지 60은 LP의 물리적 특성, 턴테이블이나 스피커 등 주로 하드웨어적인 질문들이었다)에 답했다. 그중에는 대답하기 귀찮은 질문이나 기본적인 것도 알아보지 않고 다짜고짜 묻기부터 하는 수준 이하의 질문도 섞여 있었지만, 정원은 단 한 번도 답답해하거나 싫은 티를 내지 않고 매번 조곤조곤 성실하게 답했다. 정원은 일찍이 카론이 말한 것처럼 다정한 사람이 맞았다. 하지만 사적인 관계에 한정한다면 정원은 자기 앞에 매우 견고한 담을 쌓아두고 있었다. 미래는 그 담 너머가 조금은 궁금했다.

"진짜 나 놀다 온다. 두말하기 없기. 그럼 나 올 때까지 가게 장사 잘 부탁해!"

넉살 좋은 가게 사장이면 아르바이트생에게 그렇게 대꾸하지 않았을까? 하지만 정원이 그럴 리가.

"애인 없습니다. 이 시간에 따로 만날 친구도…… 없고요."

정원이 일을 보러 나간 후 미래는 가게에 혼자 남아 생각했다. 거리감을 줄여보기 위해 슬쩍 시도해 본 농담으로 오늘 정원에 대해 최소한 두 가지는 알게 됐다. 하나는 애인이 없다는 것, 그리고 아무 때나 불러내 만날 친구도 일단 없다는 것. 하나 더 있다. 농담을 다큐로 받는 사람이라는 것도.

미래가 전날 새로 입고된 음반을 정리하는 동안 순례자들이 들어오고 또 나갔다. 원석은 어쩐 일인지 오늘은 보이지 않았고 대신 풍진동 도서관이 문을 닫은 이후로 LP가게에 매일 출근하는 예분 씨가 있었다. 예분 씨는 햇살이 반쯤 비쳐드는 구석 자리에 앉아 그날 산 LP를 틀어달라고 하고는 가게 안에 음악이 울려 퍼지는 동안 책을 읽었다. 미래는 문득 예분 씨가 있는 풍경이 데이비드 호크니의 그림 같다고 생각했다.

"미래 씨, 안녕!"

다림이 하이 톤으로 인사하며 들어섰다. 다림은 들어서자마자 가게 안을 둘러봤다. 정원을 찾는 것 같았다.

"안녕하세요, 변호사님! 오늘은 어떤 일로 오셨어요?

사장님은 방금 일 보러 나가셨는데."

다림은 살짝 실망한 표정을 숨기지 않았다.

"이런, 정원 사장님 커피 마시고 싶어서 온 건데."

언젠가 정원이 내려준 커피를 마신 후 다림은 태어나 맛본 커피 중 최고라고 극찬을 한 바 있다. 그러고는 파는 커피도 아닌데 수시로 들이닥쳐서는 정원에게 커피를 내려달라고 하곤 했다. 물론 커피값을 내겠다고 고집을 부렸지만 그렇다고 순순히 돈을 받을 정원은 아니었다. 결국 중간에서 미래가 타협안을 제시했다. 정원이 커피를 내려주면 다림은 커피값을 지불하되 그 돈을 모아서 정원이 후원하는 유기 동물 보호소에 전달하는 것으로. 타협안에 대해서는 다림과 정원 둘 다 이의를 제기하지 않았다. 그 후로 다림은 시도 때도 없이 1층으로 내려와 정원을 찾았고, 미래는 타협안을 제시하지 말걸 그랬나? 하고 살짝 후회했다.

"아쉬운 대로 제가 한 잔 내려드릴까요?"

"그래도 될까?"

그리고 잠시 후, 미래가 내려준 커피 맛을 본 다림은 고개를 끄덕였다.

"어때요? 제가 내린 것도 맛있죠?"

"음, 뭐랄까. 미래 씨가 내린 커피는 그냥 커피네."

"에이, 그럼 사장님이 내리는 커피는 그냥 커피가 아니고요?"

"응. 커피는 커피인데 커피 이상의 뭔가가 있지. 그게 뭐냐고는 묻지 마. 나도 잘 모르니까."

다림은 미래가 내려준 커피를 들고 어슬렁어슬렁 새로 들어온 음반들을 구경하는 것 같더니 어느새 비어 있는 정원의 자리에 가서 앉아 있었다. 깔끔하게 정리된 책상 위를 호기심 어린 눈으로 살펴보던 다림이 연필꽂이에서 만년필을 하나 뽑아 들었다. 요즘 세상에 만년필을 쓰는 사람이라니. 왠지 정원에게 어울린다고 생각했다. 다림은 만년필 뚜껑을 열고 책상 위에 놓인 포스트잇을 하나 떼어냈다. 한번 써보려는 것이었다. 그런데 그때였다. LP가게의 문이 열리며 정원이 들어섰다. 다림은 순간 나쁜 짓을 하다 들킨 사람처럼 놀라서 벌떡 일어섰고, 거의 동시에 정원의 시선이 다림의 손에 들린 만년필에 가닿았다. 정원은 성큼성큼 다림을 향해 다가왔다. 평소 정원의 몸짓과는 사뭇 달랐다. 다림도 그걸 느낀 듯 당황했지만, 그때까지만 해도 뭐가 잘못된 건지는 아직 몰랐다.

"사장님! 이거 라미 2000, 한정판 맞죠? 저도 만년필 엄청 좋아해서 잘 알아요."

다림이 짐짓 명랑하게 말했지만, 정원은 평소 표정을 딱히 드러내지 않던 사람치고는 누가 봐도 잔뜩 상기된 얼굴이었다. 정원은 다림에게 손을 내밀었다. 만년필을 달라는 몸짓이었다. 그런데 다림은 오히려 만년필을 자신의 코앞으로 가져갔다. 만년필 안쪽에 새겨진 문구가 그제야 눈에 띄었기 때문이다. 다림은 중얼중얼 그걸 읽었다.

"정안이 정원에게?"

다림은 뒤늦게 정원과 눈을 마주치며 물었다.

"선물 받으셨나 봐요? 혹시……."

이름이 비슷한 걸 보니 형이 줬나 봐요? 아니면 동생? 친구는 아닐 테고. 왜 친구는 아니냐고요? 글쎄요, 제 편견인지는 몰라도 남자들끼리 만년필을 선물해 주고 그럴 것 같지는 않아서요. 그럼 애인인가? 다림은 다음에 할 말을 입안에 잔뜩 가지고 있었다.

다행히도 그 말들은 입 밖으로 나오지 못했다. 그 전에 정원이 다림에게서 만년필을 낚아챘기 때문이다. 놀란 다림은 그만 만년필을 놓쳤고, 그다음에는 어색한 풍경이 이어졌다.

다림이 떨어뜨린 만년필을 주우려 했으나 정원이 먼저였다. 만년필을 손에 쥔 정원은 시선을 내리깐 채 고개만 꾸벅하고는 누가 봐도 화난 사람처럼 황급히 자리를 피했다.

그날 오후 늦게 정원이 2층 다림의 사무실을 찾았다. 다림은 어색한 얼굴로 정원을 맞았다. 정원이 먼저 입을 뗐다.

"동생이에요."

"네?"

"만년필이요."

정원의 손에 아까의 그 만년필이 들려 있었다.

"내 동생 이름이 정안이에요. 대학 들어가자마자 저 몰래 과외 알바를 했나 봐요. 공부를 아주…… 잘했거든요. 중고등학교 내내 전교 1등을 딱 한 번 놓쳤어요.

공부 빼면 유일한 취미가 시트콤 보기였는데 하필 좋아하던 시트콤이 결말이 새드 엔딩으로 났다나 봐요. 그래서 그때만 시험을……. 아, 그런 얘기를 하려던 건 아니고……. 공부만 열심히 하라고 했는데 말도 안 듣더니, 첫 과외비 받아서 저한테 사 준 선물이 이거예요. 저한테 만년필을 사 주고 싶었대요."

"동생분이랑 사이가 아주 좋았었나 봐요."

다림의 말에 정원의 눈빛이 흔들렸다. 순간 다림은 자신의 실수를 알아차렸다. '사이가 좋은가 봐요'가 아니라 '좋았었나 봐요'라고 과거형으로 말했다. 왜 그랬을까? 사실 다림의 잘못은 아니었다. 어쩐지 정원의 이야기는 현재진행형이라고는 들리지 않았기 때문이다.

"네. 좋았어요. 그것도 아주 많이요. 부모님이 떠난 후에는 둘밖에 없었으니까요."

"아……."

"그런데 떠났어요. 작년에 사고로……. 시간이 참 빠르네요."

다림은 마음 한구석이 쿵 하고 내려앉는 것 같았다.

"죄송해요."

"아뇨. 제가 사과하러 온 거예요. 아까 너무 예민하게 굴었죠? 당황하셨을 거예요. 미안합니다."

정원은 예의 바르게 고개를 숙였다.

"사과라뇨. 제가 무례했어요. 정원 씨한테 소중한 물건인데 제가 마음대로 허락도 없이. 정말 죄송해요."

다림은 자리에서 일어나 경쟁하듯 더 정중하게 고개를 숙였다. 정원은 다림에게 만년필을 건넸다.

"한번 써보실래요? 이거 한정판 맞아요."

다림은 더없이 조심스레 정원이 건넨 만년필을 받아들었다. 그리고 한 번 더 보았다. '정안이 정원에게'라고 적힌 각인을. 정안을 만난 적은 없지만, 그는 분명 좋은 사람이었을 거다. 사람은 기억으로 살아가니까. 좋은 기억 때문에 사는 사람도 있고 나쁜 기억 때문에 사는 이도 있다. 다림은 사실 후자에 더 가까웠다. 좋은 기억보다는 나쁜 기억을 가슴에 깊이 새기며 그 기억을 보상받기 위해 기를 쓰고 살아야겠다고 매번 다짐해 왔다.

♩

그날 밤, 다림은 좀처럼 잠들지 못했다. 어쩐지 만년 필에 새겨져 있던 정안이라는 이름이 목에 가시처럼 걸 려서 넘어가지 않았기 때문이다. 결국 다림은 잠드는 걸 포기한 채 노트북을 켜고 전에 다녔던 KY로펌 홈페이 지를 열었다. 사내 인트라넷에 접속하기 위해 혹시나 하 는 마음으로 인턴 재직 당시 부여받았던 아이디를 쳐봤 지만 역시나 접속 불가 표시가 떴다.

다림은 날이 밝기를 기다려 로펌에서 유일하게 자신 에게 호의를 보였던 계 사무장에게 전화를 걸었다. 그리 고 KY로펌이 수임했던 정안의 사건에 관해 물었다. 그 날 새벽, 다림은 만년필에 새겨진 정안이라는 이름이 낯 설지 않았던 이유를 마침내 기억해 냈기 때문이다.

KY로펌은 1년 전 정안의 죽음과 관련해 뺑소니 가해 자의 변호를 맡았다. 다림은 그 사건과 관련이 없었지 만, 사건에 배정된 변호사가 KY로펌에서 공들여 스카 우트했던 당시 가장 핫한 전관 변호사여서 계 사무장 에게 이렇게 물었던 기억이 났다. 도대체 가해자가 얼 마나 대단한 사람이냐고. 그런데 희한하게도 가해자는 별다른 배경이 없는 그저 평범한 대학생이었다. 특이한 게 있기는 했다. 가해자의 아버지가 바로 KY로펌 대표의 운전기사였다는 것. 화려한 경력의 전관 변호사가 맡기에는 체급이 맞지 않는 사건이었다. 게다가 KY로펌의 대표가 운전기사에게 수시로 폭언과 폭행을 일삼았다는 건 사내에서는 비밀 축에도 못 드는 공공연한 사실이었다. 그런데 그런 대표가 설마 자기가 고용한 운전기사의 아들을 구명하기 위해 로펌 최고의 변호사를 붙여줬다고? 그럴 리가.

잘나가는 KY로펌과 전관 변호사의 위력은 막강해서 재판 결과는 가해자가 원하는 그대로 다 이루어졌다. 사고를 내고 뺑소니까지 쳐 피해자를 죽음에 이르게 했지만, 가해자는 사회에 안전하게 복귀했다. 법 앞에서 정의는 아무짝에도 쓸모없는 공허한 수사에 불과했다.

다림은 문득 궁금했다. 인생에 만약은 없다지만 이를테면 계 사무장이 만약 KY로펌에서 전날 정리해고 통보를 받지 않았더라면, **만약 그랬더라면** 계 사무장은 과연 다림의 전화를 받고 정안의 죽음과 관련한 놀라운

사실을 기꺼이 알려줬을까? 궁금했지만 누구도 대답해
줄 수 없는 질문이었다.

스케치스 오브 스페인

언젠가 원석이 정원에게 물었다.

"사장, 혹시 날 보면 떠오르는 음반이나 곡 같은 게
있나? 그냥 궁금해서 말이야."

정원은 예의 잘 드러나지 않는 표정으로 원석을 잠
시 바라보다가 곧 턴테이블 앞으로 갔다. 정원이 올려놓
은 음반은 재즈의 거장 마일스 데이비스가 콜롬비아 레
이블 시절인 1960년에 내놓은 『스케치스 오브 스페인
Sketches of Spain』이었다. 바늘이 긁고 간 자리에서 빠바밤
하며 트럼펫 연주가 흘러나왔다. 원석은 지그시 눈을 감
고 음악을 감상했다.

마일스 데이비스의 트럼펫 연주는 명과 암이 대비되

는 흑백영화를 연상시켰다. 어두운 그늘 뒤에는 어쩐지 중절모를 쓰고 시가를 입에 문 사내가 숨어 있을 것 같았다. 비장함과 약간의 슬픔, 그리고 짙게 전해져 오는 고독이 어쩐지 원석을 닮았다고 정원은 생각했다. 앨범 첫 곡의 익숙한 멜로디는 「아랑후에스 협주곡」으로 잘 알려진 「콘시에르토 데 아랑후에스Concierto de Aranjuez」였다.

"정말? 날 보고 이 곡이 떠올랐다고?"

정원은 고개를 끄덕였을 뿐 굳이 설명을 덧붙이지는 않았다. 말로 표현할 수 없는 무언가를 전하는 도구가 음악이라고 굳게 믿고 있었으니까. 원석 역시 더 묻지 않았다.

$$\oint$$

원석은 이상한 LP가게 건물의 지하실을 밴드 합주실로 꾸민 뒤에야 자신의 버킷리스트에서 마침내 한 줄을 지울 수 있었다. 고작 한 줄이었지만 곧 전부이기도 했다. 평소 원하는 것이 별로 없었냐고 하면 그건 아니었다. 오히려 그 반대였다. 어린 시절부터 원석은 욕심이 많았고, 그래서 하고 싶은 것도 갖고 싶은 것도 많았다. 다만 너무 일찍 세상의 진실을 깨달았다고 할까. 원하는 걸 얻기 위해서는 돈이 필요하다는 그 진실 말이다.

그래서 원석은 버킷리스트 따위를 만드는 일은 하지 않았다. 대신 무조건 돈부터 벌기로 했다. 뭐든 원하는 걸 할 수 있을 만큼 충분한 돈을 벌면 그때 가서 하고 싶은 게 뭔지, 갖고 싶은 게 뭔지 떠올려 봐도 충분할 거라고 생각했다. 그런데 정작 그가 고른 직업은 돈을 많이 벌 수 있는 직종이 전혀 아니었다. 공무원이었으니까. 평생 열심히 저축해 봐야 벌 수 있는 돈이 빤한 직업. 하지만 원석의 생각은 좀 달랐다.

원석은 공무원 중에서도 경찰공무원이었다. 그러니까 형사, 그것도 강력반 형사였다. 원석은 형사 생활 내내 일관성이 있었다. 마약범죄 수사 때면 찾아낸 마약을 뒤로 빼돌렸고, 조폭들을 잡으러 다닐 때는 미리 정보를 흘려서 그들에게 도망갈 루트를 제공해 줬다. 물론 다 대가를 바라고 한 일들이었다. 덕분에 원석에게 월급은 애들 코 묻은 과잣값 정도였다. 배보다 배꼽이 수십 배,

수백 배는 더 컸다. 그러면서도 원석은 꽤 오랫동안 유능한 형사로 불렸다. 해서는 안 될 짓을 하면서도 탈이 나지 않으려면 어떻게 해야 하는지 잘 알고 있었기 때문이다. 원석은 부정한 돈을 항상 누군가와 나눴다. 이는 곧 위험을 나누는 일이기도 했다. 그로 인해 일정 부분의 안전을 보장받았다. 원석은 그렇게 용의주도한 자신에게 스스로 감탄하곤 했다. 양심의 가책 따위는 없었다. 원석이 부정하게 취득한 돈은 대부분 부정한 자들의 주머니에서 나온 것이었고, 그렇기에 원석은 자신의 행동으로 인한 선의의 피해자는 애초에 없다고 생각했다.

하지만 그가 간과한 것이 있었다. 원석은 나쁜 놈들의 주머니를 털었을 뿐이라고 생각했지만, 나쁜 놈들은 자기 주머니를 불리기 위해 주로 힘없고 착한 이들을 갈취한다는 것. 그러니 원석도 그 죄로부터 자유로울 수 없는 것이다.

원석이 의사로부터 시한부 통보를 받은 후 처음 떠올린 생각은 그거였다.

"죗값이구나."

구름

이상한 LP가게에 거의 매일같이 출근하던 원석은 같은 건물 2층에 변호사 사무실을 차린 다림과 마주쳤을 때도 예외 없이 '다짜고짜 반말하기'를 시전했다.

"변호사였어?"

"응. 아저씨는? 건달이야?"

그게 원석과 다림이 시아를 통해 인사를 나누고 난 후 두 번째 만났을 때 제대로 주고받은 대화였다. 당시 곁에 있던 정원과 미래의 중재로 다행히 그 이상의 험한 상황은 연출되지 않았다. 하지만 그 후로도 두 사람이 만나면 연출되는 아슬아슬한 반말 대화에 정원과 미래는 안절부절못했다. 그런데 알고 보면 불안한 건 주변 사람들이었을 뿐 정작 당사자들은 아무렇지 않았다. 원석은 한참 나이 어린 다림의 반말을 별로 기분 나빠하지 않았고, 다림도 원석의 반말이 그냥 그렇게 살아온 사람의 몸에 밴 태도일 뿐 별것 아니란 걸 알았다. 다만 원석이 구체적으로 무슨 일을 하고 어떻게 살아왔는지는 알지 못했다. 가끔 궁금하기도 했지만 그렇다고 묻지는 않았다. 그러고 보면 이상한 LP가게를 통해 인연을 맺은 그들에게는 공통점이 있었다. 스스로 말하기 전에는 상대의 과거를 굳이 묻지 않는다는 것. 어쩌면 아픈 기억을 가진 사람들의 공통점인지도 몰랐다.

$$\oint$$

다림이 계 사무장을 만나고 온 지 사흘이 지났다. 그 사흘 동안 다림은 1층 LP가게에 가지 않았다. 정원이 내려주는 커피 맛이 그리웠지만 아직은 정원과 마주칠 자신이 없었다. 생각이 다 정리되지 않았기 때문이다. KY로펌이 정안의 목숨을 앗아간 가해자, 즉 로펌 대표의 운전기사 아들의 변호를 도운 배경에는 분명 불온한 무언가가 도사리고 있었다. 본능적으로 아는 게 아니라 이성적으로 아는 것이다. 그들의 세계는 탐욕과 이기심으로 굴러간다. 그 세계에는 애초에 약자에 대한 연민이나 공감은 존재하지 않는다. 그런 그들이 평소 폭언과 폭행을 일삼던 운전기사의 아들을 변호하기 위해 자신들이 가진 모든 자원을 다 동원했다. 도대체 이유가 뭘까? 아직 그 이유를 알 순 없지만 한 가지는 확실했다. 그들이 하는 일은 언제나 진실을 감추는 일이었다. 그것이 그들의 정의였다.

산다는 건 끊임없이 문제지를 받고 그 문제를 풀어가는 과정이다. 흔히 인생에 정답은 없다고 한다. 그러나 중요한 건 오답은 분명히 존재한다는 것이다. 다림은 어린 나이에 일찍이 엄청난 고난도의 문제에 직면했었다. 또래 누구라도 감당하기 어려운 문제였다. 그때 다림은 그저 최대한 오답을 피하고 싶었다. 하지만 당시 다림의 선택을 두고 정답이라 여긴 사람은 없었다. 설사 그랬어도, 그것이 오답이라고 해도 누군가는 다림을 응원해 줘야 했다.

이를테면 가족은 그래야 했다. 다림의 가족은 그러지 않았다.

그날 밤 9시. 정원이 퇴근하고 난 후 불 꺼진 이상한 LP가게 앞에 세 사람이 다시 모였다. 원석과 미래, 그리고 다림이었다. 미래가 닫힌 가게를 다시 열자 원석과 다림이 뒤를 따라 들어갔다.

"무슨 일이에요? 도대체 무슨 일이길래 사장님 몰래 오라고……."

불안한 얼굴로 미래가 물었다.

"심각한 얘긴가 본데 일단 음악이라도 들으면서 이야기할까?"

원석이 앨범을 고르더니 턴테이블 앞으로 가서 틀었다. 마일스 데이비스의 『스케치스 오브 스페인』 앨범이었다. 트럼펫 연주가 가게 안에 울려 퍼지자 다림이 인상을 썼다.

"삼촌, 음악은 좋은데 지금 그건 아닌 거 같아."

"왜? 이게 어떤데?"

"너무 느와르잖아."

"느와르? 이게 그런 느낌이라고?"

"응. 뒷골목의 비장함이 느껴져."

원석은 진지하게 고개를 끄덕이더니 이번에는 재즈 기타리스트 장고 라인하르트의 음반을 꺼내 들고 다림을 향해 흔들었다.

"그럼 이건 어때?"

"좋으니까 빨리 와 앉아. 시간 없어."

"사장님 얘기죠? 사장님한테 무슨 일 있는 거예요?"

재촉하는 미래 앞에서 다림은 헛기침을 두어 번 하고 난 후 드디어 입을 열었다.

"엄밀히 말하면 남의 일이기는 하지. 내가 평소에 뭐 오지랖이 넓은 사람도 아니고. 그래도 얼마 되지는 않았지만 위아래 층에서 일하면서 매일 오며 가며 얼굴 보는 사이에 나만 알고 모른 척하기가 좀 뭐해서."

다림은 한 번 숨을 고르고는 자신이 한때 KY로펌에 인턴으로 재직했던 일과 정원의 만년필을 통해 알게 된 정원의 동생 이름 정안이 낯설지 않았던 이유를 알게 됐다는 사실을 털어놓았다. 미래는 듣는 내내 정안의 안타까운 사연에 "어떡해"를 연발했고, 정원이 동생의 억울한 죽음에 얽힌 비밀을 밝혀내려고 애를 썼음에도 가해자는 제대로 처벌받지 않은 채 집행유예로 풀려났다는 사실을 듣곤 마침내 분노했다. 한편 원석은 그 와중에도 내내 굳은 표정으로 일관했다. 그리고 다림이 말을 다 마치고 나자 한마디를 내뱉었다.

"그래서였어."

다림은 그게 무슨 뜻이냐고 물었고, 원석은 처음 정원을 발견했을 때를 떠올렸다. 정원과 처음 만났을 때가 아니라 굳이 발견했을 때라고 한 건 실제로 발견 혹은 목격에 가까웠기 때문이었다.

$$\oint$$

맨 처음 정원은 다소 즉흥적인 결정으로 가게를 임대한 다음 그곳에 6000장이 넘는 LP를 가져다 놓고 팔기로 했다. 하지만 제대로 된 간판도 없고 흔한 SNS 홍보도 없이 서울 변두리 풍진동에 차린 중고 LP가게에 손님이 올 리 만무했다. 한마디로 정원은 그때 아무런 대책이 없었다. 그나마 할 수 있는 건 6000장이 넘는 레코드판에 하나하나 정성껏 포스트잇을 붙이고 동생이 선물해 준 만년필로 진솔한 리뷰를 다는 일뿐이었다. 그런데 그 정성이 통한 걸까? 가게 문을 연 지 이틀 만에 첫 손님이 와주었다. 그게 원석이었다.

산행 복장의 중년 남자. 초면임에도 퉁명스럽게 반말을 툭툭 내던지던 무례한 남자. 카드단말기도 없고, 앨범을 판다면서 앨범 가격도 정해두지 않은 엉터리 LP가게 주인에게 그저 얕은 한숨만 내쉬었던 남자. 앨범값에 더해 리뷰 읽은 값이라며 만 원짜리 한 장을 더 건넸던 남자. 그리고 다음 날에도 그다음 날에도 찾아온 남자. 게다가 올 때마다 뜬금없이 도시락을 꺼내놓으며 같이 먹자고 했던 요리 솜씨 좋은 남자. 우연히 지나가다 들른 사람치고는 정원에게 너무 많은 걸 준 남자였다.

빈 가게에 LP를 쌓아두고 우두커니 혼자 앉아 리뷰를 쓰고 있는 정원의 모습을 발견한 순간, 원석이 포착한 것은 너무나 짙게 드리워진 죽음의 그림자였다. 그래서 그냥 지나칠 수 없었다. 낯익은 레코드판들은 그저 핑계일 뿐이었다. 원석은 가게 안으로 들어갔고, 정원에게 말을 걸었다.

만약 한 달 전의 원석이라면 이야기는 달라졌을지도 모른다. 누군가가 죽을 것 같은 얼굴로 가게에 앉아 뭔가를 하고 있었든 간에 그러거나 말거나였겠지. 어차피 사람들은 누구나 죽어. 너도, 나도 다. 그런 마음으로 지나쳤을 게 틀림없다. 하지만 정원을 발견한 그때의 원석은 그럴 수 없었다. 기존에 원석을 알던 사람이라면 누구도 그날 이후 그가 보인 행동을 믿지 않을 것이다. '인간은 변하지 않는다'는 소신을 지닌 사람들이 많지만 그럼에도 인간은 변한다. 다만 언제 어떻게 변하는지 알 수 없을 뿐. 원석이 어떤 힘에 이끌렸는지는 모른다. 다만 다음 날부터 원석은 매일 정원의 LP가게에 출근하다시피 했다. 그뿐이 아니었다. 밤새 유튜브를 통해 요리법을 찾아봤고, 그렇게 배운 요리법으로 정성껏 도시락을 싸 와 정원과 나눠 먹었다. 그러면서 정원의 얼굴에 드리워져 있던 죽음의 그림자가 조금씩 옅어지는 걸 곁에서 지켜보았다. 내심 안도하면서. 그게 원석이 매일 풍진동의 중고 LP가게를 찾았던 진짜 이유였다.

♪

"그래서 어떻게 하자는 거야?"

다림의 이야기가 끝나자 원석이 물었고 다림은 대답했다.

"솔직히 남 일에 괜히 끼어드는 게 아닐까 싶었는데, 사흘 동안 고민한 결과 남 일이 아니라는 결론을 내렸어."

"남 일이 아니야?"

"그럼. 우리 다 같은 건물에 있잖아. 지하에는 삼촌 있지, 1층에는 미래 씨, 난 2층. 그리고 종종 밥도 같이 나눠 먹고 하는데 이게 남이겠어?"

"그러니까, 그래서 어떻게 하자는 거냐고."

다림은 의미심장한 표정으로 원석과 미래에게 자신의 명함을 건넸다.

"고다림 법률사무소의 캐치프레이즈가 뭔지 알지?"

미래가 번쩍 손을 들었다.

"억울하면 소송해?"

"빙고."

다림이 미래에게 엄지를 척 들어 보였다. 그 모습을

지켜보던 원석이 옆에서 질문을 던졌다.

"증거는? 상대는 KY로펌이야. 정황상 그놈들이 무슨 짓을 한 건 틀림없어 보이지만 증거가 없잖아. 정원 사장이 결국 포기한 것도 그래서고."

"그 사건 담당했던 로펌 사무장이 분명히 나한테 말했다니까. 가해자가 바꿔치기 된 게 틀림없고, 진짜 가해 운전자는 따로 있다고. 로펌 대표의 운전기사 아들이 대신 그 죄를 뒤집어썼다고, 그래서 아무 배경도 돈도 없는 가해자한테 최고 잘나가는 전관을 붙인 거라고. 그럼 얼추 말이 되잖아."

"그 사무장, 해고당했다며? 해고에 앙심을 품고 거짓으로 증언했다고 몰아가면? 사람 죽인 가해자를 바꿔치기 하고, 가짜 가해자는 집행유예로 풀어준 로펌이야. 고변이 그놈들을 상대할 수 있겠어?"

다림은 원석의 말에 선뜻 반박할 수가 없었다. 대신 가늘게 눈을 뜨고 원석을 향해 취조하듯 물었다.

"근데 내가 진짜 웬만하면 안 물어보려 했는데 삼촌 전직이 뭐야? 정말 궁금해서 그래."

"고변, 나한테 며칠만 시간을 줘봐. 오래 걸릴 것도

없어. 어쩌면 이 일에 내가 뭔가 할 수 있는 게 있을지도 몰라서 그래. 자세한 얘기는 그때 할게."

원석은 다림의 궁금증을 풀어주지 않은 채로 자리에서 일어났다. 그리고 어쩐지 몇 달 전 그날 모든 게 다 결정되어 버린 건 아닐까 그런 생각이 들었다. 정원을 처음 발견한 날. 정원에게서 짙은 죽음의 그림자를 보고 지나칠 수 없었던 그날 말이다. 그날 원석은 산행 복장을 하고 나와 풍진동 뒤로 우뚝 솟은 산에 오를 생각이었다. 장소는 수차례 답사를 통해 미리 정해두었다. 실족사하기 아주 좋은 지형이었다. 만약 정원과 마주치지 않았더라면 원석은 예정대로 산에 올랐을 것이다. 물론 인생에 만약은 없지만 말이다.

턴테이블 위에서는 장고 라인하르트의 음악이 흘러 나오고 있었다. 「마이너 스윙Minor Swing」에 이어, '구름' 이란 뜻을 담은 「누아주Nuages」의 선율. 두 손가락을 잃고도 새로운 주법을 개발해 최고의 자리에 오른 기타리스트. 집시의 영혼을 지녔던 한 재즈 뮤지션의 삶이 바람에 흩날리는 구름이 되어 풍진동 밤하늘 위를 유영했다. 그저 멋지게 시가를 물고 있는 장고 라인하르트의 모습이 마음에 들어 집어 든 음반이지만, 어쩌면 그 음악은 원석을 위해 준비되어 있었던 건지도 모른다. 찌푸린 하늘 위에 잔뜩 비를 머금은 먹구름처럼 살아왔지만 막상 낭떠러지 앞에 위태롭게 서 있는 누군가에게는 구름 걷힌 맑은 하늘을 보여주고 싶었던, 언젠가 모든 걸 내려놓고 다시 자유로이 길을 떠날 원석의 영혼을 위한 음악 말이다.

$$\text{\large\musicalnote}$$

다림과 원석, 미래가 정원을 빼고 회동을 한 뒤 나흘째 된 날의 밤, 원석은 정원을 포함한 세 사람을 옥상으로 초대했다. 건물 옥상은 한 달 전부터 그들의 휴식 공간으로 재탄생해 있었다. 비와 햇살을 막아줄 그늘막은 중고 장터에서 다림이 구매해 설치했고, 정원은 동네 산책을 하다 버려진 원목 테이블을 주워 왔으며 원석은 폐업한 카페에서 의자와 테이블을 헐값에 업어 왔다. 다 쓰러져 가던 건물 옥상은 어느새 바비큐 파티를 벌이거나 석양을 바라보며 커피 한 잔의 여유를 즐길 수 있는 그들만의 전망 좋은 루프탑 카페가 됐다.

정원이 가게 마감을 마치고 옥상에 올라오자 원석과 다림, 미래가 기다리고 있었다. 원석은 미리 세팅해 둔 자리에 먹음직스러운 가지튀김을 올려놓고 잔에 맥주까지 채워 각자의 자리에 놓아주었다.

"오늘, 무슨 날인가요?"

정원이 물었다.

원석이 맥주잔을 들었다.

"일단 한잔 들이키지."

정원은 사실 술을 좋아하지도 잘 마시지도 않았지만, 원석이 즉석에서 튀겨낸 가지튀김을 보자 자기도 모르게 침이 고였다. 사람들이 맥주가 당긴다고 하는 게 이런 거구나 싶었다. 하지만 그만 또 부끄러워지고 말았다. 동생 정안이 떠올랐기 때문이다. 정안은 더 이상 지는 해의 아름다움을 보며 감탄할 수도 없고 가지튀김 앞에서 입안에 침이 고일 수도, 그래서 시원한 맥주를 떠올릴 수도 없는데……. 정작 자신은 그 모든 걸 느끼고 경험하며 심지어 언젠가부터는 잠들기 전 다가올 내

일을 기대하게 됐다. 한때 죽으려고 했던 자신이 말이다. 그래서 정원은 못내 부끄럽고 미안했다. 그때였다. 맥주잔을 한 번에 비운 원석이 정원을 바라봤다.

"정원 사장, 내가 아무래도 자기 동생을 그렇게 만든 진짜 가해자를 찾아낸 거 같아."

"네?"

하이웨이 투 헬

새벽 도로 위를 시속 180킬로미터로 질주하던 차 안에서 흘러나오던 곡이 벨벳 언더그라운드의 「헤로인 Heroin」이었던 건 그저 우연이었을까?

부유층 자제들만 들락거린다는 강남의 비밀스러운 사교 클럽에서 석훈이 나온 시각은 새벽 3시 40분. 이미 술과 마약에 잔뜩 취한 석훈은 자신의 포르쉐 타이칸을 몰고 판교 인근까지 가는 데 채 20분이 걸리지 않았다. 거기까지 운전해서 갈 수 있었다는 사실 자체가 거의 기적에 가까웠지만, 행운은 계속 이어지지 않았다. 새벽 4시경 석훈의 포르쉐가 결국 사고를 내고 말았다. 석훈의 눈앞에서 차에 치인 사람이 공중으로 붕 떴고 족히

30미터는 넘게 날아가 도로 바닥에 떨어졌다. 석훈은 마약으로 제정신이 아닌 상태였지만, 그 순간만큼은 또렷하게 기억에 각인됐다. 석훈은 일단 그 자리를 벗어났다. 뺑소니를 친 것이다. 겁에 질린 석훈은 아버지에게 전화했다. 그 와중에도 그는 액셀을 밟고 있었다. 얼마 못 가 가로수를 들이받고 나서야 가까스로 차가 멈췄다.

사망한 피해자의 이름은 이정안(29세, 남). 가해자가 현장에서 도망친 후 방치되었다가 새벽 환경미화원의 신고를 받고 뒤늦게 응급실로 이송됐으나 다음 날 사망했다. 가해 운전자는 사고 발생 네 시간 후 자수했다. 밝혀진 바에 따르면 김 모 씨로 알려진 그는 수도권의 한 대학에 재학 중이었고, 음주 측정 결과 음주 사실은 드러나지 않았으며, 마약 투약 혐의도 없었다. 현장에서 도망친 이유에 대해서는 제정신이 아니었다고 했다. 그리고 급발진 사고를 주장한 것으로 알려졌다. 사건을 취재한 몇몇 야간 사회부 기자들에 의해 기사가 나갔지만 불과 몇 시간 만에 모두 삭제됐다. 그 후 벌어진 재판에서 가해자 김 씨는 교통사고 특례법상 치사죄가 인정됐으나 집행유예를 선고받았다.

　판사는 선고문에서 가해자가 평범한 대학생으로 중고등학교 시절에는 다수의 모범 학생 표창장을 받은 사례가 있다는 점, 사고 이전에는 어떤 범법 행위도 저지른 적이 없다는 점, 그리고 무엇보다 깊이 반성하고 있다는 점을 강조했다. 더불어 가해자가 주장하듯 전기차의 특성상 급발진으로 인한 사고임이 완벽하게 증명되지 않음에도 그 가능성 또한 완전히 배제할 수 없다는 논리를 구구절절 늘어놓으며 가해자를 풀어줬다. 그리고 그날 판사는 피해자 이정안의 유일한 친족인 정원을 법정모욕죄로 기소했다. 판결문을 읽고 있는 판사에게 정원이 위해를 끼치는 행동을 했다는 이유에서였다. 정원은 단지 판사 앞으로 가려 했을 뿐이었다. 가까이 가서 왜 이따위 말도 안 되는 판결을 내리는지 묻고 싶었을 뿐이었는데 말이다.

♪

　"고변이 구해온 당시 재판 기록을 봤어. 정원 사장이

재판에서 가해자가 바꿔치기 된 정황이 있다고 주장했더군. 거기선 무시당했지만, 사장 생각이 맞았어. 사장 동생을 그렇게 만든 가해자는 김 모 씨가 아니었어. 이름은 윤석훈. KY로펌 대표 윤건열의 아들이야. 참고로 윤건열의 아버지는 국무총리를 역임한 윤덕순이고."

원석은 고변을 바라보며 물었다.

"고변, KY로펌이 요즘 그쪽 업계에서 제일 잘나가는 로펌 맞지?"

"네. 맞아요."

"잠깐만요."

혼란스러운 듯 정원이 미간에 잔뜩 힘을 준 채 제동을 걸었다. 그리고 떨리는 목소리로 말을 이었다.

"동생을 그렇게 만든 가해자의 변호를 맡은 곳이 KY로펌이었어요. 그런데 진짜 가해자가 그 로펌 대표의 아들이었다는 거예요? 그리고 바꿔치기 한 가해자의 변호를 해주고요?"

한동안 침묵이 오갔다. 곧 정원이 고개를 들어 원석과 미래와 다림을 차례로 바라봤다.

"그런데 여러분들이 어떻게?"

그 후로는 다림이 그간에 있었던 일을 정원에게 설명했다. 그날, 정원의 만년필에 새겨져 있던 정안이라는 이름이 왠지 가시처럼 목에 걸렸던 일을. 그러다 인턴으로 일했던 KY로펌에서 정안의 가해자를 변호했던 사건이 떠올랐다고 말했다. 그러면서 자신이 참여한 사건도 아닌데 그 사건은 유독 뇌리에 남았다는 말을 덧붙였다. 가해자가 별다른 사회적 배경을 지닌 이도 아니었고 사건 자체의 중요성에 비해 KY로펌에서 가장 잘나가는 전관 변호사가 배당되다니 지극히 이례적인 일이었다고. 그래서 원석과 미래에게 먼저 알렸는데 놀랍게도 원석이 사흘 만에 증거를 가져왔다면서.

정원은 머리를 감싸 쥐었다. 그는 동생을 치고 달아난 가해자를 직접 만난 적이 없다. 거액의 합의금과 함께 합의를 요청해 왔으나 항상 변호사를 통했다. 정원이 가해자를 직접 만나겠다고 했지만, 가해자는 이런저런 핑계를 대면서 응하지 않았다. 그래도 정원은 포기하지 않았고 마침내 가해자의 동선을 알아내 그 앞에 설 수 있었다. 정원은 그에게 돈이 아닌 진심 어린 사과를 듣고 싶었다. 그런데 정작 가해자와 맞닥뜨리자 뭔가 잘못됐다는 걸 직감으로 알아차렸다. 가해자는 정원을 보자마자 그 자리에서 도망쳤는데, 거기엔 죄를 저지른 자의 본능적인 줄행랑과는 분명히 다른 느낌이 있었다. 사고 이상의 뭔가를 숨기고 있는 게 분명했다.

정원은 경찰을 찾아가 사고 당시의 도로 CCTV 영상을 보여달라고 했으나 경찰은 들어주지 않았다. 정원의 항의에 돌아온 대답은 보여줄 영상이 없다는 말뿐이었다. CCTV가 하나같이 고장이 났거나 지워졌다는 것이다. 어떻게 강남에서 판교까지 그 많은 CCTV 중에 남은 영상이 한 개도 없을 수 있냐고 정원이 항변했지만 묵묵부답이었다. 그래도 굴하지 않고 직접 단서를 찾겠다고 동분서주하던 정원에게 어느 날 가해자로부터 문자가 왔다. 만나서 다 이야기하겠다는 내용이었다. 하지만 정원이 고대하던 그날, 가해자는 약속 장소에 나타나지 않았다. 그리고 정원은 며칠 뒤에야 그가 왜 약속을 어겼는지 알게 됐다. 정원이 약속 장소에서 기다리고 있는 동안 가해자가 다량의 수면제를 먹고 극단적인 선택을 시도했다는 소식이 들려온 것이다. 다행히 목숨은 건졌지만, 안정을 취해야 해 정원을 만날 수 없다고 했다. 정원은 그조차 믿을 수 없었지만 그렇다고 다른 방법도 없었다. 그리고 마침내 깨달았다. 동생의 억울한 죽음의 실체가 무엇이든, 거기에 관한 그 무엇도 자신이 직접 밝혀내진 못하리라는 것을. 그리고 바닥이 보이지 않는 그 깊디깊은 절망과 무기력함 속에서 한동안 잊고 있던 감각이 다시 떠올랐다. 죽고 싶다는 그 감각 말이다.

$$\oint$$

정원은 가해자가 바꿔치기 됐을 거라는 심증만 있었다. 아니, 증거를 찾았다고도 생각했지만 작정하고 은폐하려는 거대한 세력 앞에서 증거는 증거로서 기능하지 못했다. 그러니 누가 그런 짓을 했는지는 더더욱 밝혀낼 도리가 없었다. 그런데 원석이 그걸 알아냈다. 다림에게 며칠만 시간을 달라고 하고는 진짜 가해자의 정체를 찾아낸 것이다. 원석은 그날, 후회로 가득한 자신의 과거 전력이 인생 막판에 이렇게 쓰일 수도 있다는 사실에

헛웃음이 나왔다. 개똥도 약에 쓰일 때가 있구나, 내가
바로 그 개똥이구나, 하는 그런 자조의 웃음이었다.

원석은 다림에게 정안 사건과 관련한 이야기를 들은
다음 날, 과거에 함께 일했던 동료들에게 일일이 전화를
돌렸다. 예상했던 일이지만 그중 누구도 반갑게 받아주
지 않았다. 도대체 사회생활을 어떻게 한 건지. 그래도
성과가 없지는 않았다. 사실은 엄청난 성과가 있었다.
두어 다리 건너면 최소한 정원의 동생 정안의 교통사고
를 담당한 형사는 찾을 수 있겠다고 생각했는데, 나름
나쁜 쪽으로 잘나가던 시절 막내급 후배였던 이가 정원
의 사건을 담당했다는 사실을 알아낸 것이다. 원석은 바
로 그를 찾아갔다.

강 형사 역시 오랜만에 자신을 찾아온 원석을 대놓고
반기지 않았다. 당연한 일이었다. 부패 혐의로 징역까지
살고 나온 전직 형사와 어울리는 걸 누가 보기라도 한
다면 좋을 리가 있겠는가.

"선배님이 저한테 무슨 용무가?"

"강 형사, 작년에 이정안 사건 맡았었지?"

"예? 누구요?"

"이정안 사건 말이야. 작년 10월에 판교에서 있었던 뺑소니 차량 사망사고. 가해자는 김기태라는 대학생. 집 유로 풀려났고."

강 형사는 순간 얼어붙었고, 원석은 걸려들었구나 싶었다.

"그 사건을 선배님이 왜?"

원석에게는 오랜 형사 생활을 통해 터득한 동물적 본능 같은 게 있었다. 사실 그리 어려운 일도 아니다. 형사가 아니라 일반인이라도 평균적인 관찰력만 갖고 있다면 상대의 표정과 태도를 통해 그 사람이 무언가를 숨기려 하는지 혹은 무얼 드러내고 싶어 하는지 정도는 파악할 수 있다. 물론 평균적인 조건에서 그렇다는 이야기다. 그게 통하지 않는 사람도 있으니까. 이를테면 원석 자신이 그랬다. 원석은 좀처럼 표정으로 자신의 감정을 내보이지 않는 사람에 속했다. 그래서 그의 아내는 결혼 전 원석에게 이렇게 말했다.

"원석 씨는 꼭 고양이 같아요. 고양이는 절대 표정을

드러내지 않거든요. 개는 기분이 좋으면 웃지만, 고양이
는 아니에요. 거의 항상 같은 표정이잖아요. 뭔가 마음
에 들지 않으면 표정에 화가 났다는 느낌을 좀 풍기긴
하지만 그렇다고 좋을 때 좋아하는 표정을 보여주지는
않아요. 그런데 원석 씨도 비슷해요. 가끔 화가 나 있다
는 건 표정으로 조금 알 수가 있는데 그 반대는 전혀 알
수가 없었거든요. 그래서 그런데, 한 번 웃어주면 안 돼
요? 나 보고 한 번만 웃어줘요. 그러면……."

　그래서 그때 웃어줬던가? 원석은 도무지 기억이 나지
않았다. 단지 오래된 기억이라 흐릿한 게 아니다. 요즘
엔 며칠 전 기억도 가물가물하니까 말이다. 하지만 원석
은 분명 그날 웃어주었을 것이다. 물론 이전에 그래 본
적이 없으니 엄청 어색한 표정이었겠지만. 그래도 그걸
보고 그녀는 깔깔 소리까지 내면서 환하게 웃었을 것이
다. 기억나진 않지만 아마도 그랬을 것이다. 왜냐하면
그때 원석은 그녀의 마음을 얻기 위해 무슨 짓이라도
할 준비가 되어 있었으니까. 비록 그 마음이 그리 오래
가진 않았지만 말이다.

"그 사건을 선배님이 왜 궁금해하시냐고요!"

강 형사의 다그치는 소리에 원석은 방금 꿈에서 깬 사람처럼 주위를 둘러보았다.

"뭡니까? 무슨 생각을 하느라 그렇게……. 아니, 선배님 정말 괜찮아요?"

"어, 미안. 아무튼, 어느 정도 알고 온 거니까 사실대로만 얘기해. 그럼 너한테 피해 가는 일은 없을 거야. 내가 약속할게."

"알고 왔다고요?"

"그래. 그 사건 조작됐잖아. 평범한 대학생 김기태가 그 차 운전한 거 아니잖아. 그거 너도 알고 있었지?"

강 형사는 말 그대로 사색이 됐다.

"선배님이 그걸 어떻게?"

"내가 그걸 어떻게 알았는지는 중요하지 않아. 중요한 건…….."

한참의 대화 끝에 결국, 강 형사는 원석에게 자신이 겪었던 일 그대로를 이야기했다. 가해 운전자가 제 발로 경찰에 찾아왔을 때부터 뭔가를 숨기고 있다고 생각했던 것, 그래서 사고 직전 CCTV를 확인하려고 했는데

모조리 다 누군가의 지시로 고장 나거나 지워져 있었다는 것까지 말이다. 게다가 상부로부터 사건을 조기 종결하라는 지시가 떨어졌다고 했다.

"상부 누구?"

"그게, 어느 정도 윗선인지는 저도 모르죠. 다만."

"다만 뭐?"

원석이 다그치자 강 형사는 잠시 머뭇거리다 결국 털어놓았다. 처음에는 도대체 상부의 누구길래 이렇게 신속하게 경찰과 언론을 동시에 다 틀어막는지 궁금해서 나름의 정보력을 발휘해 알아봤다고. 그리고 외압의 주체를 확인하고 나니 고개가 끄덕여졌다고……. 강 형사는 원석에게 당부하듯 말했다.

"선배님, 무슨 생각 하시는지는 몰라도 그거 하지 마세요. 아무리 그자들이 약점을 갖고 있어도 저나 선배님 같은 사람이 상대할 수 있는 사람들이 아니에요. 다친다고요."

원석은 어쩐지 헛헛했다. 강 형사는 원석이 어떻게 알았는지는 모르지만 어쨌든 뺑소니 사건이 조작됐음을 알고 그 배후를 찾아 협박하려 한다고 짐작하고 있었다. 이 바닥에서 원석은 그런 존재였던 것이다. 억울할 것도 없었다. 강 형사가 아무 근거 없이 그렇게 생각할 리는 없으니까. 강 형사는 그저 원석이 그동안 저질러 왔던 일들과 살아온 방식에 기초해 합리적으로 추론했을 뿐이다.

"강 형사. 네가 날 어떻게 생각해도 할 말이 없단 거, 나도 알아. 그런데 이번에는 그런 거 아니다. 내가 그 죽은 친구의 형을 좀 알아. 원래 알던 사이는 아닌데 어쩌다 보니 아는 사이가 됐어. 그래서 도와주고 싶은 마음이 생겼거든. 돈하고는 상관없이. 그래, 이게 나다운 얘기는 아니지. 사람이 갑자기 변하면 죽을 때가 된 거라는데 아마 그래서일 수도 있고."

강 형사는 그제야 뭔가 이상하다는 걸 깨달았다. 지금의 원석이 자신이 알고 있던 예전의 원석과 조금은 달라져 있다는 걸. 하지만 꼭 그래서만은 아니었다. 강 형사가 원석에게 뺑소니 사고의 운전자가 바꿔치기 됐다는 결정적 증거를 건넨 이유는 일말의 죄책감 때문이었다. 원석이 찾아오지 않았다면 아마도 그는 평생 자신의 비겁함을 자책하며 살지언정 양심선언 따위는 하지 못했을 것이다. 그래서 강 형사는 원석에게 증거를 넘기고 죄책감에서 벗어나기로 했다. 자신이 들고 있던 폭탄을 원석에게 넘긴 셈이었다. 그리고 원석은 그 폭탄을 기꺼이 받아들었다.

$$\oint$$

원석은 강 형사로부터 넘겨받은 외장 하드디스크를 가지고 LP가게로 돌아왔다. 노트북에 하드를 연결하자 사고 당일 갓길에 불법 주차되어 있던 트럭의 블랙박스 영상이 플레이됐다. 뺑소니 사고 현장에서 3.5킬로미터 가량 떨어진 곳에서 가로수를 들이받고 멈춘 스포츠카. 영상에는 그 차에서 젊은 남자가 비틀거리며 내린 뒤 주위를 살피더니 다리를 절룩이며 길 옆 공원 쪽으로 비칠비칠 사라지는 모습이 담겼다. 차는 정안을 친 그 차가 분명했다. 하지만 도망친 운전자는 재판에 나왔던 가해자가 아니었다.

그날 술과 마약에 취해 운전대를 잡았던 젊은 남자는 윤석훈이란 자였다. 그는 KY로펌 대표의 아들이었고,

사건 발생 네 시간 후 자수한 청년은 로펌 대표 운전기사의 아들로 밝혀졌다. 나중에 언론을 통해 추가로 밝혀진 바에 따르면 KY로펌 대표 윤건열은 자신의 운전기사에게 평소 폭언과 폭행을 일삼았는데, 아들이 교통사고를 내자 체격과 나이가 비슷한 운전기사의 아들을 가해자로 바꿔치기 하는 대가로 현금 10억 원을 주고 전관 변호사를 붙여 집행유예를 이끌어주겠다는 약속을 했다.

$\oint$

강 형사로부터 입수한 블랙박스 영상을 본 다림은 원석을 향해 진심 어린 존경의 눈길을 보냈다.

"역시, 둘 중 하나겠다고 예상은 했어. 깡패 아님 형사. 근데 깡패 같은 형사였던 거네?"

평소 같으면 반말로 받아쳤겠지만, 그날 원석은 다림의 말에 이렇다 할 반응을 하지 않았다. 그저 표정 없는 고양이처럼. 그리고 다림 대신 정원을 바라봤다. 정원은 여전히 영상의 충격에서 빠져나오지 못한 것 같았다.

"정원 사장, 난 그럼 여기까지만 할게."

원석은 갑자기 피로가 몰려오는 듯 의자를 찾아 앉았다. 그제야 정원도 정신이 돌아온 듯 원석을 향해 걱정스러운 얼굴로 다가갔다. 하지만 원석은 다가오는 정원을 향해 가볍게 손사래를 쳤다.

"내가 자기한테 해줄 수 있는 건 이게 다야. 나머진 이제 고변이랑 미래 씨가 알아서 해."

미래는 순간 잘못 들었나 싶었다. 반말과 무례의 대명사 원석이 "어이 알바!"가 아니라 깍듯하게 이름으로 부른 게 사실상 처음이었기 때문이다.

"미래 씨, 이거 유튜브에 터뜨리면 대박감 아닌가? 원래 그런 일이 전공이라며. 증거가 있어도 쉬운 싸움은 아니겠지만."

"전공까진 아니지만 필요하면 공론화해야죠. 언론에도 알리고. 다림 언니랑 상의해서 해야 할 것들을 준비해 볼게요."

정원은 다림과 원석과 미래에게 고마움을 표시했다. 원석은 유독 피곤해 보였다. 힘겹게 자리에서 일어서더니 정원과 미래의 어깨를 차례로 툭 쳐주었고, 조금 떨어져 있던 다림에게는 주먹을 쥐고 말없이 파이팅을 외쳐주었다. 그게 정원과 미래, 다림이 살아 있는 원석과 함께한 마지막 순간이었다.

$\oint$

다음 날 원석은 이상한 LP가게 지하에 셀프로 마련한 자신의 합주실에서 펜더 기타를 품에 안은 채 발견됐다. 안타깝게도 숨은 쉬지 않고 있었다. 정원은 아침 일찍 가게에 오자마자 먼저 지하 합주실로 내려가 보았다. 전날 피곤해 보였던 원석이 혹시나 합주실에서 밤을 지새우지는 않았을까 싶어서였다. 문틈으로 불빛은 새어 나오는데 음악 소리가 들리지 않아 정원은 불길한 마음을 억누르며 문을 열고 들어갔다. 그나마 원석의 표정이 고통스러워 보이지 않아 다행이었다. 아니, 그보다는 오히려 웃고 있었다는 게 좀 더 정확한 표현일 것 같다. 평소 아무런 감정도 보여주지 않던, 오로지 무표정한 얼굴만 갖고 있어 고양이를 닮았다는 소리를 듣던 원석이 죽음 앞에서 더없이 편안한 미소를 지은 채 눈을 감은 것이다. 펜더 스트라토캐스터를 품에 안은 원석의 곁에는 지미 헨드릭스의 「부두 차일드Voodoo Child」 기타 솔로 악보가 놓여 있었다. 어쩌면 원석도 지미 헨드릭스처럼 생의 마지막에 그 곡을 연주하고 싶었던 걸까?

경찰에 의해 유서가 발견됐으나 자살은 아니었다. 원석이 일주일째 약을 먹지 않았다는 사실은 뒤늦게 알려졌다. 담당 의사는 약은 치료제가 아니라 죽음을 앞두고 잠깐이나마 고통을 줄여주기 위해 처방해 준 진통제였다고 말했다. 또 원석은 자신에게 주어진 시간이 얼마 남지 않았음을 잘 알고 있었으며, 일찌감치 연명치료는 거부하겠다는 의사를 밝혔고 언제 죽더라도 병원 침대에 누워 마지막을 맞지는 않겠다고 입버릇처럼 말했다고도 했다.

그런 와중에도 원석은 죽기 전 일주일 동안 정안의 억울한 죽음을 밝혀줄 증거를 찾기 위해 은밀하게 움직였고, 마침내 후배 형사로부터 결정적 증거물을 확보해서 정원에게 건넸다. 그러고는 해야 할 일을 다 했다는 생각에 그만 긴장이 풀렸던 걸까.

원석은 다가올 죽음을 차분하고 치밀하게 준비해 오고 있었다. 재산 대부분은 이미 헤어진 아내와 학교폭력으로 세상을 등진 자식의 이름을 딴 장학 재단을 설립하는 데 다 넘긴 후라 수중에 남은 돈은 많지 않았다. 하지만 원석은 유언을 통해 다림에게 변호사 수임료를 제외한 남은 재산의 처분을 의뢰했다. 정원이 후원하는 유기 동물 보호소에 기부해 달라는 내용이었고, 미래에게는 따로 500만 원을 남겼다. LP가게 아르바이트도 좋지만 언젠가는 하고 싶은 걸 하라는 의미로 삼촌이 주는 취업 장려금이라는 멘트와 함께. 그 이야기를 다림으로부터 전해 들은 미래는 밤새도록 울었다. 퉁명스레 내뱉는 원석의 반말이 그렇게나 그리울 수가 없었다.

정원의 이상한 LP가게 앞에는 '상중喪中'이란 안내문이 걸렸다. 그리고 장례식장에서는 때아닌 공연이 펼쳐졌다. 밴드 이름은 원석이 없는 '원석 씨와 이상한 밴드'였다. 다림이 키보드를 맡았고 정원과 미래는 각각 베이스와 기타를 잡았다. 알고 보니 대학가요제 출신이었던 예분이 객원 멤버가 되어 드럼을 쳤고, 산티아고 순례를

마치고 막 돌아온 카론, 아니 두만이 소식을 듣고 찾아
와 기꺼이 마이크를 잡았다.

원석은 미리 유서에 곡명까지 지정해 주고 떠났다.
AC/DC의 「하이웨이 투 헬」이었다.

그렇게 원석의 마지막 버킷리스트는 그가 세상을 떠
난 후 마침내 이루어졌다.

에필로그

Still, Vinyl Saves Us

원석

원석은 한 줌 재로 돌아갔다. 장례 절차가 끝날 때까지 가족이라며 나타난 사람은 끝내 없었다. 정원은 원석의 유골함을 그가 남긴 유언에 따라 수목장으로 치러줬다. 정원은 이제 나무와 하나가 된 원석 아래 잠시 기대어 앉았다. 말 없는 나무가 원석과 많이 닮았다는 느낌이 들었다. 한 줄기 바람이 불어왔다. 흔들리는 나뭇가지 사이로 파란 하늘을 올려다보며 정원은 문득 생각했다. 인간의 삶이란 참 부조리하구나, 하고.

정원은 나지막이 휘파람을 불기 시작했다. 투츠 틸레망의 「올드 프렌드Old Friend」였다. 풍랑 후의 바다 같은 한 가락 선율이 이제 나무가 된 원석과 정원을 고요히 감싸안았다. 세상 모든 일에 다 이유가 있다고 전제한다면, 원석이 젊은 날 그렇게까지 돈에 집착했던 건 자신의 불우했던 가정사가 오로지 돈 때문이라고 믿었기 때문이다. 하지만 인간은 그렇게 간단한 동물이 아니고 불행의 원인 역시 하나에만 기인하는 경우는 드물다. 결론적으로 원석은 어리석었다. 돈은 원석의 가족을 불행하게 만든 여러 원인 중 하나였을 뿐이지 유일한 원인은 아니었다. 하지만 원석이 그걸 깨달았을 때는 이미 너무 많은 걸 잃고 난 후였다. 비록 지나간 시간을 되돌릴 수는 없었지만, 그래도 마지막은 나쁘지 않았다. 그게 다 우연히 찾아 들어간 이상한 LP가게 덕분이었다.

가게에서 원석이 즐겨 듣던 곡은 패티 스미스 그룹의 1979년 앨범 『웨이브Wave』에 수록된 「댄싱 베어풋」이었다. 그 곡은 원석이 훗날 욕망에 눈이 멀어 온갖 나쁜 짓만 골라 하는 어른이 되기 전 들었던 곡이다. 턴테이블 위에서 빙글빙글 돌아가는 레코드판을 물끄러미 보고 있노라면 마치 최면에 걸린 것처럼 그때의 기억이 손에 잡힐 듯 떠올랐다.

추억은 어떤 이들에게는 힘이 되지만, 원석은 추억조

차 어깨에 짊어진 짐일 뿐이라고 생각하는 사람이었다. 그런데 아니었다. LP판에 새겨진 추억들은 원석이 남은 생을 버텨내는 데 힘이 되어주었다. 비록 남겨진 시간이 너무도 짧았지만, 그조차도 원석은 나쁘지 않다고 생각했다. 원래 소중하고 반짝이는 것들은 스쳐 가는 법이니까. 그래서 어떤 사람들은 그게 자신 곁에 왔다 갔는지조차 알지 못한다. 바로 원석이 그랬었다. 하지만 이제는 아니다. 다소 늦은 감이 있지만, 원석은 자신의 삶에도 소중함과 반짝임이 있었다는 걸 알게 됐다. 그리고 그걸 알고 떠날 수 있게 해준 인연들에 감사했다. 원석이 펜더 기타를 품에 안은 채 마지막 숨을 들이켜면서 웃을 수 있었던 이유다.

정원

원석의 장례를 마치고 돌아온 다음 날, 정원은 동생 사고의 진짜 뺑소니 가해 운전자가 찍힌 블랙박스 영상을 경찰에 제출하며 변호사를 대동했다. 변호사는 당연히 다림이었다. 다림은 그날 정원을 대신해 기자회견을 열었다. 뺑소니 사고로 세상을 떠난 이정안 사건의 가해자가 자신들이 가진 부와 권력을 총동원해 사건을 조작했다는 내용이었다. 전직 국무총리와 세 손가락 안에 드는 거대 로펌의 대표가 연루된 만큼 후폭풍은 거셌다. 사안의 심각성을 인식한 정치권은 신속하게 검찰과 경찰에 재수사를 촉구했다.

그렇게 지극히 아름다운 마음을 가졌던 한 청년의 억

울한 죽음에 얽힌 진실이 밝혀졌다. 정안이 안타깝게 세상을 뜬 자리에는 뒤늦게나마 추모객들의 발길이 이어졌다. 그 풍경을 멀리서 바라보며 정원은 하염없이 울었다. 드디어 진실은 드러났다. 하지만 정원의 고통스러운 마음이 사그라지지는 않았다. 억울함은 풀렸지만 그렇다고 해서 죽은 정안이 다시 돌아오지는 않는다. 그 사실이 정원을 여전히 아프게 했다.

빵소니 사고의 진범 윤석훈이 구속된 다음 날, 검찰은 KY로펌을 압수수색 했고 대표 역시 긴급체포됐다. 그 와중에 그의 아버지인 전직 국무총리는 자신은 사건 조작에 참여하지 않았다며, 아들과 손자가 둘이 알아서 한 일일 뿐 자신은 무관하다고 주장했다. 하지만 며칠 지나지 않아 그가 경찰청장에게 외압을 가한 정황이 담긴 녹취록이 언론에 공개되면서 한집안 3대가 함께 구속되는 진풍경이 만들어졌다.

미래와 원장

세상은 연결되어 있다. 거미줄처럼. 새삼스러운 일은
아니다. 하지만 신의 눈으로 내려다보지 않는 한 그들
은 자신들이 어떻게 연결되어 있는지 알지 못한 채 살
아간다.

살아야 할 이유보다 죽을 만한 이유가 더 많다고 느
꼈던 원장이 다림에게 뒤통수에 명함 표창을 맞고 죽기
를 포기한 다음 날, LP가게 2층 다림의 사무실에서 이
혼소송 상담을 성공적으로 마치고 내려가다 마치 자석
에 끌리듯 LP가게로 들어간 건 과연 우연이었을까? 정
확히는 자석이 아니라 드보르자크의 「첼로협주곡 B단
조」가 원장을 LP가게로 끌어들였다.

「첼로협주곡 B단조」는 버스 운전기사였던 아버지가 좋아하던 곡이고 그래서 아주 오래전 대학 시절, 아버지에게 운전할 때 들으시라고 USB 장치에도 담아줬던 곡이었다. 아버지가 문제의 버스를 몰다가 사고를 낸 날도 버스 안에는 드보르자크의 첼로 선율이 흐르고 있었다. 수련회를 다녀오던 초등학생들이 다수 사망한 버스 사고. 어린 시절 미래가 타고 있던 그 버스 말이다.

버스 사고는 총체적인 부조리의 결과였다. 원래 배차된 운전기사는 상습 음주운전 사실이 발각되어 해고됐는데, 사고 전날 밤 술에 취한 상태에서 앙심을 품고 버스의 안전벨트를 전부 칼로 잘라가 버렸다. 게다가 해당 버스는 정기 검사도 받지 않은 채 불법 운행 중이었다. 그날 운전대를 잡은 기사에게 잘못이 있었다면 새벽까지 대리운전을 하고도 회사로부터 급하게 걸려온 대타 투입 제안을 거절하지 않은 것뿐이었다. 당연히 자신이 몰아야 할 버스에서 안전벨트가 잘려나갔다는 것도, 버스가 제대로 정비를 받지 않았다는 것도 몰랐다. 그가 아는 건 오로지 공부를 잘 하는 아들의 미래를 위해 일 분 일 초라도 더 일할 수 있다면 해야 한다는 것이었다. 그게 전부였다. 하지만 사고 발생 후 비난은 고스란히 기사에게 돌아왔고, 결국 그는 죄책감으로 괴로워하다 구치소에서 극단적인 선택을 했다. 유서에는 희생된 아이들과 하나뿐인 아들에게 미안하다는 글이 적혀 있었다. 그 아들이 바로 원장이었다.

한편, 버스 참사의 유일한 생존자였던 미래는 어느 날 정원이 틀어놓은 드보르자크의 「첼로협주곡 B단조」를 듣는 순간 오래전 일들이 마치 어제 일처럼 떠올랐다. 그날의 사고와 그때 버스 안에서 흐르던 곡까지. 미래는 흐르는 눈물을 참을 수 없었다. 통제되지 않는 눈물이었다. 다행히 가게 안에는 손님이 많지 않았다. 그때 미래는 봤다. 한 남자가 청음 코너에서 「첼로협주곡 B단조」를 틀어놓고 턴테이블 위에서 돌아가는 음반을 바라보며 소리 없이 흐느끼는 것을.

미래는 남자에게 다가갔다. 그리고 울고 있는 원장의 얼굴에서 15년 전 버스 기사의 얼굴을 봤다. 그런 느낌이 들었다고 이야기하는 게 아니라, 실제로 미래 앞에 그때의 기사님이 서 있었다. 버스 기사는 미래를 보고는 울먹이는 얼굴로 고개를 숙였다.

"미안해요. 정말 미안해요."

"아저씨 잘못이 아니잖아요. 아저씨는 막고 싶었잖아요. 얼마나 힘드셨어요."

그날의 기억은 곧 희미해졌다. 드보르자크의 「첼로협주곡 B단조」를 듣다 정말 LP가게에서 버스 기사를 본 건지, 꿈을 꾼 건지……. 하지만 그건 더 이상 중요하지 않았다. 그날 실컷 울고 난 후 막혀 있던 뭔가가 깨끗하게 쓸려 내려간 기분이 들었기 때문이다. 미래는 더 이상 인데놀이 없어도 심장이 쿵쿵대거나 떨리지 않았다. 미래는 이상한 LP가게를 여전히 사랑하지만 이젠 떠나도 좋을 때가 됐음을 느꼈다.

그리고 그날 이후 원장은 이상한 LP가게의 단골손님이 됐다. 눈물을 들킨 게 부끄러웠는지 미래를 보면 눈을 피했지만, 대신 언제부터 친해졌는지 예분 씨를 예분 누나라 부르며 졸졸 따라다녔다.

원장은 「첼로협주곡 B단조」를 들으며 하염없이 울었던 그날 이후 가슴속에 쌓여 있던 무언가가 스르르 녹아 없어진 느낌이었다. 그래서 어쩌면 다시 병원을 열 수 있을지도 모르겠다는 생각마저 들었다. 하지만 급할 건 없었다. 빨리 간다고 먼저 도착하는 게 인생이 아니라는 사실을 알게 됐으니까.

시아와 다림

　다림이 예기치 않게 공익 변호사 타이틀을 갖게 된 건 북극곰 때문이었다. 물론 그 전에 먼저 냉전 상태에 빠졌던 시아와의 화해를 위한 노력이 있었다.

　시아는 북극곰을 살리기 위해 독학으로 코딩 공부에 돌입했다. 지구온난화의 주범인 탄소 배출을 효과적으로 막기 위해 실시간으로 감시할 수 있고 통계가 제공되며 다양한 아이디어와 캠페인이 하나로 묶인 어플을 직접 개발하겠다는 당찬 목표를 세웠기 때문이다. 물론 시아니까 가능한 목표였다. 한편 다림은 시아를 도우면서 대기업의 온실가스 배출권 사업에 주목하게 됐다. 그리고 그 과정에서 우연히 모 대기업이 잉여 배출권을 부당하게 활용해 막대한 이익을 편취해 온 사실을 알게 됐다. 다림은 당장 공익 소송을 냈다. 그리고 이를 계기로 다림은 이제 환경문제 전문 변호사로 거듭나는 중이다.

다림은 종종 어떻게 변호사가 될 수 있었냐는 질문을 받으면 자신을 둘러싼 세상의 차별과 혐오 덕분이었다고 날을 세워 말하곤 했었다. 하지만 풍진동에 사무실을 내고 이상한 LP가게를 통해 우연히 만난 사람들과 인연을 이어가며 곧 깨달았다. 차별과 혐오가 다림을 세상과 맞서 싸우게 한 동인이 된 건 맞지만, 궁극적으로 그 싸움에서 이길 수 있었던 것은 드러나지 않는 곳에서, 또 기대하지 않은 상황에서 누군가가 보내준 연대와 공감 그리고 사랑의 힘 때문이었음을 말이다.

참, 그리고 시아에게는 드디어 사회·환경·정치·문화·경제·교육 말고도 관심 있는 분야가 하나 더 생겼다. 그건 바로⋯⋯ 사랑이었다. 북극곰 살리기 캠페인을 벌이다 만난 한 살 연상의 선배 누나와 그만 첫사랑에 빠지고 만 것이다.

동만과 두만

'동만과 두만'은 프로젝트 그룹 이름이다. 닉스의 죽음 이후 카론은 정원의 LP가게를 세상에 알리며 수많은 순례자들을 양산했지만 정작 자신은 홀연히 사라졌었다. 알고 보니 카론이라는 이름을 버린 두만은 그동안 산티아고 순례길을 수차례 왕복했다고 한다. 그렇게 사라졌던 두만이 다시 모습을 나타낸 곳은 원석의 장례식장이었다. 두만은 영정 사진 속 원석에게 일찍 오지 못해 미안하다고 울먹였고, 영정 사진 속 원석은 예의 반말로 툭 내뱉었다.

"노래나 해."

그렇게 두만은 장례식장에서 원석이 없는 '원석 씨와

이상한 밴드'의 보컬로 AC/DC의「하이웨이 투 헬」을 멋지게 불렀다. 두만은 사실 순례길을 오가며 다시는 노래할 수 없을 거라 생각했었다. 그런데 원석 덕분에 다시 노래할 수 있게 되었고, 그래서 만든 프로젝트 그룹이 바로 '동만과 두만'이었다. 두만은 닉스가 아닌 동만이가 만들어두었던, 상업성이 없다며 소속사에서 거절당했던 곡들을 자신이 불러 앨범을 냈다. 앨범이 나온 날 두만은 『동만과 두만 1집』 LP를 들고 동만의 납골당을 찾았다. 동만의 엄마가 그곳에서 기다리고 있었다. 동만의 엄마는 동만이 쓰고 두만이 부른 노래들을 그곳에서 함께 들었다. 동만과 함께. 듣고 또 들었다.

톰 소령

정원이 아버지가 평생 모으고 자신이 더한 6312장의 앨범들에 새 주인을 찾아주고 나서 다시 세상과 이별하기로 마음먹은 후, 풍진동의 이상한 LP가게로 LP판을 전부 옮기기 위해 이삿짐 상자에 조심스레 그것들을 담을 때였다. 물론 그 와중에도 아버지가 남긴 오래된 토레스 턴테이블 위에서는 레코드판이 돌아가고 있었다. 어쿠스틱한 사운드를 바탕으로 지상 관제소에서 톰 소령을 애타게 부르는 데이비드 보위의 낮은 목소리가 방 안을 가득 채웠다.

딱히 이 곡을 듣겠다고 LP를 골라낸 건 아니었다. 순서대로 음반을 포장하다 돌아가던 음반이 끝났을 때 손에 쥔 음반을 턴테이블에 올려놓았을 뿐이다.

데이비드 보위의 「스페이스 오디티Space Oddity」 싱글이 발매된 건 1969년 7월 11일이었다. 그리고 닷새 후인 1969년 7월 16일, 마침내 지구의 중력을 벗어난 최초의 인류가 달에 첫발을 내디뎠다. 음반사는 이왕이면 세기의 이벤트가 될 달 착륙에 앞서 보위의 음반을 내려고 서둘렀을 거다. 나름 특수를 노렸겠지. 하지만 「스페이스 오디티」의 후반부 가사는 우주로 떠난 톰 소령이 결국 돌아오지 못할 운명임을 암시하고 있었다. 톰 소령에게 아무리 들리냐고 물어도 돌아오는 대답은 없었으니까.

음반 회사의 얄은 기대를 배반하고 영국의 BBC방송은 달에 간 우주인들이 무사히 돌아오기 전까지 보위의 새 노래를 트는 걸 자제했다고 한다. 물론 암스트롱이 달에 발자국을 남기고 무사 귀환한 후에는 상황이 달라졌다. 첫 앨범에서 기대만큼의 성과를 얻지 못해 다소 실의에 빠졌던 데이비드 보위는 「스페이스 오디티」를 두 번째 정규앨범의 첫 트랙에 배치했고, 그해 이 앨범

은 영국과 미국에서 음반사가 애초에 기대했던 만큼의
히트를 쳤다.

이상은 정원의 아버지가 들려준 이야기였다. 물론 당
신도 직접 보고 기억한 이야기는 아니었을 거다. 아버지
가 태어난 해도 바로 그 1969년이었으니까.

잘 알려져 있듯 데이비드 보위는 1968년에 나온 스탠
리 큐브릭 감독의 걸작 SF 영화 「2001: 스페이스 오디
세이」로부터 영감을 받아 곡을 썼다고 한다. 정원은 어
린 시절 「스페이스 오디티」에서 '오디티'의 뜻이 뭐냐
고 아버지에게 물었다. 아버지는 대답을 미루고 영어 사
전을 집어 들었다. 그땐 어느 집이나 영어 사전 하나쯤
은 있던 시절이다. 하지만 아버지는 사전을 찾아보고도
여전히 대답을 미뤘다. 당시 정원은 아버지도 모르는 게
있다는 사실이 조금은 신기했다.
다음 날, 정원의 아버지는 '오디티'는 「스페이스 오디
세이」에서 '오디세이'를 비튼 말장난이라고 알려줬다.
아마도 심증은 있었으나 확인이 필요했겠지. 아버지는

그런 사람이었다. 나름 신중하고 작은 실수조차 두려워하는 사람. 당시는 인터넷이 막 보급되기 시작하던 시대, PC 통신의 시대가 저물던 시대였다. 지금과 비교하면 무척이나 불편했던 시절이었다. 아직까진 무언가를 알기 위해 도서관이며 어딘가로 하루 정도는 발품을 팔아야 했던 시절이기도 했다. 그땐 듣고 싶은 음악이 있다고 해서 바로 찾아 들을 수도 없었다. 지금은 핸드폰만 있으면 어디에서든 듣고 싶은 음악을 검색해 바로 소환할 수 있지만, 스트리밍의 시대가 오기 전에는 파일로 음악을 다운받아 들었고, 그 전에는 CD, 그리고 CD 이전에는 LP가 있었다. 정원의 아버지는 LP를 듣고 자란 세대였고 정원은 아버지의 유전자와 LP를 함께 물려받았다.

「스페이스 오디티」는 그 후 여러 영화나 드라마의 배경음악으로 쓰였다. 그중 정원이 가장 좋아했던 건 영화 「월터의 상상은 현실이 된다」였다. 현실을 견뎌내기 위해 상상 속 세계를 헤매는 월터 미티. 그 월터를 연기한 배우 벤 스틸러는 영화에서 내내 표정 없는 연기를 했다. 물론 표정이 없다고 해서 정말 그런 것은 아니었다. 무표정한 얼굴 뒤에도 수백 가지 표정이 숨어 있어서 월터의 감정은 다 전해지고도 남았다. 정원은 겉으로 무표정한 그 얼굴이 무척 마음에 들었다. 어린 시절 정원이 표정 없는 아이여서 아마 더 그랬을지도 모른다. 물론 어른이 됐다고 없던 표정이 풍부해진 건 아니었지만 그래도 필요할 때 가짜 표정을 지을 수는 있게 됐다. 자연스러운지까지는 몰라도 말이다.

$\oint$

　암스트롱을 시작으로 달에 마지막으로 간 사람은 아폴로 17호를 타고 간 유진 서넌과 해리슨 슈미트였다. 그들은 1972년 12월 11일에 리트로계곡에 내렸다. 그게 마지막이었다. 뉴스에서는 미국과 중국 간에 달 탐사 경쟁이 시작되었으며 2027년에 미국은 다시 우주인들을 달에 내려놓을 거라고 했다. 「스페이스 오디티」를 처음 들었을 때, 아버지는 정원의 곁에서 곡이 만들어진 배경을 설명해 줬다. 정원에게 LP란 그런 것이었다. 어떤 무언가를, 그게 무엇이든 떠올리게 해주는 그런 사물. 그래서 LP라는 사물에는 생명이 없어도, LP가 돌아가면 정원은 자신이 살아 있다는 걸 느꼈다. 그리고 또 어떤 날은 LP가 정원의 손목을 부여잡고 어딘가로 이끌었다.

그나저나 저 먼 우주 속으로 떠난 톰 소령은 어찌 됐을까?

그러고 보니 정원의 아버지가 PC 통신 시절을 거쳐 인터넷에서 쓰던 닉네임도 '톰 소령'이었다. 정원은 가만히 혼자 중얼거려 보았다. 톰 소령, 톰 소령, 내 목소리가 들리나요?

𝄞

톰 소령은 점점 멀어져 가는 지구를 바라보며 무슨 생각을 했을까? 처음에는 농구공만 하게 보이던 푸른 별 지구는 어느 사이 어릴 적 가지고 놀던 알록달록하고 투명한 구슬만 해졌을 거다. 그러고도 한참을 계속 작아졌겠지. 그렇게 중력의 영향으로부터 온전히 벗어난 톰 소령은 그만큼 자유로워졌을까? 자신은 자유로워졌지만 여전히 지구의 중력에 갇혀 있는 아들 정원을 위해 톰 소령은 어떤 기도라도 드렸을까?

언젠가 너무 많은 소중한 사람들이 같은 날 지구를 떠났다. 남겨진 사람들은 슬픔을 가누지 못했다. 그때 누군가가 그랬다. 소중한 아이들은 이제 밤하늘의 반짝이는 별이 되었다고. 위로의 말이었겠지만 정작 정원은 그 이야기를 듣고 난 뒤로 한동안 밤하늘을 올려다볼 수가 없었다. 날이 흐려서 별이 보이지 않으면 보이지 않아 슬펐고, 어쩌다 맑은 날 촘촘하게 박힌 별을 보면 그렇기에 더욱 슬펐다. 저 별 중에 정안이도 엄마도 아버지도 있다고 생각하면 더욱 외롭고 서운할 뿐이었다. 그래서 정원도 지구의 중력을 벗어나고 싶었다.

하지만 정원은 이제 안다. 처음부터 마음에는 중력이 작용하지 않았다는 걸. 지구의 번잡함을 피하기 위해 굳이 저 캄캄한 우주로 떠나야 할 필요는 없었다는 것을.

지구는 이 순간에도 초속 465미터의 속도로 자전하

며 동시에 태양의 둘레를 초속 29.8킬로미터의 속도로 공전한다. 그런데도 저 우주 밖으로 내가 튕겨 나가지 않는 건 우리를 잡아당겨 주는 힘이 있기 때문이다. 사람들은 그걸 중력이라고 말하지만, 정원은 그게 사랑이란 걸 안다. 애초에 인간의 마음은 몸과 달리 질량으로 계산될 수 없다. 무게가 없으니 그 마음은 어디에도 묶이지 않고 가고 싶다면 어디든 갈 수 있다. 정원에게 이상한 LP가게는 그 마음들이 모여든 곳이었다. 정원을 지구 밖으로 튕겨 나가지 않게 꼭 잡아준 마음들. 사랑이라고밖에 말할 수 없는 소중한 마음들. 정원은 자신이 만들었지만 이상한 LP가게는, 참 이상한 곳이라고 생각했다.

𝄞

"그냥 편하게 주위 친구들한테 자랑하듯 이야기하시면 됩니다. 파이팅!"

경기북부소상공인연합회 노진주 대리는 강연 무대에 오르기 직전 긴장한 정원에게 파이팅을 외쳐주었다. 정원이 올라간 무대 뒤에는 '이상한 LP가게의 창업 성공기'라는 플래카드가 걸려 있다. 정원은 얕은 심호흡을 하고 마이크 앞에 섰다.

"안녕하세요. 이상한 LP가게를 운영 중인 이정원입니다. 1년 전 오늘, 저는 죽으려고 했습니다."

작가의 말

"정원의 아버지는 고민거리가 있거나 무언가를 결정해야 할 때 로잘린 투렉이 연주하는 바흐의 「골드베르크 변주곡」을 듣곤 했다. 그러면 늘 결정을 유예한 채 잠들 수 있었기 때문이다. 일종의 수면제 처방이었다. 종종 가까운 이들 중 정원의 아버지로부터 같은 처방을 받은 이들이 있었다. 그들 중 몇몇은 불면증이 사라졌다며 지루한 곡을 추천해 줘서 고맙다고 했다. 자주 있는 일이었다. 의도와는 다른 결과. 누군가에게는 지루하게만 들렸던 투렉의 연주에서 정원의 아버지가 발견한 건 지루함 사이에 숨어 있는 삶의 어떤 여백이자 틈이었다."

아마도 거의 마지막으로 원고를 수정할 때 고친 내용이었을 거다. 원고를 보낸 후 늦은 밤, 투렉의「골드베르크 변주곡」을 다시 들었다. 잠은 오지 않았고, 음악은 좋았다. 그리고 정원의 아버지가 그랬던 것처럼 나 역시 투렉의 연주를 들으며 지루함 속에 숨은 삶의 어떤 여백, 틈을 발견했던 것 같다. 어느새 눈앞의 고민을 내일로 미룬 채 잠들 수 있었으니까. 정원의 아버지도 나처럼 그날, 투렉의 연주를 다시금 들었다면 얼마나 좋았을까. 그랬다면 당신 역시 그 밤을 고이 보낸 후 새 아침을 맞이할 수 있었을 텐데.

물론 소설에 등장하는 이들은 모두 가상의 인물이다. 정원도 정안도 정원의 아버지도 이 세상에는 존재하지 않는다. 하지만 정말 그럴까? 정원은 원석이 어느 날 우연히 풍진동의 이상한 LP가게를 찾아서 들어왔다고 생각했지만, 원석은 가게 안에 홀로 있던 정원의 모습을 보고 그냥 지나칠 수 없어 들어갔다. 우연이 아니었던 거다. 두만과 미래와 시아와 다림, 그리고 원장과 예분 씨와 또 풍진동 LP가게를 다녀간 순례자들은 저마다의 LP를 통해 함께 공유할 추억을 만들었다. 소설과 이별해야 할 때가 되니 그들 한 사람 한 사람의 온도가 새삼 많이 그리워졌다.

아주 오래전, 태어나 처음 완성해 본 영화 시나리오는 음악영화였다. 아쉽지만 영화로 만들어지지는 못했다. 그 후로도 한두 번쯤 더 음악영화 시나리오를 썼다. 제의를 받아 쓴 적도 있고 제안을 해서 쓴 적도 있지만 결과는 다르지 않았다. 영화는 만들어지지 않았다. 시간은 흘렀고, 어느 날 우연한 대화 속에서 음악을 소재로 소설을 써보자고 했다. 그리고 이번에는 한 권의 소설책이 만들어졌다.

한동안 혼자 하는 작업에 익숙해져 있었는데 이번에는 혼자가 아니라는 사실에 많은 위로를 받았다. 게다가 지나고 보니 정작 내가 가장 위로가 필요할 때 누군가

에게 위로를 주는 책을 쓴 셈이 됐다. 아무쪼록 그 위로
가 필요한 이들에게 온전히 가닿기를 간절히 바란다.

_임진평

좋은 음악영화 한 편 같이하자고 이야기 나누던 이와
소설 작업을 먼저 하게 되었다. 큰 의견 차이도 없이, 사
소한 다툼도 없이, 서로 도와가며 무언가를 창작할 수
있다는 건 그 자체로 진귀한 경험이었다. 풍진동의 이상
한 LP가게 사람들과 함께한 그 시간이 두고두고 기억날
것 같다.

언제부터였을까. 주인공 정원처럼 그런 생각을 했던
게. 방황하던 청춘, 혹은 이른 나이에 사랑하는 가족을
하나둘 잃었을 때, 그랬던 것 같다.

그럴 때마다 무언가를 했다. 바닷가를 걷고 기타와 수영을 배우고 잠 못 드는 새벽에 축구와 야구를 보고 아주 먼 나라로 여행을 떠나기도 했다.

하지만 클래식 기타로 로드리고를 연주하게 되었어도, 자유로이 접영을 하고 해외 스포츠팀들을 훤히 꿰게 되었어도 상처는 아물지 않았다. 아름다운 피렌체와 파리 거리를 아무리 걸어봐도 가슴속 슬픔 한 줌 덜어지지 않았다.

그러나…… 그러는 사이 시간이 흘렀고 시간이 나를 지나쳐갔다. 그래서 내가 이렇게 살아 있다고 말할 수 있다.

소설 속 인물처럼 한순간 모든 것을 내려놓고 싶은 이가 있다면, 기타나 수영이 아니어도 좋으니 무어라도 시작해 보시라 조심스레 권하고 싶다. 그 무엇이라도 말이다. 영화 「스모크」의 담배 가게 주인처럼 매일 같은 시각, 같은 장소의 사진을 찍는다거나. 모형 미주리호를

조립한다거나. 동네 만물상을 돌며 옛날 가요 LP를 뒤
진다거나. 물론 나도 다 해본 일들이다. 그래도 영 안 되
겠다 싶을 때, 사람들의 얼굴을 찬찬히 다시 바라보면
좋겠다. 저마다의 무게를 견디고 있는 그들과 친구가 되
고 때로 가족이 되는 기적을 꿈꾸어 봤으면 좋겠다.

그러다 보면, 또 알겠는가. 불현듯 좀 더 살아보고 싶
은 생각이 들지. 그리고 그 속을 알아보는 눈 밝은 누군
가가 다가와 문득 말을 걸지도.

당신이, 행복했으면 좋겠다.

_고희운

POONGJIN-DONG
LP SHOP
ORIGINAL WORLD POPS

SIDE A.

1 그대 떠나는 날 비가 오는가?
(산울림)
(김창완)

2 아르페지오네 소나타 D.821
(게리 카)
Arpeggione Sonata D.821
(Schubert)

3 나 프레상 (레니니)
Na Pressão
(Lenine/Tavares/Natureza)

4 예스터데이 원스 모어
(카펜터스)
Yesterday Once More
(Carpenter/Bettio)

5 희망가 (미상)

6 소낙비 (이연실)
(양준집/Dylan)

7 어 하드 레인스 어 고나 폴
(밥 딜런)
A Hard Rain's A-Gonna
Fall (Dylan)

8 토카타와 푸가 D단조 BWV
565 (헬무트 발햐)
Toccata and Fugue in
D minor, BWV 565 (Bach)

9 베어풋 (k.d. 랭)
Barefoot (Telson/Lang)

10 댄싱 베어풋 (패티 스미스)
Dancing Barefoot
(Smith/Král)

11 리틀 노운 (이안 매튜스)
Little Known (Matthews)

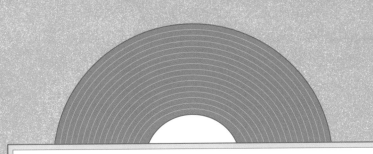

SIDE B.

1 그레이스 (제프 버클리)
Grace (Buckley/Lucas)

2 에보니 아이즈 (밥 웰치)
Ebony Eyes (Welch)

3 로큰롤 댄스 (서태지와 아이들)
Rock'N Roll Dance
(서태지/Young)

4 라이더스 온 더 스톰 (도어스)
Riders on the Storm
(The Doors)

5 히어로스 (데이비드 보위)
Heroes (Bowie/Eno)

6 바이 디스 리버 (브라이언 이노)
By This River
(Eno/Roedelius/Moebius)

7 고엽 (이브 몽탕)
Les Feuilles Mortes (Kosma)

8 유 아 마이 데스티니 (폴 앵카)
You Are My Destiny (Anka)

9 플라이트 투 덴마크
(듀크 조던)
Flight to Denmark (Jordan)

10 첼로협주곡 B단조 Op.104
Cello Concerto in B minor,
Op 104 (Dvořák)

11 노 프로블럼 (듀크 조던)
No Problem (Jordan)

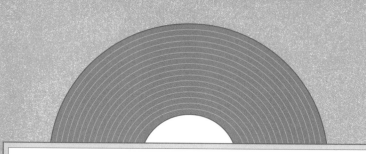

SIDE C.

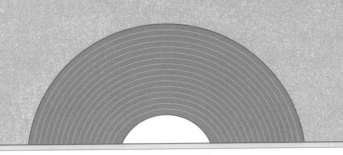

SIDE D.

1 친구 (김민기)
(김민기)

2 옛 친구에게 (여행스케치)
(조병석)

3 스트레인지 프루트 (게리 파)
Strange Fruit (Meeropol)

4 서핑 유에스에이
(비치 보이스)
Surfin' USA (Berry/Wilson)

5 꿈을 꾼 후에
(야노시 슈테르케르)
Après un rêve (Fauré)

6 아랑후에스 협주곡
(마일스 데이비스)
Concierto de Aranjuez
(Rodrigo)

7 구름 (장고 라인하르트)
Nuages (Reinhardt)

8 헤로인 (벨벳 언더그라운드)
Heroin (Reed)

9 부두 차일드 (지미 헨드릭스)
Voodoo Child (Hendrix)

10 올드 프렌드 (투츠 틸레망)
Old Friend (Thielemans)

11 스페이스 오디티
(데이비드 보위)
Space Oddity (Bowie)

359

오늘도 돌아갑니다,
풍진동 LP가게

초판 1쇄 발행 2024년 11월 18일
초판 2쇄 발행 2024년 12월 13일

지은이 임진평, 고희은
펴낸이 김선식

부사장 김은영
콘텐츠사업본부장 임보윤
기획편집 채윤지 **책임마케터** 양지환
콘텐츠사업2팀장 김보람 **콘텐츠사업2팀** 박하빈, 채윤지, 김영훈, 박영롱
마케팅본부장 권장규 **마케팅2팀** 이고은, 배한진, 지석배, 양지환
미디어홍보본부장 정명찬 **브랜드관리팀** 오수미, 김은지, 이소영, 박장미, 박주현, 서가을
뉴미디어팀 김민정, 고나연, 홍수경, 변승주
지식교양팀 이수인, 염아라, 석찬미, 김혜원, 이지연
편집관리팀 조세현, 김호주, 백설희 **저작권팀** 성민경, 이슬, 윤제희
재무관리팀 하미선, 임혜정, 이슬기, 김주영, 오지수
인사총무팀 강미숙, 이정환, 김혜진, 황종원
제작관리팀 이소현, 김소영, 김진경, 최완규, 이지우, 박예찬
물류관리팀 김형기, 주정훈, 김선진, 채원석, 한유현, 전태연, 양문현, 이민운

펴낸곳 다산북스 **출판등록** 2005년 12월 23일 제313-2005-00277호
주소 경기도 파주시 회동길 490
대표전화 02-704-1724 **팩스** 02-703-2219 **이메일** dasanbooks@dasanbooks.com
홈페이지 www.dasanbooks.com **블로그** blog.naver.com/dasan_books
종이 스마일몬스터 **인쇄** 한국학술정보 **제본** 다온바인텍 **후가공** 제이오엘엔피
ISBN 979-11-306-5782-0 (03810)

다산북스(DASANBOOKS)는 책에 관한 독자 여러분의 아이디어와 원고를 기쁜 마음으로 기다리고 있습니다.
출간을 원하는 분은 다산북스 홈페이지 '원고 투고' 항목에 출간 기획서와 원고 샘플 등을 보내주세요.
머뭇거리지 말고 문을 두드리세요.